# ROYALE

# ŒUVRES DE DANIELLE STEEL
# AUX PRESSES DE LA CITÉ

*(Suite en fin d'ouvrage)*

Danielle Steel

# ROYALE

*Roman*

*Traduit de l'anglais (États-Unis)*
*par Marion Roman*

**Les Presses de la Cité**

L'édition originale de cet ouvrage a paru en 2020 sous le titre ROYAL chez Delacorte Press, Random House, Penguin Random House Company, New York.

Les Presses de la Cité, un département Place des Éditeurs
92, avenue de France   75013 Paris

ISBN : 978-2-258-20276-4
Dépôt légal : janvier 2023

*À mes enfants chéris,*
*Beatie, Trevor, Todd, Nick,*
*Samantha, Victoria, Vanessa,*
*Maxx et Zara.*

*Ne renoncez jamais à vos rêves,*
*Rendez grâce pour la personne que vous êtes*
*Et celle que vous pouvez devenir,*
*N'oubliez jamais que vous méritez le meilleur.*

*Ne baissez jamais les bras ! Osez !*
*Et restez toujours fidèles à vous-mêmes.*
*N'oubliez jamais à quel point*
*je vous aime !*
*Plus que l'immensité du ciel.*

*Avec tout mon amour,*
*Maman/D S*

# 1

Juin 1943. L'armée allemande bombardait sans relâche Londres et ses environs depuis trois ans. Les attaques aériennes avaient commencé le 7 septembre 1940 dans la capitale : de l'East End jusqu'au West End, de Soho à Piccadilly, la métropole et sa banlieue avaient été ravagées. Moins d'une semaine après le début des raids, le 13 septembre, Buckingham Palace avait été visé. Une première bombe avait atterri dans la cour intérieure, la deuxième avait démoli une verrière, la troisième avait endommagé la chapelle. Le roi et la reine se trouvaient au palais au moment des faits.

De nombreux monuments historiques avaient bientôt été touchés : le palais de Westminster, Whitehall, la National Gallery, Marble Arch, Trafalgar Square, sans compter les parcs, galeries marchandes et autres magasins détruits. En décembre 1940, la ville était déjà en ruine et d'innombrables Londoniens avaient perdu leur toit, perdu un membre, perdu la vie.

Les bombardements avaient continué sans faiblir pendant huit mois, jusqu'en mai 1941. Puis une période plus tranquille s'était installée, qui impliquait tout de même des attaques quotidiennes, mais moins intenses. Les dégâts et les morts se poursuivaient. Les habitants faisaient de leur mieux pour s'y habituer : ils passaient la nuit dans des abris antiaériens, dégageaient leurs voisins ensevelis sous les décombres, se portaient volontaires comme sentinelles, déblayaient les rues jonchées de millions de tonnes de gravats – en y retrouvant souvent des corps ou des membres arrachés.

Pendant la première année, des dizaines d'autres grandes villes furent prises pour cible, et les campagnes n'étaient pas épargnées. Le Kent, le Sussex et l'Essex souffraient beaucoup, ainsi que les régions côtières. On ne pouvait vraiment être en sécurité nulle part. Le roi Frederick et le Premier ministre, Churchill, faisaient de leur mieux pour soutenir le moral de leurs citoyens. Hitler comptait envahir le pays après l'avoir suffisamment affaibli et, en cet été 1943, l'Angleterre était à genoux. Mais elle n'était pas vaincue et refusait de l'être.

Cette nuit-là, comme chaque nuit ou presque, les sirènes se faisaient entendre, assourdissantes. Le roi Frederick, la reine Anne et leurs filles s'étaient réfugiés dans l'abri antiaérien de Buckingham Palace. Il s'agissait en réalité de l'ancien cellier des domestiques que l'on avait renforcé par des poutres en métal, les hautes fenêtres obturées par des vantaux d'acier. Quelques fauteuils dorés, un canapé style Régence, une grande table en acajou, du matériel médical, des torches électriques, des lampes à huile. La cantine adjacente, reconvertie de façon similaire, abritait le personnel de la famille royale et même un piano à queue. Le palais logeait plusieurs centaines de domestiques, ce qui les contraignait à faire également usage d'autres abris. Ils étaient tous rompus à l'exercice, s'y étant pliés plus d'un millier de fois.

Si le gouvernement encourageait les citoyens à envoyer leurs enfants à la campagne, les princesses, pour leur part, étaient restées à Londres afin d'y achever leur scolarité et de participer, sitôt majeures, à l'effort de guerre. Alexandra, l'aînée, 20 ans, étonnamment douée pour la mécanique, était affectée au service des poids lourds, qu'elle savait aussi conduire. La cadette, Victoria, 19 ans, travaillait à l'hôpital comme aide-soignante, ce qui soulageait les infirmières en leur permettant de se concentrer sur les grands blessés. Quant à la benjamine, la princesse Charlotte, 17 ans, elle avait toujours été une enfant malingre à la santé délicate. Descendante en droite lignée de la reine Victoria, elle semblait avoir hérité de sa chétivité légendaire. Affligée depuis l'enfance d'un asthme virulent, Charlotte avait vu son état de santé se dégrader avec les raids : la poussière des gravats mettait à mal ses voies respiratoires affaiblies, si bien que le roi avait été tenté de l'envoyer à Windsor, voire à Balmoral, en Écosse. Cependant la reine, qui couvait l'adolescente et lui interdisait de s'engager comme ses sœurs, s'opposait farouchement à son départ. Charlotte, qui était aussi volontaire que sa silhouette était frêle, excellente cavalière et pleine de détermination, protestait dans l'espoir de se rendre utile. Mais rien n'y faisait.

Le lendemain matin, l'air était pratiquement irrespirable. La reine donna elle-même à Charlotte ses médicaments, et ce soir-là elle discuta à nouveau avec son époux de leur plus jeune fille.

— En l'envoyant à la campagne, nous montrerions l'exemple à nos sujets, argua Frederick pendant qu'Anne secouait la tête.

Bien des familles avaient envoyé leurs enfants à l'abri durant les quatre dernières années, poussées par le gouvernement du fait de la proportion choquante de très jeunes morts. D'autres avaient peur de s'en séparer ou ne supportaient tout simplement pas cette idée. Voyager était difficile et mal vu, avec le rationnement de l'essence. Certains n'avaient ainsi pas revu leur progéniture depuis plusieurs années. On décourageait les parents de faire revenir leurs enfants pour les fêtes, de peur qu'une nouvelle séparation se révèle impossible. Mais, de fait, les villes étaient dangereuses. Dans les campagnes, quantité d'âmes charitables ouvraient leurs portes aux mineurs, certains acceptant un grand nombre de petits réfugiés.

— Si je ne suis pas là pour la surveiller, Charlotte cessera de prendre son traitement, tu sais combien elle le déteste. Et puis, elle voudrait travailler comme ses sœurs, dit la reine.

Alexandra, la sœur aînée de Charlotte, qui hériterait un jour du trône, comprenait parfaitement les inquiétudes de sa mère et insistait auprès de sa sœur pour qu'elle respecte les consignes que lui imposait sa santé. Victoria avait moins d'empathie : nourrissant depuis longtemps une rivalité avec Charlotte, qu'elle traitait comme une intruse depuis sa naissance – au grand dam de ses parents –, elle l'accusait de simuler l'asthme qui l'empêchait de se livrer au travail qu'elle aurait pourtant désespérément voulu accomplir. Les deux jeunes filles se disputaient souvent.

— Rester ici ne lui profitera pas davantage. Même avec son traitement, ses crises redoublent de violence.

La reine savait qu'il disait vrai.

— Mais où l'envoyer ? répliqua-t-elle. Qui, dans notre entourage, accepterait encore de prendre en charge des enfants ? Je ne veux pas qu'elle parte à Balmoral, même avec une gouvernante. Elle y serait trop seule. En même temps, en rendant publique notre démarche, nous inciterions peut-être le peuple à suivre notre exemple. Mais ne mettrions-nous pas Charlotte en danger ? Si sa destination venait à s'ébruiter…

— Cela peut s'arranger, répondit Frederick à voix basse.

Le lendemain, à la première heure, il chargea son secrétaire particulier, Charles Williams, de lui dénicher une famille de confiance, disposée à héberger la princesse dans le respect de la plus stricte confidentialité, au cas où la reine accepterait de la laisser partir.

Deux semaines s'écoulèrent avant que celui-ci ne soumette au roi Frederick le nom d'un couple d'aristocrates du Yorkshire. Ils étaient assez âgés, d'une réputation irréprochable, recommandés par la famille du secrétaire lui-même. Charles ne leur avait pas révélé l'identité de leur pupille potentielle, se contentant de préciser qu'il leur faudrait être d'une fiabilité et d'une discrétion parfaites.

— Un coin de campagne tranquille, Majesté, à l'écart des bombardements. Le domaine est très grand, divisé en exploitations agricoles. Il remonte à la conquête normande.

Charles hésita, puis apporta quelques précisions qui n'avaient rien de surprenant :

— L'honnêteté m'oblige à préciser que les Hemmings rencontrent depuis la fin de la Grande Guerre quelques difficultés. On m'informe qu'ils peinent à assurer l'entretien du manoir et qu'ils ont bien du mal à garder le domaine intact. Ils envisagent de le morceler pour le mettre en vente. En attendant, le personnel de maison se trouve réduit à son minimum. Le comte a plus de 70 ans, la comtesse plus de 60, mais leur fils unique a l'âge de la princesse Charlotte. Il rejoindra l'armée à ses 18 ans, dans quelques mois. Ils hébergent déjà une jeune

Londonienne de modeste extraction. Somme toute, je les crois disposés à offrir un refuge à la princesse...

Il toussota.

— Mais peut-être qu'une aide financière pourrait les soutenir dans l'entretien de leur domaine.

— Bien sûr.

— Je crois que la princesse serait plus en sécurité là-bas. Peut-être sous une fausse identité. Nul ne saurait qui elle est, hormis ses hôtes. Souhaitez-vous que je les contacte ?

— Je dois d'abord en parler à ma femme, lui répondit le roi.

Charles opina du chef. Nul n'ignorait les réticences de la reine, sans compter les véhémentes objections de Charlotte elle-même, qui espérait qu'on l'autorise enfin à prendre part à l'effort de guerre une fois sa majorité atteinte.

— Vous pourriez autoriser la princesse à emmener un cheval dans le Yorkshire, ce qui amortirait le choc...

Charlotte était une cavalière assidue. Avantagée, pour une fois, par sa petite taille, elle montait chaque jour, y compris des chevaux fougueux qui en auraient intimidé plus d'un.

— Peut-être, dit le roi.

Il savait bien que sa fille trouverait mille raisons de s'opposer à ce départ. Pour autant, la faire quitter Londres au moins jusqu'à ses 18 ans le soulagerait de ses angoisses. La ville était dangereuse pour tout le monde, mais Alexandra et Victoria étaient adultes, jouissaient d'une santé de fer et, du reste, elles travaillaient, argument qui légitimait à lui seul leur présence à la capitale.

Le soir venu, le roi fit part du plan à son épouse. Elle lui opposa presque autant d'arguments qu'il s'attendait à entendre de la part de Charlotte. La reine Anne n'avait aucune envie de se séparer de sa fille, très probablement pour une année entière. Impossible d'envisager pour elle un traitement de faveur, au risque de révéler son identité. Il fallait qu'elle soit reçue comme la jeune fille qui résidait déjà au manoir. La reine désapprouvait également la présence d'un jeune homme de son âge au domaine, ce qui lui semblait déplacé.

— Allons, ma chère, qu'allez-vous imaginer là ! Le jeune homme doit partir au front dans quelques mois et n'a assurément à cœur que de défendre son pays. Les jeunes gens de sa génération sont très patriotes, vous savez. Courir les jupons est la dernière de leurs préoccupations.

Ils savaient aussi tous deux que leur fille s'intéressait bien plus aux chevaux qu'aux hommes. C'était Victoria qui leur courait après, et ce, depuis ses 16 ans. Son père comptait bien la marier sitôt la guerre achevée. Il lui fallait un mari pour la brider, et des enfants pour l'occuper. Il ne pouvait rien au fait qu'elle côtoyait des hommes dans le cadre de son travail, mais au moins la reine l'avait-elle à l'œil. Alexandra, en revanche, n'avait jamais été source d'inquiétude pour ses parents. Sérieuse et responsable, comme son père, elle ne perdait jamais de vue les devoirs qui seraient les siens sur le trône. Le roi ne cessait de s'étonner de la différence entre leurs trois filles.

Le lendemain, au retour d'une promenade, Charlotte fut victime d'une violente crise d'asthme. Elle se laissa facilement administrer son traitement, ce qui disait bien la gravité de la situation. Le soir venu, ses parents l'informèrent de leur intention de l'envoyer quelque temps chez le comte et la comtesse d'Ainsleigh, les Hemmings, dans le Yorkshire.

— Mais pourquoi ? s'insurgea la jeune fille, plus pâle que jamais, ses grands yeux bleus écarquillés sous son halo de boucles blondes. Qu'ai-je fait pour mériter ça ? C'est injuste ! Plus que quelques mois et je pourrai servir le pays comme mes sœurs ! Pourquoi me bannir ainsi ?

— Ce n'est pas un « bannissement », Charlotte, et il reste près d'un an avant ta majorité. Va donc profiter de la paix du Yorkshire. L'air pur de la campagne t'aidera à reprendre des forces, et après ton anniversaire, tu seras peut-être en mesure de participer à l'effort de guerre comme tu le souhaites tant. Ta mère et le médecin sont d'accord : l'air de Londres ne te fait aucun bien, avec tous ces bâtiments qui s'effondrent. Tu es jeune, Charlotte. Tu serais encore à l'école, en temps de paix.

Charlotte tendit crânement le menton.

— La reine Victoria n'avait que 18 ans quand elle est montée sur le trône.

— C'est exact. Mais tu n'as que 17 ans. Et Londres n'était pas sous les bombes. La situation est donc incomparable, et bien plus dangereuse aujourd'hui, surtout pour toi.

Son père savait que Charlotte vouait à son ancêtre un véritable culte, peut-être parce que, en raison de sa petite taille et de son caractère bien trempé, on l'y avait souvent comparée. Même si, en tant que troisième héritière, elle n'avait guère d'espoir d'accéder au trône, cela ne l'empêchait pas de prendre exemple sur son aïeule.

À la fin de la semaine, le roi et la reine s'étaient décidés, malgré les objections tempétueuses de leur fille. Elle ne décoléra guère en apprenant qu'elle pourrait emmener son cheval favori. Comme pour donner raison à ses parents, un bombardement à grande échelle frappa de nouveau le centre de Londres, ce qui ne fit que renforcer la résolution de son père.

Le Home Office, sur la demande du roi, fournit les papiers qui leur permettraient de protéger l'identité de Charlotte. Les Hemmings avaient promis de n'en rien révéler. Afin de préserver son anonymat, on l'appellerait Charlotte White et non plus Charlotte Windsor.

Alexandra et Victoria ne furent mises dans la confidence que la veille du départ. Charlotte, assise avec ses parents, serrait les dents, déterminée à ne pas pleurer. Alexandra la prit dans ses bras pour la réconforter. Quant à Victoria, elle souriait, heureuse d'en être débarrassée pour un an.

— J'espère que ta famille d'accueil ne te traitera pas comme une Cendrillon, persifla-t-elle. Chez ces nobles désargentés, on manque de personnel, alors c'est un risque à courir. Tu penses vraiment arriver à garder le secret ?

— Il le faudra, intervint le roi. Révéler son identité la mettrait en danger. Nous ferons paraître un communiqué évoquant son départ pour la campagne, comme beaucoup d'autres enfants, mais sa destination restera confidentielle. Seuls les Hemmings connaîtront la vérité.

La nuit venue, Charlotte reçut de la visite dans sa chambre : Alexandra tenait à lui offrir certains de ses pull-overs préférés ainsi qu'une sélection de romans. Elle ôta le petit bracelet en or à breloque en forme de cœur qu'elle portait au poignet et le passa à celui de Charlotte.

— Tu ne verras pas le temps passer, ma chérie. Et tu vas affreusement me manquer.

Elle était sincère. Elle avait toujours protégé Charlotte, depuis le jour de sa naissance. Douce et bienveillante, aussi brune que Charlotte était blonde, elle cachait aussi une force étonnante, qui lui serait nécessaire au moment de remplacer son père sur le trône. Comme Charlotte était pour sa part liante et gaie par nature, il s'était très vite forgé entre les deux sœurs un lien irremplaçable que Victoria, la rouquine, leur jalousait.

Le lendemain matin, la famille se rassembla à nouveau dans le salon privé de la reine pour prendre congé de Charlotte. Charles Williams, le secrétaire du roi, ainsi que Felicity, la vieille nourrice, feraient le voyage avec elle. On pouvait leur faire confiance. Le comte et la comtesse les attendaient. Charles utiliserait son propre véhicule, une Austin qui n'attirerait pas indûment l'attention. Les joues baignées de larmes, Charlotte s'installa sur la banquette arrière, et la voiture passa avec circonspection les grilles du palais. La princesse se demandait quand elle reverrait sa maison et craignait terriblement de ne jamais y revenir. Mais c'était ce que ressentaient tous les habitants de Londres, avec les bombes qui s'abattaient la nuit durant, la vie au jour le jour, la disparition et la mort de leurs proches.

*Ce n'est que pour un an*, se répéta Charlotte à mi-voix en contemplant par la vitre les ruines d'un immeuble récemment détruit. L'habitacle la préservait de la poussière mais pas du chagrin, et son cœur se serrait tant qu'elle peinait à respirer. Pour ne pas céder aux larmes, elle ferma les yeux.

Elle dormit par intermittence tout au long du trajet. Felicity avait apporté quelques victuailles, les services secrets ayant estimé imprudent pour Charlotte et son escorte de faire halte dans un restaurant au cas où on la reconnaîtrait, ce qui pourrait laisser deviner sa destination. Son départ ne serait annoncé dans la presse que dans un jour ou deux. Il ne fallait pas non plus que l'information tombe entre des mains ennemies. L'enlèvement ou, pire, le meurtre de la princesse par les Allemands aurait été un coup de grâce pour le pays, ainsi que pour la famille royale.

Aussi Charlotte grignota-t-elle sur la banquette arrière ses sandwichs au concombre et au cresson, ainsi qu'un délice devenu rare par les temps qui couraient, même à la table du roi : de la rosette. Lasse d'admirer le paysage qui défilait par la fenêtre, elle somnolait.

Enfin, le relief ondoyant du Yorkshire apparut. Charlotte regarda les vaches, chevaux et moutons qui paissaient dans les prés inondés de soleil, et tâcha de se représenter l'existence qui l'attendait. Pharaon, un étalon au tempérament fougueux qu'elle affectionnait particulièrement, avait fait la route trois jours plus tôt avec un responsable d'écurie et un groom ; à leur retour à Buckingham Palace, ils avaient assuré à la jeune fille que le cheval s'acclimatait à merveille à son nouvel environnement et apprécierait à coup sûr les vastes étendues de verdure qui s'offraient à lui. Pour soigner leurs bêtes, les Hemmings n'employaient plus qu'un vieux palefrenier qui avait renoncé pour eux à sa retraite, ainsi qu'un apprenti de 14 ans. Du reste, ils ne possédaient plus guère de chevaux sinon quelques bêtes vieillissantes et le cheval de chasse à courre de leur fils. Le comte avait depuis longtemps rangé ses bottes d'équitation, la guerre ayant mis un coup d'arrêt aux chasses dont il avait jadis été friand. Quant à la comtesse, une mauvaise chute survenue dix ans auparavant l'avait contrainte à renoncer à monter.

De Henry Hemmings, Charlotte savait peu de choses. Fils unique né d'une grossesse tardive et inespérée, il était la prunelle des yeux de ses parents, lesquels redoutaient son départ imminent. Il avait rejoint un régiment d'infanterie et partirait peu après son dix-huitième anniversaire, avant Noël. Il ne resterait plus alors aux Hemmings que leurs deux jeunes hôtes pour leur tenir compagnie.

Charlotte ne savait presque rien non plus de la jeune fille qui séjournait chez eux depuis déjà deux ans. Originaire des bas-fonds de la capitale, elle avait perdu ses parents dans un bombardement quelques jours après son départ pour le Yorkshire. Orpheline, comme beaucoup d'enfants désormais, elle avait le même âge que Charlotte, ce qui serait agréable à supposer qu'elles s'entendent. Mais pourquoi ne s'entendraient-elles pas ?

Les princesses n'avaient pas été à proprement parler scolarisées. Des précepteurs s'étaient chargés de leur instruction. Et c'était souvent très ennuyeux ! Une fois ses sœurs parties, leur certificat d'études secondaires en poche, Charlotte, la petite dernière, s'était retrouvée en tête à tête avec une gouvernante acariâtre chargée de lui enseigner le français, la danse et le dessin, un professeur d'Eton College soporifique qui lui apprenait l'histoire et les mathématiques, et un jeune diplômé de Cambridge qui avait pour mission de l'initier aux trésors de la littérature anglaise. Elle espérait ne pas avoir à continuer ses études dans le Yorkshire, bien qu'elle ait promis à son père de lire beaucoup, et notamment un volume sur l'histoire du Parlement. Il tenait à ce que toutes ses filles connaissent le fonctionnement du gouvernement britannique. C'était, disait-il, leur devoir de filles de roi.

Charlotte avait toujours préféré les écuries aux bancs de la salle d'étude, et en ce qui concernait l'équitation, elle n'avait pas besoin de leçons. Elle était une cavalière née. Audacieuse, intuitive, elle s'était souvent jointe aux chasses à courre de son père avant la guerre. Ses sœurs étaient moins aventureuses. Charlotte avait bien l'intention de monter comme les hommes désormais, à califourchon sur la selle plutôt qu'en amazone. On l'avait réprimandée quand elle s'y était essayée à Windsor. Elle avait pu s'exercer de temps à autre à la campagne, mais chaque fois qu'on l'avait prise en flagrant délit, on lui avait intimé d'imiter sa mère et ses sœurs.

La reine Anne était elle aussi friande d'équitation, mais pas autant que sa plus jeune fille. Elle préférait les promenades tranquilles dans le parc, souvent avec son mari. Charlotte, elle, sortait à l'aube en catimini pour pouvoir repousser les limites de son cheval sans autre témoin qu'un groom à la discrétion éprouvée. Elle avait bien l'intention de chevaucher tout son soûl dans le Yorkshire et espérait que les Hemmings ne comptaient pas lui imposer des leçons et un professeur. Sa future compagne aimait-elle autant les chevaux qu'elle ? Savait-elle seulement monter ? Si ce n'était pas le cas, peut-être Charlotte pourrait-elle lui apprendre.

Les Hemmings terminaient leur déjeuner lorsque l'Austin de Charles Williams remonta l'allée bordée d'arbres centenaires et se gara sur le parvis d'Ainsleigh Hall. Le comte, la comtesse et leur fils sortirent ensemble sur le perron pour accueillir la nouvelle venue. La princesse fut présentée comme « Charlotte White ».

Lucy Welsh, l'orpheline de Londres, se tenait derrière eux, en retrait, trop timide pour lui adresser la parole. Elle préférait l'observer de loin, notant la tenue de Charlotte : robe bleu marine toute simple, manteau bien coupé, gants et talons, béret en velours sur son chignon bas. C'étaient de beaux habits et elle avait beaucoup d'élégance dans sa façon polie de saluer les Hemmings et Lucy, en les remerciant pour leur accueil.

Quant à Henry, il la fixait avec fascination, sans rien dire. Il n'avait jamais vu de fille comme elle, lui qui n'avait plus été à Londres depuis son enfance. Ses parents préféraient la campagne, et il n'avait pas encore l'âge d'entrer dans les cercles mondains dont la guerre lui aurait de toute façon fermé l'accès. Tout ce qui accompagnait son rang et son titre ne lui reviendrait qu'avec la paix – il en allait de même pour ses amis. La petite taille de Charlotte le surprenait : il avait vu son cheval et se demandait comment elle pouvait monter un si vigoureux animal. Elle semblait si délicate et modeste, souriant à Lucy sans jamais adresser directement la parole à Henry.

Charlotte n'avait tout simplement pas l'habitude de parler aux garçons. Le comte, quoique fortement marqué par le temps, semblait un homme jovial. La comtesse, affectée par une légère claudication après son accident d'équitation, respirait la bonté. Ses cheveux blancs la faisaient paraître très âgée à Charlotte, dont la propre mère était bien plus jeune. On aurait cru voir les grands-parents de Henry plutôt que ses parents.

— C'est un honneur de vous accueillir, Votre Altesse, chuchota-t-elle à Charlotte loin des oreilles indiscrètes.

On avait préparé à Felicity et Charles un repas à prendre avant leur départ. Charlotte assura qu'elle avait mangé en chemin et espérait profiter du beau temps pour chevaucher Pharaon. Après l'avoir installée dans sa nouvelle chambre, sa gouvernante et le secrétaire de son père n'auraient plus qu'à partir.

— Vous avez un très beau cheval, lui déclara Henry.

— Merci, murmura-t-elle, les yeux baissés.

Le comte et la comtesse avaient aussitôt constaté que ses manières étaient impeccables. Même si son titre était tenu secret, elle était princesse jusqu'au bout des ongles. Leur fils l'ignorait et pensait qu'il s'agissait de la fille d'aristocrates londoniens, amis de ses parents, qui avaient voulu envoyer leur enfant loin du danger.

Lucy leur emboîta le pas dans la maison puis disparut dans la cuisine, où elle se sentait plus à son aise. Henry ne lui prêta aucune attention, hypnotisé comme il l'était par la nouvelle venue. Comme elle semblait adulte ! Il se joignit à ses parents pour partager avec elle une tasse de thé, puis prit congé pour aller aider un fermier à réparer une clôture.

— Nous manquons de bras, s'excusa la comtesse à l'intention de Charlotte. La dernière guerre a causé bien du tort aux propriétaires terriens, et je crains que nous ne soyons pas au bout de nos peines. Les guerres déciment la jeunesse et, sitôt la paix retrouvée, celle-ci préfère déserter nos campagnes pour s'installer en ville. Comme l'on a besoin des femmes dans les usines, même elles ont quitté les champs. Une chance que nous ayons Lucy ! Que ferions-nous sans elle ? Nous espérons qu'elle restera avec nous, puisqu'elle n'a plus personne à Londres. Que c'est triste, tout cela... Heureusement qu'elle était ici lorsque ses parents sont morts dans l'effondrement de leur immeuble.

Charlotte hocha la tête, pleine de sympathie pour cette jeune fille qu'elle ne connaissait pas. Elle avait l'air bien discrète et timide, mais peut-être pourraient-elles malgré tout devenir amies, puisqu'elles avaient le même âge.

Après le thé, la comtesse montra sa chambre à Charlotte. Elle en fut un instant choquée.

— Je voulais vous faire préparer l'une de nos chambres d'amis, Votre Altesse, s'excusa la comtesse à mi-voix, mais nous craignions que cela n'éveille des soupçons. Dans sa lettre, Sa Majesté votre mère m'a explicitement priée de ne faire aucune différence de traitement entre vous et Lucy...

C'était une mansarde sous les toits. Tout juste assez grande pour contenir un lit, un coffre, une chaise et un petit bureau, elle donnait néanmoins sur les collines, le lac et les bois environnants. Lucy et les deux bonnes couchaient au bout du couloir, dans des chambres similaires. À Buckingham Palace, Charlotte n'avait jamais visité les quartiers des domestiques. Se pouvait-il que leurs chambres soient aussi petites, aussi tristes que celle-ci ? Pas même un tableau au mur !

Dans l'escalier, déjà, Charlotte n'avait pu s'empê-cher de noter la peinture écaillée, les rideaux décolorés par le soleil et les tapis par endroits usés jusqu'à la trame. Les meubles étaient beaux, mais le manoir plein de courants d'air. L'été, cela devait être agréable, mais l'hiver ? Seules les cheminées du rez-de-chaussée chauffaient l'immense demeure. Vraiment, rien ne l'avait préparée à cette chambre, et elle était encore sous le choc en redescendant les escaliers pour dire au revoir à Charles et à Felicity, qui devaient entamer au plus vite le trajet du retour sous peine d'arriver à Londres après le couvre-feu. Charlotte leur serra la main. Charles se retint de s'incliner, mais Felicity oublia qu'elle ne devait pas faire la révérence. Par chance, seule la comtesse se trouvait là.

Restée seule, Charlotte remonta dans sa chambre pour y défaire ses bagages. Le manque d'espace l'obligea à laisser une partie de ses vêtements dans sa valise, mais ça ne la dérangeait pas plus que ça. Elle avait enfilé sa tenue d'équitation et se coiffait de sa bombe quand Lucy se faufila dans la pièce et se mit à l'observer attentivement. Même les vêtements les plus simples de Charlotte étaient taillés sur mesure dans des étoffes nobles, détail que remarqua aussitôt la jeune fille.

— C'était tes parents ? lui demanda-t-elle d'un accent qui fleurait les quartiers populaires.

Charlotte secoua la tête sans trop savoir quoi dire. Une personne issue de la même classe sociale aurait compris qu'il s'agissait d'employés, mais l'idée n'avait pas effleuré Lucy. Elle devait pourtant bien se rendre compte que Charlotte était une aristocrate, vu ses façons, son accent et ses tenues.

— Ce sont des amis qui ont proposé de me conduire ici. Mes parents ne pouvaient pas quitter Londres... Tu montes à cheval ? demanda-t-elle aimablement.

La jeune fille secoua la tête, l'air paniquée.

— Oh ! Grimper sur ces bestiaux énormes ? Non, ils me terrifient. Ils font quoi, dans la vie, tes parents ?

Les deux jeunes filles étaient si différentes : il était normal que Lucy ait envie d'en savoir plus à son sujet. Charlotte chercha rapidement quoi répondre à cette nouvelle question. Elle n'avait rien préparé.

— Papa est fonctionnaire, et maman secrétaire.

Elle n'avait rien trouvé de mieux. Lucy, grande et brune, sans charme particulier, semblait fascinée par Charlotte. Elle était plus empruntée que chaleureuse, et Charlotte se sentait comme une intruse.

Et c'était bien l'opinion de Lucy à son sujet. Tout avait été parfait jusqu'à présent : elle avait Henry rien que pour elle – même s'il ne lui adressait pas souvent la parole, et jamais longtemps. Au dîner, il parlait surtout du domaine à ses parents, et l'ignorait.

— Plutôt chic, alors, commenta Lucy. Tu vis où ?

— À Putney, répondit rapidement Charlotte.

Lucy opina, visiblement convaincue : c'était un quartier agréable où résidaient les classes moyennes. Cela se tenait.

— Moi, mon père, il était cordonnier, et ma mère couturière. Elle lui donnait parfois un coup de main à la boutique…

Ses yeux s'embuèrent. D'instinct, Charlotte faillit esquisser un geste vers elle, mais n'osa pas.

— T'as des frères et sœurs ? Moi, je suis toute seule. Ça va être gai, quand je rentrerai à Londres à la fin de la guerre…

— Je suis navrée, murmura Charlotte.

Lucy hocha la tête et se détourna pour sécher ses larmes avec sa manche. Charlotte ajusta sa bombe afin de se donner une contenance, répondit qu'elle avait deux sœurs, puis ramassa sa cravache et ses gants avant de partir prestement vers les écuries. Il lui tardait de retrouver Pharaon. L'avoir à ses côtés était presque comme avoir amené un ami.

Charles lui avait dit que son père assumerait l'entretien de l'étalon afin de ne pas mettre les Hemmings en difficulté. Sa mère lui avait appris qu'ils payaient aussi les aristocrates pour accueillir leur fille : le comte et la comtesse en étaient reconnaissants, bien qu'embarrassés. Leur domaine ne leur rapportait rien pour le moment, puisque le ministère contrôlait toute l'agriculture du pays et qu'ils mangeaient ce qui leur restait. La plupart des femmes de la campagne avaient planté des potagers et élevaient des poulets et des lapins. Quant à leurs filles, elles avaient rejoint la Women's Land Army.

Sous le regard de Lucy, Charlotte dévala l'escalier dans ses bottes parfaitement cirées, passa vivement devant le salon où somnolait le comte, sortit sur le parvis et piqua droit vers l'écurie. La comtesse était montée se reposer et Charlotte ne croisa personne. En chemin, elle remarqua des haies mal taillées et des massifs envahis de mauvaises herbes. Les jardiniers avaient dû être parmi les premiers à quitter le domaine. Un groom promenait un pur-sang fatigué. Sans doute celui du comte, en son temps. La comtesse avait mentionné qu'en raison de son arthrite il ne montait plus guère.

Charlotte pénétra dans l'écurie d'un pas assuré et, sentant sa maîtresse avant même de l'avoir aperçue, Pharaon se mit à hennir et à piaffer dans son box. Elle pressa le pas et l'étalon vint se frotter contre elle. Dans la sellerie adjacente, la jeune fille trouva son équipement. Elle harnacha Pharaon, considéra un moment son surfaix et, se ravisant, alla emprunter à ses hôtes une selle d'homme. Elle raccourcit les étriers puis, avec l'aide du groom, s'installa à califourchon sur l'étalon. Un instant plus tard, elle se dirigeait vers le lac le long d'une belle allée ombragée. Elle avait trop chaud sous sa veste d'équitation, mais cela lui était égal. Parvenue à une prairie, elle lâcha la bride et ils s'élancèrent, s'enivrant de vitesse et de vent. Une demi-heure durant, ils s'en donnèrent à cœur joie. Arrivés au bout du lac, ils firent demi-tour et reprirent la direction du manoir. Souriante, Charlotte contemplait la nature verdoyante. Sa folle chevauchée dans ce bel endroit lui donnait l'impression de n'être pas si loin de chez elle, finalement.

Elle venait de repasser au trot quand Henry Hemmings, lui aussi à cheval, la rattrapa.

— Vous montez rudement bien, lui lança-t-il, admiratif. Et quel étalon ! Il est digne d'une reine.

Charlotte crut un instant qu'il l'avait percée à jour.

— Pharaon est un cheval incroyable, reconnut-elle. C'est mon père qui me l'a offert.

— Quand vous vous serez familiarisée avec le terrain, nous ferons la course, si vous voulez. Je crains que mon Winston n'ait guère de chances contre votre monture, mais ce sera amusant.

Charlotte acquiesça, ravie. Henry se révélait nettement moins intimidant qu'elle ne l'avait cru de prime abord. Lui-même montait un gros cheval gris, un beau spécimen mais dépourvu du pedigree de Pharaon. Il lui serait en effet difficile de la battre à la course. Si la tenue d'équitation de Henry était usée et quelque peu démodée – elle avait dû appartenir à son père –, Charlotte lui trouvait fière allure, avec ses yeux sombres et sa crinière brune. Il se dégageait de son expression quelque chose d'engageant.

De son côté, Henry peinait à détacher son regard de Charlotte. À cause de la guerre, il ne voyait plus de jeunes gens de son âge. Il savait qu'il plaisait à Lucy, mais ce n'était pas réciproque, si bien qu'il faisait semblant de ne pas l'avoir compris. Cette grande fille pataude n'avait pas grand-chose d'attirant à ses yeux. Son éducation londonienne avait été brève, ses intérêts restaient limités. Elle leur avait raconté qu'elle aidait son père chaque jour dans son échoppe, et prêtait parfois également main-forte à sa mère, toutes choses qui n'intéressaient guère Henry. Elle détestait les chevaux, qui étaient la passion du jeune homme, ainsi que celle de Charlotte. Il n'avait rien contre Lucy – c'était une brave fille, et il sentait bien qu'elle aurait parfois voulu discuter avec lui –, mais ils n'avaient vraiment rien en commun.

Charlotte, c'était autre chose. On aurait cru voir la plus radieuse des étoiles. Quelle cavalière ! Et pour une créature aussi svelte et délicate, elle possédait une présence surprenante.

Ils regagnèrent ensemble l'écurie au petit galop. Winston et Pharaon se jouaient des obstacles en travers de leur route, bondissant par-dessus les ruisseaux et les troncs abattus. Si Henry s'estimait bon cavalier, Charlotte n'était pas en reste. Dans l'écurie, ils étrillèrent puis nourrirent leurs chevaux côte à côte, et Henry eut le plaisir de raccompagner la jeune fille jusqu'au manoir. L'heure du souper approchait.

En montant se changer, Charlotte croisa Lucy dans l'escalier : celle-ci, vêtue d'une simple robe de coton bleu, descendait à la cuisine pour aider à préparer le repas. Servir les Hemmings ne lui posait pas de problème, et elle partait du principe que Charlotte n'y verrait aucun inconvénient, elle non plus.

— Viens nous donner un coup de main dès que tu te seras changée, lui dit-elle donc d'un ton sec.

Elle avait observé Charlotte et Henry depuis la fenêtre et était inquiète. Elle espérait encore que Henry finisse un jour par l'aimer en retour. L'arrivée de Charlotte n'avait rien d'une bonne nouvelle pour elle. Après deux ans passés à attendre que s'éveillent les sentiments du jeune homme, elle n'avait plus beaucoup de temps. Elle ne pourrait pas rester ici pour toujours, et lui-même partait bientôt à la guerre. Et voilà que cette espèce d'elfe londonien venait piétiner ses plates-bandes ! Charlotte n'avait rien fait pour le charmer, mais tout chez elle était si enchanteur que Lucy ne doutait pas que Henry tomberait bien vite amoureux d'elle, ruinant à jamais ses espoirs.

En descendant dans la salle à manger, Charlotte retrouva Lucy, qui mettait la table avec brusquerie, l'air maussade. La princesse avait enfilé une jupe plissée, des chaussures à talons plats et un chemisier en coton blanc sagement boutonné. C'était l'innocence incarnée, mais elle restait très jolie, ce que les deux vieilles domestiques avaient également remarqué. L'une d'elles faisait la cuisine, un défi en ces temps de rationnement.

À Buckingham, Charlotte avait toujours bien mangé, malgré les privations, car le chef du roi savait accommoder les aliments les plus insipides pour en faire des mets délicieux. Mais elle se rendait compte que ses repas seraient bien différents dans le Yorkshire. Ce qui ne la dérangeait guère, car elle avait un appétit d'oiseau.

Les Hemmings descendirent dîner, et les deux filles prirent place à leurs côtés. Ils avaient toujours laissé Lucy s'attabler avec eux, et ce depuis son arrivée, ce qui avait considérablement amélioré ses manières. En plus d'aider à la préparation du repas, elle faisait aussi le service. Charlotte tenta de l'imiter, mais se rendit compte avec embarras qu'elle ignorait comment s'y prendre. Dresser la table, disposer les couverts, débarrasser un plat, tout cela la dépassait. Depuis sa naissance, on devançait ses moindres désirs ; elle n'avait aucune idée de ce qui se tramait en coulisses. Il lui faudrait apprendre, si elle voulait se rendre utile.

Lorsqu'elle apporta le plat de résistance, un maigre ragoût de porc, elle vit la comtesse blêmir.

— Charlotte, vous n'avez pas à faire le…, commença celle-ci.

D'un regard sévère, son mari la fit taire. Officiellement, il n'existait plus la moindre différence de rang entre Charlotte et Lucy. La princesse était tenue de faire sa part. Mais elle n'était guère convaincante dans son rôle de Charlotte White, profondément Windsor même dans sa tenue toute simple.

Après le repas, Lucy et elle débarrassèrent la table et Charlotte parvint à ne rien renverser, au grand soulagement de ses hôtes.

À la campagne, on se couchait tôt, car les journées commençaient à l'aube. Henry partait souvent avant le lever du soleil pour aider les fermiers du domaine. Ce soir-là, il raccompagna Charlotte à sa chambre et lui proposa de lui prêter un livre sur les chevaux arabes. Elle le remercia et, après son départ, s'assit à son bureau minuscule pour écrire à sa mère. La comtesse s'était engagée à poster ses lettres pour elle en veillant à ce que nul ne découvre jamais à qui elles étaient destinées. Avec un soupir, elle se demanda quoi raconter à ses parents. Elle ne voulait pas les choquer en leur disant qu'elle avait servi à table, ni les inquiéter en évoquant la chambre minuscule qui serait la sienne pour l'année à venir, dans le sombre manoir rempli de courants d'air. Elle avait hâte d'avoir de leurs nouvelles et Alexandra lui avait promis qu'elle lui écrirait bientôt.

De sa belle écriture penchée, elle leur narra sa sortie avec Pharaon et décrivit en grand détail les paysages du Yorkshire. Cela, au moins, ils pourraient le comprendre, et elle pouvait déclarer sans mentir qu'elle n'avait pas eu besoin de prendre son traitement en ce premier jour. Elle leur parla de Lucy, la décrivant comme sympathique. Henry l'était aussi, mais l'évoquer ne semblait pas très approprié. Elle se contenta donc de louer le caractère et la générosité de ses hôtes.

Il lui fallut près d'une heure pour achever sa lettre et l'exercice lui fit venir les larmes aux yeux.

Elle cacheta l'enveloppe. Ses sœurs, ses parents, le palais lui semblaient soudainement si distants, et l'heure des retrouvailles si lointaine ! Dix ou onze mois avant de les revoir... Pour l'heure, elle n'avait d'autre souvenir de sa vie d'avant que Pharaon. Lucy semblait trop réservée pour être son amie, et Henry était un garçon, ce qui réglait la question. Le comte et la comtesse étaient bien gentils, mais semblaient si vieux. Charlotte reposa l'enveloppe sur son bureau, en proie à une solitude écrasante. Au lit, tandis qu'elle cherchait le sommeil, elle pleura longtemps en songeant à l'année qui l'attendait.

## 2

Charlotte avait bien vite pris l'habitude de se lever très tôt pour aller monter son cheval pendant une heure ou deux à travers les bois et les prés du domaine d'Ainsleigh. Elle n'avait pas de corvées à accomplir en début de journée, et personne pour s'opposer à ces chevauchées matinales.

Un jour, Henry la vit quitter l'écurie et lui demanda s'il pouvait l'accompagner jusqu'à la ferme voisine où il se rendait. Ils ne purent résister à l'envie de faire la course, comme souvent. Charlotte gagnait toujours, grâce à l'extraordinaire rapidité de Pharaon et sa propre capacité à encourager sa monture.

— Vous ne devriez pas sortir seule, la tança gentiment Henry. Je sais que vous êtes une cavalière hors pair, et j'ai toute confiance en Pharaon, mais le domaine est vaste. En cas de chute, d'accident, comment vous retrouverions-nous ?

Parce que c'était une fille, mais aussi à cause de sa petite taille, il se sentait envahi d'un instinct protecteur.

— Je ne voudrais pas m'encombrer d'un palefrenier à la traîne sur un vieux cheval, répliqua-t-elle.

— Dans ce cas, peut-être que c'est moi qui devrais vous accompagner tous les jours, dit-il avec un rire.

Elle s'empourpra à cette offre, et n'y fit pas de réponse. Elle voyait bien qu'elle lui plaisait, mais chevaucher ensemble leur plaisait davantage encore. Charlotte ne flirtait jamais avec lui. Elle lui parlait parfois de ses sœurs, sans mentionner leur identité, et il ne semblait se douter de rien. Comme il était facile de discuter ensemble !

Henry était du même avis. C'était avec Charlotte qu'il aurait souhaité partager ces deux années passées, plutôt qu'avec Lucy à qui il ne savait jamais quoi dire, et dont l'amour trop visible l'embarrassait. Celle-ci devenait de plus en plus maussade à mesure que l'amitié entre Henry et Charlotte s'étoffait. Elle savait bien qu'elle ne pouvait rivaliser avec le charme innocent de la jolie jeune fille.

Il ne fallut que quelques semaines à la comtesse pour deviner que son fils s'était épris de la princesse. Tous deux étaient devenus inséparables. Le matin, il repoussait le moment d'aller prêter main-forte aux fermiers. Le soir, il rentrait de bonne heure et, sitôt sa toilette faite, aidait la jeune fille à mettre le couvert, à porter plats et soupières avec une sollicitude qu'il n'avait jamais témoignée à Lucy. Il suffisait qu'il voie Charlotte occupée à récurer une casserole ou à laver le sol – elle ne se dérobait jamais aux tâches même les plus ingrates – pour qu'aussitôt il lui propose ses services. Elle avait beau les décliner systématiquement, il persistait. Ses sentiments étaient si flagrants que la pauvre Lucy dépérissait de jalousie. La seule qui semblait les ignorer était Charlotte elle-même, qui le considérait comme un ami et un partenaire d'équitation, rien de plus.

Un soir, avant de se coucher, la comtesse aborda le sujet avec son mari. Dans le secret de leur chambre, elle pouvait évoquer la véritable identité de leur hôte.

— Avez-vous remarqué la prévenance avec laquelle Henry traite la princesse ?

— Qu'entendez-vous par là ? s'étonna le comte.

— Il s'est entiché d'elle, George. Ne me dites pas que vous ne vous en êtes pas aperçu ?

— Votre imagination vous égare ! Ce ne sont que des enfants, voyons.

— Henry est presque un homme, et Charlotte est jolie. Jeune, oui. Innocente, certainement. Et au moins aussi aveugle que vous sur la question ! Mais je ne voudrais pas qu'il se passe quoi que ce soit entre eux. Nous nous sommes engagés à la protéger, et pas uniquement des bombardements.

Son sérieux était tel que le comte éclata de rire.

— Vous feriez passer Henry pour un dangereux criminel, ma parole ! Charlotte et Henry s'entendent bien, et après ? Notre fils n'a qu'une chose en tête : sa carrière militaire. Les filles ne l'ont jamais vraiment intéressé...

— Il n'empêche que, si la situation nous échappait, cela pourrait être dramatique. Charlotte n'est pas n'importe qui. Nous nous sommes engagés auprès de nos souverains. Faut-il vous le rappeler ?

— Mais comment l'oublier, ma chère ? Tout en elle transpire la noblesse : sa grâce, son élocution, sa modestie, sa bonté envers notre brave Lucy… Somme toute, c'est une jeune fille charmante. En s'éprenant de Henry, j'estime qu'elle ferait honneur à notre famille ! Pas vous, Glorianna ? Ne vous plairait-il pas d'avoir pour bru une princesse ?

— Si, bien sûr. Mais si cela devait arriver, il faudrait que ce fût en des circonstances plus convenables, et après la guerre. Ils sont encore bien trop jeunes, et des fiançailles surprises ne réjouiraient guère Leurs Majestés, surtout dans ce contexte. Ils seraient tout simplement furieux.

— Avec la guerre, tout va trop vite, les sentiments sont décuplés et la jeunesse mûrit en un rien de temps… Charlotte et Henry sont peut-être faits l'un pour l'autre. Qui sommes-nous pour en juger ?

La comtesse soupira, puis haussa le ton :

— Ce n'est pas le bon moment, ce ne sont pas les bonnes circonstances. J'ai tenté d'en parler avec Henry, mais il ne veut rien entendre, et je n'ose avoir l'indélicatesse d'aborder la question avec Charlotte. En l'absence de sa mère, n'est-il cependant pas de mon devoir de la mettre en garde ? S'il devait arriver malheur… Sans parler d'eux, nous nous retrouverions nous-mêmes en danger.

— Nous ne sommes plus au Moyen Âge ! Pensez-vous vraiment que l'on nous jetterait au cachot ? Allons, Glorianna, vous vous faites du souci pour rien. Ce sont des enfants. De toute façon, ajouta tristement le comte, Henry s'en ira bientôt pour rejoindre l'armée.

— Il leur reste encore bien assez de temps pour se créer des ennuis.

Le comte secoua la tête et se coucha, et sa femme ne tarda pas à l'entendre ronfler. Pour sa part, l'angoisse la maintint éveillée jusqu'à tard dans la nuit.

Quelques jours s'écoulèrent puis, n'y tenant plus, elle se risqua à évoquer avec son fils le sujet de ses préoccupations.

— Mère, pour qui me prenez-vous ? s'indigna le jeune homme. Jamais il ne me viendrait à l'idée d'abuser de Charlotte !

— Je ne t'en accusais nullement, mon chéri, s'empressa-t-elle de le détromper. Mais vous êtes tous les deux si jeunes, et l'amour fait parfois perdre un peu la tête à votre âge… Cela pourrait vous mener à une situation à laquelle vous n'êtes pas prêts. Il faut l'éviter à tout prix.

— Mère, c'est insulter Charlotte que de la supposer capable d'une telle frivolité, lui répliqua Henry avec humeur. Et je suis blessé de constater le peu de foi que vous placez en moi.

Après cet échange, pendant plusieurs jours, Henry lui battit froid. Il ne rapporta jamais ses paroles à Charlotte. Elle et lui étaient amis, rien de plus ! Et quoi de plus naturel ? Quoi de plus sain ? Tous les amis de Henry étaient partis au front. La guerre contrecarrait ses projets d'études universitaires. Il n'avait qu'une personne à qui se confier : Charlotte. Lui qui n'avait jusqu'alors fréquenté que des garçons se sentait curieusement libre de lui parler à cœur ouvert. Charlotte était si bonne, si généreuse ! L'autre jour encore, elle lui avait permis de monter Pharaon. L'animal s'était révélé encore plus fougueux que Henry ne s'y était attendu, et l'admiration qu'il vouait à sa cavalière s'en était trouvée décuplée.

La mère de Henry n'était qu'à moitié rassurée, mais elle n'avait rien de concret à reprocher aux jeunes gens, rien que son propre malaise à les voir si proches.

Dans ses lettres à ses parents, il arrivait à la princesse d'évoquer son compagnon, mais rarement et toujours de façon évasive. Cela ne lui semblait guère important, d'autant plus qu'il serait bientôt appelé à partir au front. Lorsqu'elle pensait à lui, c'était avant tout pour plaindre les Hemmings. Leur fils unique, le soleil de leurs jours, selon les termes de Charles. Ils devaient être effondrés à l'idée de son départ prochain.

La première fois que Charlotte avait reçu du courrier au domaine (une lettre de sa mère et une autre d'Alexandra), elle s'était jetée sur les enveloppes que lui tendait la comtesse et avait dévoré les nouvelles qu'elles contenaient. Depuis, elle conservait celui-ci dans le beau coffret en cuir brun, frappé d'une couronne dorée, que sa mère lui avait offert à cet effet. C'était une réplique à taille réduite de celui dans lequel sa sœur, une fois devenue reine, recevrait son courrier officiel. Sur l'envers du couvercle, on reconnaissait les initiales de la reine Anne, laquelle avait reçu le coffret de son père à l'occasion de son dix-huitième anniversaire. La vue de cette boîte élégante – somme toute insignifiante pour un œil non averti – réchauffait le cœur de Charlotte. Cet objet imprégné d'histoire lui rappelait les siens. Il contenait les lettres de sa mère et de sa sœur aînée. Victoria ne lui avait pas encore écrit.

Le mois d'août fut caniculaire. Six semaines s'étaient écoulées depuis l'arrivée de Charlotte, et elle se sentait désormais chez elle auprès des Hemmings. Un samedi, Henry l'emmena se baigner dans un ruisseau avoisinant l'une des fermes de la propriété et ils s'éclaboussèrent en riant comme des enfants. Charlotte avait failli inviter Lucy à se joindre à eux, mais la jeune fille avait promis son aide à la comtesse et aux fermiers qui, en l'absence des jardiniers, s'efforçaient d'entretenir le jardin avec plus ou moins de succès. Charlotte se trouvait donc seule avec Henry et, sans se l'avouer, ils s'en réjouissaient tous les deux. Lucy avait beau être d'une grande aide, sa compagnie leur pesait. Et elle ne savait pas nager.

Alanguis à l'ombre sur l'herbe douce de la berge, ils savouraient le calme de l'après-midi. Les chevaux, attachés à un arbre, broutaient à quelques pas de là. Henry admirait Charlotte.

— Que tu es belle, lui dit-il soudain. Je crois que tu es la plus belle fille que j'aie jamais rencontrée.

Charlotte s'empourpra et détourna les yeux. Elle ne savait pas comment répondre à ce compliment de la part de celui qu'elle ne considérait que comme un ami.

— Ne dis pas de sottises. Mes sœurs sont bien plus jolies que moi, surtout Victoria. Si tu la voyais !

— Tiens ! fit Henry, haussant un sourcil. Vos parents vous ont appelées comme les princesses royales. C'est fait exprès ?

Charlotte se troubla.

— Euh… Il faut croire que oui. Je ne leur ai jamais posé la question.

— Être une princesse, ça ne doit pas être une sinécure, observa-t-il. Tu imagines ? Elles doivent toujours bien se tenir, être tirées à quatre épingles, rester graves et se coltiner un tas de cérémonies guindées avec défense de rire… Quelle corvée !

— Sans doute, murmura Charlotte.

Puis elle l'éclaboussa pour le distraire, ce qui se révéla efficace. Ils se remirent à l'eau et nagèrent un moment. Charlotte se séchait quand, une fois de plus, elle perçut

46

le regard de Henry sur elle. Il était grand, si bien qu'elle se sentait encore plus menue en comparaison. Comme mû par une force qui le dépassait, il l'attira tout à coup contre lui et l'embrassa. Au début, sous le coup de la stupeur, Charlotte resta inerte dans ses bras. Puis elle fondit dans son étreinte et lui rendit son baiser.

— Qu'est-ce qui t'a pris ? lui demanda-t-elle ensuite dans un souffle, avec un sérieux qui ne la rendait qu'encore plus belle.

Elle chancelait, abasourdie par sa propre fougue autant que par les avances de Henry. Elle qui n'avait encore jamais embrassé de garçon de sa vie !

— Il me prend que je suis amoureux de toi, Charlotte, et que je tenais à ce que tu le saches. Je pars dans quelques mois, mais je ne peux pas m'en aller sans t'avouer la nature de mes sentiments. Peut-être que... Si tu voulais, nous pourrions nous fiancer avant mon départ, conclut-il, une note d'espoir dans la voix.

Il était si candide que Charlotte frissonna. La réalité se rappelait à elle.

— C'est impossible. Mes parents ne t'ont jamais rencontré.

— Ne pourrions-nous pas aller leur rendre visite à Londres ? suggéra-t-il naïvement.

— Tu sais bien que nous ne sommes pas censés voyager. Quant à les inviter... Ce sont des gens très occupés. Si nous voulons nous fiancer, il faudra attendre la fin de la guerre.

Henry ne parvint pas à masquer sa déception, mais il comprenait ses arguments. Il était très difficile de se déplacer.

— De toute façon, nous sommes trop jeunes, tenta de le raisonner la jeune fille. Nous sommes encore mineurs...

— Plus pour longtemps.

— Ce ne sont pas quelques mois de plus qui feront la différence. Mes parents seraient très contrariés. D'autant plus que...

Elle le regarda, hésita, se ravisa.

— Quoi ? l'encouragea-t-il.

— Je... Tu ne sais pas tout de moi. De ma famille. Peut-être que certaines choses ne te plairaient pas.

Surpris, il tenta de deviner ce qu'elle lui cachait.

— Ton père a fait de la prison ? Il a tué quelqu'un ? plaisanta-t-il. Ne me dis pas que c'est un espion ? Ou un Allemand ?

Charlotte hésita, puis hocha la tête :

— Pas un espion, mais nous avons beaucoup d'ancêtres allemands, c'est vrai.

Les Windsor descendaient en droite lignée de la maison de Saxe-Cobourg et Gotha, une famille qui avait ses héritiers sur presque tous les trônes et dans toutes les maisonnées royales d'Europe.

— Cela pourrait déplaire à mes parents, admit Henry. Mais moi, je m'en moque. Tu peux être noble ou roturière, cela m'est égal, si c'est cela qui t'inquiète.

Bien sûr, mes parents préféreraient que ton père ait un titre, mais ils t'adorent, c'est évident. Au reste, si nous nous marions, mon titre deviendra le tien.

Elle sourit. L'idée qu'elle puisse être de plus haut rang que lui n'avait visiblement pas effleuré Henry.

— Crois-moi, je n'attache aucune importance à ce genre de chose, insista-t-il. Ne te tracasse pas.

Sur ce, il l'embrassa de plus belle, y mettant tant d'ardeur que, oubliant ses réticences, la princesse s'abandonna entre ses bras.

— Nous ferions mieux de rentrer, dit-elle, rougissante, en reprenant son souffle. J'ai promis d'aider Lucy à mettre la table quand elle aurait fini au jardin.

Elle enfila sa tenue d'équitation sur son maillot de bain humide et Henry l'aida à monter en selle. Les chevaux avaient brouté paisiblement, côte à côte, pendant tout le baiser, comme s'ils cautionnaient ce rapprochement entre leurs cavaliers. Eux-mêmes étaient devenus amis à force de chevauchées matinales.

En chemin, Henry jeta à Charlotte une œillade intriguée.

— Tu me caches encore autre chose ?

Il en avait le sentiment, et la sentait accablée par le poids de son secret. Mais elle se contenta de secouer gravement la tête. Elle n'était pas prête à lui avouer qui étaient ses parents. C'était trop énorme, trop tôt. Pour lui, elle n'était que Charlotte White, fille d'un fonctionnaire et d'une secrétaire. La vérité le choquerait profondément, elle le savait. Il faudrait bien qu'elle lui révèle tout un jour, mais... plus tard. Au moins, le comte et la comtesse savaient.

Ils laissèrent leurs montures à l'écurie et se hâtèrent de rentrer. Il était plus tard qu'ils ne l'avaient réalisé, et du fait de leur baiser était née une intimité silencieuse entre eux. Lucy la ressentit lorsqu'ils entrèrent dans la cuisine, et la mère de Henry parut elle aussi percevoir un changement, car elle se montra soucieuse pendant tout le dîner. Elle s'inquiétait de plus en plus de leur proximité croissante, excessive. Lucy fut chagrinée et silencieuse toute la soirée : elle se sentait mise à l'écart, convaincue qu'ils partageaient un secret sans elle.

Dans sa chambre, ce soir-là, Charlotte s'attabla devant une feuille vierge et demeura longtemps immobile à chercher les mots justes pour parler de Henry à sa mère. Elle en mourait d'envie, mais aurait préféré ne pas le faire à l'écrit. Et puis, que dire ? Qu'il l'aimait ? Qu'il voulait la demander en mariage ? Peut-être valait-il mieux passer un pacte rien que tous les deux, et ne se fiancer qu'après la guerre. Oh, mais il fallait d'abord qu'il rencontre ses parents...

Elle était absorbée dans ses pensées et n'avait toujours pas commencé à écrire quand quelqu'un frappa doucement à sa porte. Charlotte sursauta et, sur la pointe des pieds, alla l'entrouvrir. Dans le couloir, éclairé faiblement par la lune, se tenait Henry, souriant.

— J'avais envie de te souhaiter une bonne nuit, murmura-t-il. Je peux entrer ?

— Il ne faut pas, chuchota Charlotte, le cœur battant d'excitation.

Mais elle lui ouvrit sa porte. Aussitôt, Henry pénétra dans la chambre à pas feutrés et Charlotte referma vivement derrière lui. Le jeune homme la prit dans ses bras et sa bouche trouva aussitôt la sienne. Charlotte en était tout étourdie. Il lui semblait que sa vie avait basculé en un après-midi, détournée de son cours tranquille par ce baiser inattendu au bord du ruisseau. Les espoirs qu'il avait exprimés pour leur futur avaient fait céder un barrage en elle.

— Je t'aime, Charlotte, lui soufflait la voix de Henry dans l'obscurité.

La jeune femme était si émue qu'elle tremblait.

— Moi aussi, articula-t-elle dans un murmure à peine audible. Mais maintenant sauve-toi, je t'en prie !

Lucy couchait dans la chambre voisine et Charlotte était terrifiée à l'idée qu'elle les entende. Elle avait beau aimer Henry, elle ne voulait rien faire qui soit susceptible de les mettre dans l'embarras. Henry embrassa encore et encore la princesse puis, enfin, de mauvaise grâce, il la quitta.

Charlotte n'écrivit pas à sa mère. Étendue sur son lit, les yeux fermés, elle s'enivra des souvenirs de la journée écoulée. Son cœur débordait de joie. Quand elle rouvrit les paupières, le soleil se levait déjà.

Le lendemain, à l'église, la princesse pria avec ferveur. Elle exhorta le Seigneur de la prémunir de la tentation, et l'implora de protéger Henry lorsqu'il serait au front. Après le déjeuner, servi dans la partie du jardin que Lucy avait désherbée la veille avec la comtesse – celle-ci l'avait complimentée sur son travail, ce qui l'avait mise d'un peu meilleure humeur –, Charlotte et Henry profitèrent du soleil pour faire ensemble une longue promenade le long du lac. Une fois de plus, ils n'invitèrent pas Lucy à se joindre à eux, ce qui parut la blesser.

— Ce que je t'ai dit hier, ce n'étaient pas des paroles en l'air, déclara Henry, solennel, lorsqu'ils se retrouvèrent seuls. J'aimerais qu'on se fiance avant mon départ. J'ai la ferme intention de t'épouser à mon retour. Mais je ne voudrais pas me mettre tes parents à dos, et si tu penses qu'ils en seraient mécontents parce qu'ils ne me connaissent pas…

Il y avait réfléchi toute la nuit, et encore ce matin à l'église, tout comme Charlotte.

— Je devrais peut-être leur adresser ma demande par écrit ? suggéra-t-il.

— Il est hors de question que nous nous fiancions sans leur accord, insista Charlotte en réprimant un frisson. Mais je ne crois pas que leur écrire soit la solution. Ils diraient que nous sommes trop jeunes, je le sais. Non, il faut qu'ils te rencontrent, mais ce ne sera pas possible avant ton départ, comme je te l'ai dit. Je regrette, Henry. Ils sont bien trop occupés.

Ils s'assirent dans l'herbe. Henry la regarda en plissant les yeux, puis sourit :

— Je sais pourquoi tu fais tant de mystères. Ton père travaille pour les services secrets. Le MI5, peut-être ? Le MI6 ? Je chauffe ?

Lui-même était fasciné par l'espionnage. Elle rit et secoua la tête.

— Pas du tout ! Je te l'ai déjà dit : il est fonctionnaire.

— Me voilà bien avancé. Il pourrait tout aussi bien être facteur !

— Mais non, il est au service de l'Angleterre et des Anglais, et d'ailleurs il est très investi dans son travail, lui rétorqua Charlotte sans mentir.

Si elle lui avait avoué qu'il s'agissait du roi, Henry se serait probablement évanoui. Ou alors il ne l'aurait pas crue.

— Ça a l'air d'être un homme bien, fit remarquer Henry, reprenant son sérieux.

— Tout à fait. Et je pense que tu lui plairas beaucoup. Ma mère et Alexandra vont t'adorer. En ce qui concerne Victoria, en revanche, je ne peux rien te promettre. Il se peut qu'elle te prenne en grippe au seul motif que tu es mon ami. Elle n'est jamais d'accord avec ce que je fais, juste pour me contrarier…

— Je veux être plus que ton ami, sourit-il.

Il l'embrassa et tous deux s'allongèrent dans l'herbe, serrés l'un contre l'autre. Cette fois, leur fougue eut raison des résolutions de Charlotte : elle ne protesta pas ni ne chercha à l'arrêter lorsqu'il glissa une main sous sa robe. Ils étaient à l'abri des regards indiscrets, mais elle savait que ce qu'ils faisaient était mal. Pourtant, elle ne désirait qu'une chose : que ce moment dure éternellement.

Lorsqu'ils regagnèrent le manoir, bras dessus, bras dessous, en milieu d'après-midi, ils semblaient perdus dans un autre monde. Par chance, personne n'était là pour les accueillir. Les Hemmings se reposaient et Lucy préparait le dîner. Ils eurent tout juste le temps de reprendre contenance avant de passer à table.

À la nuit tombée, comme la veille, Henry frappa à la porte de Charlotte. Elle l'attendait. Étendus sur le lit, ils échangèrent caresses et baisers jusqu'à ce qu'au prix d'un effort surhumain Charlotte s'arrache à leur étreinte et congédie Henry.

Leurs rendez-vous nocturnes devinrent quotidiens. Et, chaque jour qui passait, les réticences de Charlotte tombaient un peu davantage, si bien qu'elle finit par s'offrir à Henry. Il avait fait particulièrement chaud ce jour-là et, sous les toits, c'était une vraie fournaise. Henry lui ôta délicatement sa robe en coton. Elle lui déboutonna sa chemise. Au premier effleurement, ce fut une véritable déflagration de sensualité. L'instant d'après, ils se débarrassaient l'un l'autre du reste de leurs vêtements et se dévoraient de baisers. Lorsque leurs corps se rencontrèrent, ils étaient déjà fous de désir. Ils firent l'amour en s'astreignant au silence le plus absolu et leur union fut un supplice de plaisir contenu. La porte n'avait pas de verrou et Charlotte tremblait que quelqu'un n'entre et ne les surprenne – mais la passion prit le pas sur la raison et elle oublia ses craintes. Lucy, dans la chambre d'à côté, avait le sommeil lourd et n'entendit rien.

Henry ne s'arracha à elle qu'aux premières lueurs de l'aube, alors que les oiseaux, comme pour célébrer cette nuit, entonnaient leur chœur matinal. Après avoir fait l'amour, Charlotte et Henry avaient parlé toute la nuit. Ils se plaisaient à imaginer leur avenir, ce qu'ils feraient après la guerre, une fois mariés. Il voulait l'emmener à Paris pour leur lune de miel. Pour sa part, elle se considérait déjà pleinement sienne et se sentait prête à faire face à toutes les épreuves, pourvu que ce soit avec lui. La force de l'amour qu'il lui vouait décuplait son courage. Plus rien ne l'effrayait. En une nuit, ils se sentaient devenus adultes.

Le lendemain, elle se montra si silencieuse et rêveuse au petit déjeuner que la comtesse s'en inquiéta.

— Tout va bien ? Vous n'êtes pas souffrante, au moins ?

Charlotte fit non de la tête. Elle repensait à tout ce qui s'était passé pendant la nuit. Sans regret. Au contraire, il lui tardait de retrouver Henry, parti de bon matin aider les fermiers. Et de recommencer.

Mme Hemmings était préoccupée. Il s'était passé quelque chose entre Henry et la princesse, elle en aurait mis sa main à couper. Le mutisme de la jeune fille ne lui ressemblait guère.

Lorsqu'elle fit part de ses soupçons au comte, celui-ci ne s'alarma pas.

— Même s'ils se faisaient du charme, cela ne voudrait rien dire à leur âge !

— En temps de guerre, les choses sont... différentes. Lorsqu'on ne sait pas combien de temps il nous reste à vivre, le désespoir peut nous pousser à tout...

— Henry et Charlotte survivront à cette guerre et auront le temps de vivre beaucoup d'autres amours. Tranquillisez-vous, ma chère, ce n'est qu'un jeu d'enfants.

Contrairement à la comtesse, il ne voyait pas les regards que s'échangeaient les deux jeunes gens.

Charlotte alla se coucher tôt ce soir-là, et avec Henry ils refirent l'amour, croyant que tout le monde était assoupi. Mais ils furent moins silencieux, cette fois-ci.

Lucy dormait profondément quand un cri étouffé la réveilla. Une heure plus tard, elle n'avait toujours pas retrouvé le sommeil et, entendant le plancher grincer, elle entrouvrit sa porte. Elle vit alors Henry se glisser comme une ombre hors de la chambre de sa voisine, vêtu seulement de son bas de pyjama, et se faufiler vers l'escalier.

Ayant aussitôt compris de quoi il retournait, elle referma sa porte sans un bruit. Sous son calme apparent, la haine se déchaînait. Elle détestait Charlotte, qui lui avait tout pris, l'affection des Hemmings et l'amour de son Henry. Et elle le haïssait, lui qui l'avait dédaignée.

*Un jour, je me vengerai*, décida-t-elle alors, bouillonnant de colère. *J'ignore comment, mais je me vengerai.*

Le sort s'en chargea pour elle. Un mois plus tard, Charlotte se présenta le teint verdâtre à la table du petit déjeuner et dut la quitter précipitamment pour aller vomir aux cabinets. Elle remonta s'allonger. Quand la comtesse passa s'enquérir de son état, la princesse lui assura qu'il s'agissait d'une crise de foie. Pleine de sollicitude, Mme Hemmings voulut faire venir le médecin, mais Charlotte déclina avec véhémence : ce n'était pas nécessaire, le mal allait passer tout seul.

Deux semaines s'écoulèrent sans qu'elle se rétablisse. Bien au contraire. Les nausées de Charlotte redoublèrent de violence, si bien qu'elle dut renoncer à monter à cheval. Malgré leur innocence, elle et Henry devinaient ce qui lui arrivait. Déjà, ses jupes la serraient à la taille. Elle ne se sentait bien que dans les bras de son amant. Il passait désormais toutes ses nuits à ses côtés, ne voulant pas l'abandonner alors qu'elle était au plus mal.

— Qu'allons-nous faire ? lui demanda-t-elle une nuit, les joues baignées de larmes.

Selon leurs calculs, elle était enceinte de six semaines. Cela s'était sans doute produit dès la première fois : leur jeunesse et leur santé avaient ouvert la porte à la nature dès l'instant où ils avaient perdu le contrôle d'eux-mêmes. Ils n'avaient plus qu'à faire face à la suite… Ou plutôt, Charlotte devrait y faire face, et seule : Henry fêterait ses 18 ans d'ici quelques semaines, en octobre, et l'armée le lui prendrait bien vite ensuite.

— Nous devons en parler à ma mère, déclara-t-il, déterminé. Elle saura quoi faire. Tu souffres tant… Penses-tu que ce soit normal ?

— Je l'ignore. Je n'ai jamais connu de femme enceinte, et ma mère ne nous a jamais parlé de ces choses-là. Il va falloir que je lui dise aussi… Mais pas par écrit ! Ça les tuerait, elle et mon père.

Mais avait-elle le choix ? Les moyens de communication étaient réduits, les lignes téléphoniques sans doute surveillées, et elle avait pour consigne de ne chercher à joindre sa famille sous aucun prétexte. Tout serait aussitôt découvert, et elle serait déshonorée.

— Et ils ne me le pardonneraient jamais, s'angoissait-elle.

Le lendemain matin, la mort dans l'âme, ils allèrent trouver la comtesse dans son bureau après le petit déjeuner et, honteux comme deux enfants qui ont fait une grosse bêtise, ils lui avouèrent tout.

Glorianna Hemmings ferma un moment les yeux. Il s'agissait de rester calme. Qu'allait dire la reine, ou, pire encore, le roi ? Ils lui avaient confié leur fille mineure et voilà qu'elle était enceinte – et dire qu'ils s'inquiétaient pour son asthme ! La comtesse s'efforça de réfléchir. Comment procéder ? Ce n'étaient que des enfants innocents dans une situation dangereusement adulte, qui pourrait vite virer au scandale du siècle. Et Charlotte ne pouvait en discuter face à face avec ses parents. Rien n'était simple pendant la guerre, à plus forte raison pour une princesse enceinte à 17 ans.

— Voulez-vous rentrer chez vous ? demanda-t-elle doucement à Charlotte.

Si l'on ne pouvait éviter le scandale, peut-être préférerait-elle le gérer chez elle, en famille. Mais Charlotte fut ferme.

— Mes parents se sont montrés clairs : je n'ai pas le droit de rentrer avant mes 18 ans, affirma-t-elle. Je sais qu'ils seront furieux, mais peut-être vaut-il mieux les mettre devant le fait accompli. Ils ne pourront plus rien y faire.

— Je crains que ce ne soit pas très correct envers eux. Nous ne pouvons pas les forcer après la guerre à accepter un enfant né hors mariage.

La comtesse frémit. Tous ne cherchaient qu'à faire au mieux. Henry était un jeune homme honorable, profondément amoureux de Charlotte. Ils n'étaient que des enfants qui se préparaient à avoir un enfant...

— Mais je ne peux pas annoncer cela à ma mère par courrier ! se désola Charlotte. Et ils ne veulent pas de moi à Londres. De toute manière, ce qui est fait est fait. On n'y peut rien.

De fait, il existait plus d'une option, mais dans sa candeur, Charlotte l'ignorait. Fallait-il...? Non. Un avortement était trop dangereux pour cette princesse que l'on avait confiée à leurs soins. La comtesse songea à une autre façon de mitiger l'inévitable affrontement avec ses souverains.

— Comptez-vous vous unir, ou avoir cet enfant hors mariage ? demanda-t-elle en frémissant à cette idée. Un enfant légitime, fils d'un comte, constituerait sans doute une découverte d'après-guerre moins désagréable pour vos parents...

— Mère, est-ce seulement possible ? s'étonna Henry. Je croyais que, pour les mineurs, il fallait se rendre en Écosse...

— C'est possible, lui apprit la comtesse, avec la permission de ton père. Ta majorité approche. Quant à Charlotte, j'ai en ma possession une procuration officielle m'autorisant à prendre des dispositions pour elle en cas d'urgence. Ne tardons pas. Henry, ton départ est imminent. Il faut reconnaître l'enfant.

Henry regarda Charlotte droit dans les yeux.

— Charlotte, veux-tu m'épouser ? lui demanda-t-il avec émotion.

Abasourdie, la jeune fille hocha la tête. Elle non plus n'avait pas pensé la chose envisageable en l'absence du consentement de ses parents, mais au moins l'enfant serait-il légitime lorsqu'ils apprendraient son existence. Cela ne suffirait pas à apaiser leur courroux, assurément, mais il n'y aurait pas de bâtard dans la descendance des Windsor ; c'était là l'essentiel. Avec le temps, ils se rendraient compte que Henry était un jeune homme respectable et ils lui pardonneraient – du moins fallait-il l'espérer. Charlotte et lui s'aimaient, cela crevait les yeux. Ils avaient été un peu plus vite que la musique, voilà tout.

— Oui, Henry, je le veux, affirma-t-elle d'un ton adulte malgré ses airs d'enfant.

— Henry, je parlerai ce soir à ton père et, demain, nous ferons le nécessaire pour vous marier au plus tôt. Je prie pour que vos parents puissent me pardonner un jour, Charlotte. Au moins prenez-vous désormais la décision qui s'impose dans cette situation. Je savais que cela arriverait. Et George qui ne voulait pas m'écouter...

Henry hocha la tête, gêné. Charlotte et lui s'étaient imaginé qu'ils pourraient éviter l'inévitable, sans se préparer aux conséquences. Sa mère, bien que mécontente, avait clairement pitié d'eux.

George Hemmings donna son accord, mais insista pour que le mariage soit célébré dans le plus grand secret. Si l'événement venait à s'ébruiter, l'on aurait tôt fait d'en deviner la cause et le scandale éclaterait, jetant l'opprobre sur les Hemmings et les Windsor. Le comte tremblait à la seule idée que le roi et la reine puissent avoir vent de l'affaire dans la presse. Il suffisait d'une rumeur... Aussi formula-t-il une condition : Henry lui-même ne serait pas informé de la véritable identité de sa fiancée, pas avant d'avoir pu rencontrer ses parents. Le certificat de mariage indiquerait « Charlotte Elizabeth White ». Cependant, il n'était pas si mécontent de la situation : quel excellent mariage pour son fils ! Sa femme ne fut pas très heureuse de le lui entendre dire.

Les Hemmings rencontrèrent le vicaire dès le lendemain après-midi. Ils se gardèrent bien d'évoquer l'état de Charlotte, invoquant le départ prochain de Henry à la guerre pour justifier ce mariage rapide. Le vieil homme, touché par l'amour de ces jeunes gens en ces temps obscurs, consentit à les marier.

La cérémonie se tint dans la petite église du village. Charlotte portait une robe de laine blanche toute simple et tenait à la main quelques fleurs cueillies le matin même dans le parc du manoir. Dans son habit de jeune marié, grand et beau, Henry semblait soudain bien plus mûr.

Il n'y eut pas de noce. Les domestiques et Lucy ne se doutaient de rien, aussi dîna-t-on comme à l'ordinaire, dans la salle à manger.

Mais Lucy savait que Henry passait ses nuits avec Charlotte, et était bien décidée à faire usage de cette information en temps utile. Elle avait désormais pris l'habitude de manger dans la cuisine avec les deux vieux domestiques, et elle n'adressait presque plus jamais la parole à Charlotte. Ses yeux brûlaient de la fureur d'une femme rejetée chaque fois qu'elle croisait Henry.

Lui-même avait bien d'autres choses en tête, et aucune patience pour les fantasmes de Lucy à son égard, ni sa jalousie mesquine. Charlotte était sa femme, désormais, ce qui changeait tout. Il lui devait protection et fidélité. Il avait juré.

Une seule chose l'interpellait : pourquoi n'avait-il pas été possible d'appeler M. et Mme White ? Ça, le jeune homme ne se l'expliquait toujours pas. « On n'annonce pas ce genre de chose au téléphone ! » avait affirmé son père. Mais comment, alors, puisque le pays était en guerre ? Peu importait. Charlotte était sienne. C'était le plus important.

La nuit de leur mariage, ils partirent se coucher tôt et Charlotte se glissa discrètement dans la chambre de Henry – après s'être assurée que Lucy dormait – avec la permission du comte et de la comtesse. Elle se sentait toujours mal, mais il fallait bien célébrer leur union !

Assise au bord du matelas, elle lui sourit.

— Nous voilà mariés en secret, mon amour, lui dit-il. Et prêts à avoir un enfant tout aussi secret ! Crois-tu que tes parents me pardonneront un jour ?

— Cela prendra du temps, mais tu sauras les charmer.

63

Son père était colérique, mais pas rancunier. Avec la reine, ils finiraient bien par accepter Henry et l'enfant. De toute façon, ils n'auraient pas le choix.

— Finalement, à quoi bon se cacher plus longtemps ? Notre enfant sera légitime, nous y avons veillé. Pourquoi faire autant de mystère ?

— C'est une question de respect, lui répondit aussitôt Charlotte. Si mes parents apprenaient notre mariage par quelqu'un d'autre que nous, ils s'en trouveraient offensés. Les rumeurs vont vite. Il faut rester discret.

— Les rumeurs ? répéta Henry sans comprendre. Mais... colportées par qui ? Charlotte White a épousé Henry Hemmings, fils du comte d'Ainsleigh, et après ? Nos descendants hériteront de mon titre. Tes parents s'en réjouiront, assurément !

Charlotte considéra son mari, ce beau jeune homme à peine sorti de l'enfance. Elle-même se sentait désormais adulte, avec sa grossesse inattendue et l'union qui s'était ensuivie. Elle prenait tout cela très au sérieux.

— Pas nécessairement, dit-elle. C'est compliqué...

— Pourquoi ? Ils sont antimonarchistes ? s'étonna Henry, qui songeait à son propre titre.

Charlotte pouffa.

— Au contraire, lui assura-t-elle. C'est à cause de... leurs fonctions.

— Tu ne m'as toujours pas dit ce que faisait exactement ton père, lui reprocha Henry.

— Tes parents sont au courant, lui avoua Charlotte à mi-voix.

— Je suis donc le seul à ne pas savoir ?

Il avait horreur d'être tenu à l'écart d'un secret. Charlotte ne voyait pas comment éviter plus longtemps de tout lui avouer. Il était temps qu'il sache la vérité sur ses parents, même si ses parents ne savaient pas la vérité pour lui. Après une grande inspiration, elle déclara tout de go :

— Mon père est le roi Frederick d'Angleterre et ma mère, la reine consort, Anne.

Dans la chambre de Henry, on aurait entendu une mouche voler.

Puis il éclata de rire.

— Très drôle ! Bon, arrête de me faire marcher et dis-moi la vérité. Ce sont des espions ? Des communistes ?

Mais Charlotte ne riait pas.

— La vérité, je te l'ai dite.

— Je vois. Donc tu es la princesse Charlotte Windsor. Enchanté, Alt...

Devant sa mine grave, il laissa sa phrase en suspens.

— Seigneur, lâcha-t-il, les yeux ronds. Charlotte... Tu... C'est... Vraiment ?

Elle opina.

— Tes sœurs... Victoria et Alexandra. Bon sang, j'aurais dû... Mais pourquoi ne pas me l'avoir... ?

Soudain, son sang se glaça.

— Ton père ! Il me fera pendre quand il saura que tu es enceinte par ma faute !

— Non, rassure-toi, c'est un homme bon et magnanime. Il sera contrarié, bien sûr, mais notre enfant ne naîtra pas hors des liens sacrés du mariage. Tout ira bien.

— J'ai épousé une princesse, bredouillait Henry, éberlué. C'est inconcevable ! Je n'aurais jamais pu le deviner ! Qui est au courant, à part mes parents ?

— Personne, lui répondit calmement Charlotte.

Elle se lova contre lui.

— Cela ne change rien, tu sais, lui glissa-t-elle à l'oreille. Cela complique un peu les choses, voilà tout. Ma présence ici est confidentielle, d'où mon faux nom. Une question de sécurité.

Henry était toujours stupéfait.

— Tu as grandi à Buckingham Palace ? Pour de vrai ?

— Et j'y habitais avant d'être envoyée ici, confirma patiemment Charlotte.

— Dois-je t'appeler « Altesse » ?

Henry ne plaisantait qu'à moitié.

— Tu n'as pas intérêt, lui rétorqua Charlotte, hilare.

Henry demeura un long moment absorbé dans ses pensées, le regard perdu dans le vague. Tout cela lui semblait complètement surréaliste, surtout lorsqu'il songea que ses beaux-parents, qu'il n'avait jamais rencontrés et qui ne soupçonnaient rien de son existence, étaient le roi et la reine d'Angleterre.

— Bonne nuit, Altesse, lui murmura-t-il comme le sommeil les gagnait.

Elle rit, se pelotonna dans ses bras et ferma les yeux. Mais lui-même resta éveillé. Leur enfant serait quatrième dans l'ordre de succession au trône britannique ! Même dans ses rêves les plus hardis, jamais Henry Hemmings n'aurait osé imaginer vivre une aventure aussi folle. À 17 ans et à la veille de son départ au front, il avait épousé une princesse. On aurait cru à un conte de fées.

Mais ce qui comptait le plus pour eux deux était de s'aimer, pour le meilleur et pour le pire.

# 3

Deux semaines plus tard, on célébra à Ainsleigh Hall les 18 ans de Henry Hemmings. L'ambiance était douce-amère, en raison de son départ imminent sur le front. Soit pour marquer l'occasion, soit pour noyer son chagrin, le comte déboucha plusieurs bonnes bouteilles et Lucy, qui était de la fête, but un peu trop de vin.

Chaque nuit, Henry rejoignait Charlotte dans sa chambre sur la pointe des pieds, et Lucy n'en perdait pas une miette. Ils se figuraient qu'elle dormait, mais pas du tout ! Plus d'une fois, elle avait surpris le jeune homme se glissant sur le palier avant l'aurore. Elle était parfaitement au courant de leur petit manège – du moins elle pensait le comprendre, sans rien soupçonner de la véritable identité de Charlotte, ni de leur mariage clandestin. Ils fricotaient ensemble. Ça devait même être sacrément sérieux, cette affaire, vu les nausées répétées qu'avait Charlotte. Oui, Lucy les avait percés à jour. Restait à savoir ce qu'elle allait faire. La famille de Charlotte était pleine aux as, ça se voyait à sa manière de s'habiller et ça s'entendait à sa façon de parler. Un enfant, c'était le genre de secret qui se marchandait. Charlotte le confierait sans doute à l'adoption lorsque l'heure viendrait pour elle de rentrer à la maison : Lucy n'imaginait pas qu'elle puisse le garder, à seulement 17 ans.

Lucy ne se voyait pas comme quelqu'un de malhonnête, mais il fallait penser à l'avenir, maintenant que cette fille avait mis le grappin sur Henry. Sans elle, peut-être Lucy aurait-elle pu être à sa place, à s'endormir dans ses bras tous les soirs. Mais maintenant, elle n'avait plus personne. Elle ne pouvait compter que sur elle-même. Alors que se passerait-il pour elle après la guerre ? Où irait-elle quand les Hemmings lui donneraient son congé ? Peut-être qu'on la paierait pour son silence.

Charlotte se languissait. Ses promenades matinales avec Henry, sur le dos de Pharaon, lui manquaient cruellement.

Une semaine après sa majorité, Henry fut appelé sous les drapeaux. Il disposait de cinq jours pour se présenter à la garnison de Catterick située dans le Yorkshire du Nord, la plus grande base d'entraînement de l'armée britannique. Il avait déjà son certificat d'aptitude, ayant passé une première visite médicale à Leeds peu de temps auparavant. S'ensuivraient six semaines de formation, puis il partirait, au début du mois de décembre, vers une destination inconnue.

L'échéance approchant, Henry et Charlotte veillaient toute la nuit, parlant et s'aimant, profitant de leurs derniers instants de bonheur ensemble. La réalité les avait rattrapés bien vite. Ils étaient terrifiés. Comme tout le monde à Ainsleigh Hall. Le comte paraissait vieilli de dix ans et la comtesse semblait perpétuellement au bord des larmes. Même les vieilles domestiques affichaient un moral en berne.

Pendant ce temps, à Buckingham Palace, la reine s'inquiétait. Les lettres de sa fille s'étaient faites étrangement laconiques depuis quelque temps. Dans l'une d'elles, enfin, Charlotte évoqua ce qui la préoccupait : le fils Hemmings venait d'être appelé sous les drapeaux et son départ bouleversait ses parents. Rassérénée, la reine Anne pria sa fille par retour de courrier d'adresser à ses hôtes ses meilleurs sentiments. C'était la première fois que Charlotte évoquait Henry avec un tant soit peu de détails, et Alexandra remarqua qu'elle semblait elle aussi s'attrister de son départ.

— Qu'est-ce que tu sous-entends là ? Que Charlotte serait amoureuse ? nargua Victoria.

La reine balaya sa remarque d'un geste de la main.

— Bien sûr que non. Ce garçon n'est qu'un enfant, tout comme Charlotte. Si elle avait un faible pour celui-ci, elle nous en aurait parlé dans ses lettres. Elle ne nous en avait encore jamais dit plus que deux mots. Comme je suis triste pour sa mère, en revanche ! Ce doit être si dur de voir son fils unique partir à la guerre. Ils semblent tous charmants, d'après les courriers de la comtesse. Elle me laissait entendre que son mari n'est pas en bonne santé… J'espère que Charlotte n'est pas un fardeau pour eux. Avec un peu de chance, elle pourra égayer leur quotidien après le départ de leur fils.

— Vous avez beau dire que ce n'est qu'un enfant, il s'en va tout de même à la guerre ! persifla Victoria.

Mais elle décida que sa mère devait avoir raison. Charlotte ne l'avait qu'à peine mentionné, si bien qu'une amourette semblait peu probable. Victoria avait toujours trouvé sa jeune sœur trop couvée du fait de son asthme, qui s'était apparemment estompé dans le Yorkshire, à en croire ses lettres. Les quatre derniers mois sans elle avaient été bien agréables… même si elle commençait à lui manquer. Pas trop tout de même – elle admit auprès d'Alexandra qu'elle regrettait leurs disputes, ce qui lui ressemblait bien.

L'échéance tant redoutée arriva et Henry, sac au dos et laissez-passer à la main, se rendit à la gare avec Charlotte et ses parents. Lucy avait tenu à se joindre à eux et, en lui disant au revoir, elle se hasarda à poser un baiser sur sa joue. Gêné, le jeune homme lui fit poliment ses adieux, puis enlaça son épouse et l'embrassa devant tout le monde, comme s'ils n'avaient rien à cacher. Lucy s'en trouva furieuse, même si elle n'en montra rien. Comme elle aurait aimé pouvoir l'embrasser ainsi ! Si seulement cette intrigante de Charlotte n'était jamais arrivée !

— Prends soin de toi, chuchota Henry à Charlotte.

Il espérait bénéficier d'une permission pour revenir la voir avant d'être envoyé au front. Il n'avait toutefois guère d'espoir. Quand reverrait-il sa mère, son père, sa femme ? Mystère. Il étreignit tendrement sa mère éplorée, serra dignement la main de son père, embrassa de nouveau Charlotte et, bon gré mal gré, monta à bord du wagon. Le chef de gare siffla et le train s'ébranla. Penché à la fenêtre ouverte, Henry adressa de grands signes à sa famille jusqu'à ce que le convoi l'emporte au loin.

Le petit cortège regagna Ainsleigh Hall dans un silence de mort. Chacun était perdu dans ses propres pensées. Lucy se réfugia dans la cuisine comme tous les soirs, l'œil humide, et Charlotte monta s'allonger. Elle n'avait qu'une envie : penser à Henry.

Le comte et la comtesse s'étaient retirés dans leur chambre et, quand on servit le dîner, la comtesse avait les paupières rougies. Le comte, d'ordinaire jovial, se montra morose et taiseux. La vie à Ainsleigh Hall allait être bien différente sans Henry. Toute vitalité semblait avoir fui l'endroit.

Lucy était soulagée de ne plus voir le jeune homme tourner autour de Charlotte, de ne plus le savoir dans ses bras dans la chambre d'à côté. En son absence, elle pouvait à nouveau nourrir ses fantasmes et s'imaginer qu'elle lui manquait. Elle n'échangeait plus guère que quelques mots occasionnels avec Charlotte, toute amitié potentielle détruite par leur rivalité amoureuse. Lucy n'avait jamais vraiment fait partie de la compétition, quoi qu'elle puisse penser, mais elle préférait se leurrer sur le sujet.

Les six semaines suivantes ne furent qu'une insoutenable attente ponctuée de lettres de Henry. Celles adressées à ses parents étaient brèves et factuelles : l'entraînement était dur, il était épuisé quand sonnait l'extinction des feux, mais il se portait bien. À Charlotte, il écrivait dans une veine plus lyrique qu'il l'aimait, qu'il s'enorgueillissait chaque jour de pouvoir l'appeler sa femme, qu'il lui tardait de la revoir. La jeune fille rangeait ses missives dans un tiroir, un ruban noué autour de la liasse d'enveloppes qui ne cessait de grossir. Ses parents partageaient avec elle les nouvelles qu'il leur adressait, fiers que leur fils serve le pays.

En décembre, à la fin de son entraînement, Henry eut une permission de deux jours. C'était inespéré. Lorsqu'il parut sur le seuil du manoir, en uniforme, Charlotte le trouva plus séduisant que jamais avec ses cheveux tondus ras et ses épaules musclées. Le jeune homme partagea équitablement son temps entre sa femme et ses parents, chacun savourant ces précieux instants passés en sa compagnie. Henry eut même l'élégance de consacrer un moment à la pauvre Lucy, même s'il en profita pour lui demander de prendre soin de Charlotte, ce qui ne lui plut guère – il n'avait aucune idée qu'elle rêvait encore de lui. Elle savait dissimuler ses sentiments.

Les Hemmings avaient décidé d'avancer les festivités de Noël, si bien que la joie régna de nouveau au manoir pendant un peu moins de quarante-huit heures.

Vint le moment des adieux. Charlotte était affligée de chagrin. Sitôt arrivé, son mari repartait, et pour combien de temps ? Sur le quai de la gare, frigorifiée, elle regarda s'éloigner la silhouette de Henry sans entendre les mots qu'il lui criait par la fenêtre de son compartiment. Le train disparut, mais il fallut que la neige se mette à tomber pour que Charlotte consente à remonter à bord de la voiture et à reprendre la direction d'Ainsleigh Hall. Sa grossesse était désormais bien visible, mais cela n'avait guère d'importance puisque personne ne connaissait son identité et qu'elle ne quittait que rarement le domaine. Il ne lui restait plus qu'à prier, entre deux lettres, pour qu'aucun malheur n'arrive au père de son enfant.

Pendant les semaines qui suivirent, rien ne la dérida, pas même les trois lettres qu'elle reçut de Henry en janvier. Le texte en était partiellement censuré, mais, d'après les maigres informations qu'elle glana, elle estima qu'il devait se trouver en Italie ou en Afrique du Nord.

Les journées s'étiraient ; elles paraissaient interminables. Charlotte se languissait de sa famille. Elle se sentait désormais seule au monde dans le Yorkshire. Sa mère et ses sœurs lui manquaient d'autant plus que sa grossesse continuait à se faire sentir. Quel dommage que sa famille ne sache rien de son désarroi. Henry était le seul à pouvoir en discuter avec elle, par courrier. Puis, en février, les lettres cessèrent d'arriver au manoir. George mit le silence de son fils sur le compte d'un déplacement des troupes.

— Nous aurons bientôt de ses nouvelles, vous verrez, affirma-t-il pour rassurer sa femme et sa bru.

Et celles-ci le crurent, au début.

Jusqu'au télégramme.

Henry était mort. Tombé au combat, en héros, à Anzio. Son corps ne pouvait malheureusement pas être rapatrié. Sincères condoléances, etc.

Le comte dut aussitôt aller s'étendre, inconsolable. Charlotte, de son côté, lisait et relisait le télégramme, sidérée, peinant à comprendre. Son mari, mort... Son enfant, orphelin de père avant même sa naissance...

Elle rapporta l'information à ses parents qui écrivirent une lettre de condoléances personnelle aux Hemmings.

Le comte ne se remit jamais de la mort de son fils. Il toussait depuis près d'un mois. Affaibli par le choc, il contracta une pneumonie qui l'emporta en à peine trois semaines. La nuit, le manoir résonnait des sanglots des deux veuves. Lucy entendait Charlotte pleurer dans la chambre d'à côté. Le fait que la comtesse ne s'indigne pas de sa grossesse – qu'elle semble même s'en consoler – la rendait furieuse.

Charlotte n'était plus que l'ombre d'elle-même. Dans sa détresse, elle racontait à ses parents le deuil de la comtesse, ne pouvant leur confier le sien.

— Dans quelques mois, vous aurez 18 ans, lui dit un soir sa belle-mère. Alors, vous rentrerez chez vous avec mon petit-fils ou ma petite-fille.

Elle ne parvenait plus à se représenter le quotidien sans Charlotte. Le soir, au coin du feu, la jeune fille l'écoutait raconter, le regard perdu, l'enfance de Henry. Ensemble, elles imaginaient la vie qui attendait le bébé. C'était leur unique joie. Seule dans sa chambre, Lucy pleurait également Henry : nul n'était plus heureux au manoir.

La date du terme approchant, la comtesse fit installer Charlotte dans une autre chambre, au même étage que la sienne. Avril arriva, réchauffant l'atmosphère et fleurissant le jardin qu'avaient ensemencé ensemble Lucy et la comtesse. Les arbres retrouvaient des couleurs et les bourgeons s'ouvraient. Un printemps timide pointait le bout de son nez. Charlotte composait des bouquets dont elle ornait la table de la salle à manger, dans l'espoir de leur remonter à tous le moral. Mais la cruauté et l'absurdité de la mort de

Henry ne cessaient de lui revenir en pleine figure. Et son enfant qui grandirait sans père... Henry avait été bien trop jeune pour mourir. Charlotte relisait chaque soir les lettres qu'il lui avait écrites.

Les Allemands bombardaient Londres avec une fureur renouvelée depuis le mois de janvier. Charlotte se demandait parfois si ses parents la laisseraient rentrer, vu la situation. Pour une fois, même si sa famille lui manquait, elle se réjouissait de ne plus être dans la capitale. Son enfant ne naîtrait pas sous les bombes, dans le hurlement des sirènes. Dans leurs lettres, ses parents et ses sœurs semblaient toujours plus préoccupés par la guerre, et soulagés qu'elle soit saine et sauve. Malgré tout, Charlotte s'attristait de ne pouvoir partager avec eux l'évolution de sa grossesse. La comtesse, si bonne, palliait un peu l'absence de sa propre mère.

Le travail commença la deuxième semaine de mai. Charlotte avait posté la veille une lettre à sa mère et, en la rédigeant, il s'en était fallu de peu qu'elle ne lui avoue tout. Mais elle ne pouvait pas le faire. D'ici quelques mois, avec un peu de chance, elle la reverrait et pourrait tout lui raconter – son mariage avec Henry, son amour pour lui. Elle ne souhaitait plus qu'une chose, que la naissance de son enfant se passe bien.

La comtesse fit venir le médecin dès que Charlotte lui fit savoir que les contractions avaient commencé. Depuis quelque temps, il nourrissait des inquiétudes au sujet du bébé, trop grand pour ce corps frêle. Dans ses dernières semaines, Charlotte avait été si mal en point que même Lucy avait renoncé à la jalouser. Le docteur espérait éviter la césarienne, opération délicate pour la parturiente comme pour le bébé, durant laquelle l'un des deux succombait souvent. Mais il s'agissait d'une éventualité que l'on ne pouvait exclure. Par chance, l'hôpital n'était pas trop loin.

Les contractions de Charlotte étaient déjà violentes lors de l'arrivée du docteur. Glorianna était convaincue qu'elle s'en sortirait très bien, jeune et forte comme elle l'était. De l'aube jusqu'au crépuscule, ni elle ni le médecin ne quittèrent le chevet de Charlotte. Après seize heures d'un travail éprouvant, le bébé ne se montrait toujours pas, et la confiance de la comtesse commença à s'effriter. L'enfant était tout simplement trop grand pour être mis au monde. Vers minuit, le médecin et elle échangèrent un regard inquiet. Charlotte n'était plus en état d'être conduite à l'hôpital, même en ambulance. Ses cris s'entendaient dans tout le manoir, terrifiant les bonnes. Elle était trop exténuée pour pousser et, au bout de vingt-quatre heures, le médecin avoua à la comtesse son désarroi.

— Charlotte, il faut faire un effort, implora celle-ci, paniquée, en épongeant le front de sa belle-fille. Pensez à Henry. Faites-le pour Henry, Charlotte. Il faut mettre ce bébé au monde.

La princesse redoubla ses efforts. Mais l'enfant se présentait de côté et le médecin avait beau s'escrimer, il ne parvenait qu'à accroître la douleur de Charlotte. C'était peine perdue. Au début, Lucy et les domestiques passaient de temps à autre une tête dans la chambre, curieuses. Désormais, elles n'osaient plus le faire : le calvaire de Charlotte les épouvantait.

Puis la jeune fille rassembla ce qui lui restait d'énergie et se contracta dans un ultime sursaut.

— Je vois la tête ! cria le médecin.

Reprenant espoir, Charlotte trouva de nouveau la force de pousser, comprimant dans sa main celle de sa belle-mère. L'épuisement et la souffrance étaient tels qu'elle s'évanouit à plusieurs reprises. Il lui fallut encore deux heures pour faire sortir l'enfant. Elle avait l'impression de se noyer. Mais, grâce au soutien de la comtesse et du médecin, elle réussit à accoucher d'une petite fille. Celle-ci était saine et sauve. Le médecin coupa le cordon ombilical qui, en s'enroulant autour d'elle, avait entravé sa sortie. Charlotte sourit faiblement en la voyant. Difficile de croire qu'un tel enfant ait pu émerger d'une si petite personne. En la pesant, on découvrit qu'elle faisait 4 kilos.

Charlotte sombra enfin pour de bon dans l'inconscience grâce aux médicaments administrés par le médecin, qui put ainsi recoudre les déchirures avant son réveil. Elle saignait encore abondamment, mais le médecin assura à la comtesse que les pertes étaient toujours impressionnantes quand l'enfant avait un certain poids, et s'arrêteraient bientôt.

— Comment allez-vous l'appeler ? demanda la comtesse en embrassant tendrement Charlotte quand celle-ci reprit connaissance.

Une infirmière amenée par le médecin avait lavé, langé et emmailloté l'enfant, qui les fixait de ses grands yeux bleus. Lorsque Charlotte la vit enfin, elle se sentit submergée par une émotion qui lui fit oublier ses souffrances. Si seulement Henry avait pu la voir !

— Anne Louise, répondit-elle faiblement. En hommage à ma mère et à l'une de mes grand-tantes. Elle est magnifique, n'est-ce pas ?

Aussitôt, elle bascula de nouveau dans les limbes de l'inconscience. Les médicaments faisaient leur effet.

Le médecin prit son pouls. Il était faible et irrégulier, mais il ne fallait pas s'en étonner après tout ce qu'elle avait traversé. Il partit en disant de la laisser dormir : l'infirmière veillerait sur elle, et lui-même reviendrait dans quelques heures. La comtesse emporta l'enfant dans la nursery aménagée à côté de la chambre de Charlotte. Puis elle partit se coucher sans même se déshabiller, profondément soulagée que toutes deux aient survécu.

Environ deux heures plus tard, émergeant d'un profond sommeil, pleine du regret que Henry ne soit pas là pour voir son enfant, elle se rendit immédiatement au chevet de sa bru pour voir si celle-ci avait besoin de quoi que ce soit. Elle ouvrit doucement la porte, craignant de la déranger. En franchissant le seuil, elle comprit qu'il y avait un problème.

Charlotte était pâle comme un linge. Ses lèvres étaient bleues. Elle semblait dormir paisiblement, mais son teint était alarmant. Glorianna s'affola. Respirait-elle encore ? La comtesse se précipita, saisit son poignet. Il était froid. Ne trouvant pas le pouls, elle rejeta les couvertures qui couvraient la jeune femme. La princesse Charlotte Windsor gisait au milieu d'une mare de sang.

La comtesse sentit l'air lui manquer. Sa protégée était morte en couches sous son toit, à 17 ans. Qu'allait-elle dire à ses parents ? Seigneur ! Et ils n'étaient même pas au courant de la grossesse de leur fille ! Henry, George, son époux, et maintenant Charlotte. Et cette pauvre enfant, orpheline dès la naissance… C'était trop.

Elle appela le médecin, qui se hâta de revenir. Il confirma que Charlotte était morte d'une hémorragie, ce qui était regrettable mais, à ses dires, impossible à prévoir et fulgurant. Quand bien même l'infirmière aurait veillé près d'elle, rien n'aurait été possible.

Glorianna chancelait. Que faire ? Comment annoncer la terrible nouvelle au roi et à la reine ? S'ils apprenaient tout à la fois la mort de leur fille, sa grossesse et son mariage clandestin, ils ne s'en relèveraient pas.

Lentement, elle se tourna vers le médecin.

— Docteur, concernant la cause du décès… Le certificat pourrait-il faire état d'une grippe, d'une pneumonie, ou… de complications liées à l'asthme ?

Elle baissa la voix.

— Voyez-vous, ses parents ignoraient sa grossesse. Je leur en parlerai plus tard, cela va de soi. Mais, dans un premier temps, je préférerais les ménager.

La comtesse s'était exprimée avec l'autorité que lui conférait son rang, et le médecin n'hésita qu'un instant avant d'acquiescer. Quelle différence ? La pauvre était morte, et l'enfant devait être illégitime si ses propres parents n'étaient pas au courant. Peut-être était-ce d'ailleurs pour cela qu'elle était venue dans le Yorkshire, pour cacher sa grossesse. La comtesse voulait protéger la réputation des parents, voilà tout. Jamais le médecin n'aurait soupçonné l'identité de Charlotte, ni son statut de femme mariée.

— Bien, madame la Comtesse. C'est le moins que je puisse faire dans ces circonstances. Quel malheur...

Il regrettait de ne pas être resté toute la nuit, mais comment aurait-il pu prévoir pareille tragédie ? Une césarienne n'aurait sans doute pas suffi à lui sauver la vie, vu le poids du bébé.

— Ses parents vont être fous de chagrin, approuva la comtesse.

Elle était bien placée pour le savoir.

— Leur petite-fille les consolera, hasarda le médecin. Quand ils apprendront son existence. S'ils choisissent de la recueillir malgré... les circonstances.

La comtesse ne chercha pas à lui expliquer que le bébé, bien qu'orphelin de père et de mère, était tout à fait légitime. La seule chose qui importait désormais était que la presse ne s'empare pas de l'affaire avant que la comtesse ait eu le temps de parler à la reine. Glorianna était la seule à connaître la véritable histoire de Charlotte et Henry. Avec un peu d'habileté, le scandale serait évité.

Le médecin remplit le certificat, attribuant la mort à une pneumonie avec complications liées à l'asthme, et partit en s'engageant à déclarer le décès et même à téléphoner à l'entreprise de pompes funèbres. Alors, avec toute la dignité qu'elle put rassembler, la comtesse alla annoncer la mort de Charlotte aux domestiques et à Lucy. À l'effroi et à la stupéfaction succéda l'horreur, et toutes se retranchèrent, en larmes, dans la cuisine. Malgré la fragilité de Charlotte, elle semblait toujours si jeune et vive que nul ne s'attendait à sa mort.

Une heure plus tard, on emporta le corps. Glorianna baisa une dernière fois le front de sa bru et la regarda s'éloigner sur une civière, inerte sous un linceul noir, dans le hall résonnant des pleurs des bonnes. La comtesse se réfugia dans la bibliothèque, se servit un verre de cognac qu'elle avala d'un trait et, les doigts tremblants, composa le numéro d'urgence top secret qu'on lui avait confié avec pour consigne de ne l'utiliser qu'en tout dernier recours.

Elle déclina son identité et demanda à être mise en relation avec le secrétaire de la reine. Elle n'avait même pas songé à demander Charles Williams, qu'elle avait pourtant rencontré lors de l'arrivée de Charlotte. S'adresser au secrétaire du roi en ces circonstances lui semblait peu approprié, et elle n'avait jamais correspondu qu'avec la mère de sa protégée.

Elle résuma les faits. Charlotte avait attrapé froid, son état de santé s'était rapidement détérioré, le rhume s'était mué en pneumonie, son asthme s'en était trouvé aggravé, le médecin n'avait rien pu faire et le pire était advenu. La détresse de Glorianna s'entendait dans sa voix. Elle pria son interlocuteur d'adresser ses condoléances à la famille endeuillée, et lui proposa d'enterrer le corps dans le petit cimetière du domaine pour le moment, jusqu'à ce que l'on puisse le rapatrier, sans doute après la guerre. Elle ferait envoyer les possessions de Charlotte au palais et garderait Pharaon dans ses écuries jusqu'à ce que l'on puisse venir le chercher.

Le secrétaire la remercia et promit de la rappeler avec des instructions détaillées une fois le roi et la reine informés de la tragédie. Une tâche qui promettait d'être difficile.

La réputation de Charlotte et Henry était intacte. C'était, dans l'infini malheur de la comtesse, son unique consolation. Le roi et la reine n'apprendraient ni la grossesse illégitime de leur fille ni son mariage précipité. Elle finirait par tout leur avouer, mais pas par courrier ni au téléphone. Le moment venu, elle respecterait leur volonté concernant l'enfant.

Pour l'heure, Anne Louise était en sécurité dans le Yorkshire, jusqu'à ce que la famille royale soit prête à l'accueillir.

Glorianna monta la voir et la trouva endormie à poings fermés. Elle la prit dans ses bras. Une nourrice avait déjà été engagée dans l'une des fermes du domaine. En veillant l'enfant, la comtesse pleura pour Charlotte, qui avait illuminé sa vie l'espace d'un an, et qui avait tant aimé son fils. Grâce à elle, Henry ne disparaîtrait pas tout à fait. Et elle-même survivrait un peu par le biais de cette petite fille, qui était aussi la chair et le sang de la comtesse. Elle se sentait désormais profondément liée à la princesse Anne Louise, ainsi nommée par sa mère dans son dernier souffle, venue au monde sans parents pour l'aimer, sous de si funestes auspices. Elle espérait que le destin serait plus clément pour elle à l'avenir.

# 4

La petite Anne Louise avait un mois et, à Ainsleigh Hall, on remuait ciel et terre pour qu'elle ne manque de rien. Les premiers temps, le docteur passait tous les jours s'assurer que l'orpheline prenait du poids et se remettait de sa naissance éprouvante. À la demande de la comtesse, une infirmière s'était installée au manoir. L'enfant avait de l'appétit et de la vigueur à revendre. Dans cette maison endeuillée, Anne Louise était un véritable rayon de soleil.

Grâce au certificat de décès falsifié par les soins du médecin, le roi et la reine, bien qu'endeuillés, ne se doutaient de rien. Ils avaient accepté avec gratitude l'offre de la comtesse d'enterrer Charlotte à Ainsleigh Hall, dans l'espoir de la ramener un jour à Londres, une fois les bombardements finis. Procéder à une cérémonie au milieu des attaques aériennes était plus qu'ils ne pouvaient supporter. Ils avaient également choisi de laisser pour le moment toutes ses possessions dans le Yorkshire.

Les deux sœurs de Charlotte étaient tout aussi affligées que leurs parents, surtout Victoria, qui se tourmentait en songeant à sa méchanceté constante envers sa cadette.

Un communiqué officiel parut dans la presse, doublé d'une annonce à la radio. Son Altesse Royale la princesse Charlotte avait succombé à une pneumonie peu avant son dix-huitième anniversaire. Dans le Yorkshire, nul ne fit le lien avec Charlotte White, la Londonienne morte en couches des suites de ses amours clandestines avec le jeune maître d'Ainsleigh Hall.

— Tiens ! remarqua seulement Lucy. Elle est morte le même jour que notre Charlotte à nous, la princesse.

En ce temps-là, la mort était partout, et la jeune fille n'accorda pas davantage d'attention à la coïncidence.

Elle ne ressentait désormais plus que tristesse pour Charlotte et avait jeté son dévolu sur l'enfant, dernier lien qui la rattachât encore à Henry. Elle adorait la porter, la bercer des heures durant, assise dans le fauteuil à bascule. Elle était là le jour où Annie esquissa son premier sourire, et savait la calmer comme nulle autre au manoir lorsqu'elle semblait inconsolable. Il arrivait en effet au bébé de pleurer sans discontinuer pendant des soirées entières. Le diagnostic de l'infirmière était sans appel : les coliques. Mais, au manoir, chacun se demandait si l'enfant n'appelait pas sa mère.

On enterra Charlotte dans le petit cimetière d'Ainsleigh Hall. Les domestiques au grand complet, Lucy, et bien sûr la comtesse assistèrent à la cérémonie, qui fut simple et brève. Le vicaire, qui avait consacré son union avec Henry, n'eut pas besoin de feindre l'émotion. La mort d'une si jeune femme, qui avait répandu la joie autour d'elle, était une tragédie. Personne ne savait exactement ce qui s'était passé, mais tous avaient conscience qu'Anne Louise était née dans de mystérieuses circonstances. Deviner l'identité du père n'avait rien de difficile. La comtesse gardait cependant le silence sur le reste : elle n'avait aucune intention de révéler que la conception de l'enfant avait été moins honorable que sa naissance. Elle se félicitait d'avoir poussé son fils à épouser Charlotte. Ainsi y avait-il une chance pour que l'enfant grandisse parmi les Windsor.

Elle n'avait qu'une hâte : profiter d'une accalmie pour se rendre à Buckingham Palace avec la petite, et leur révéler toute l'histoire. Ils ne la répudieraient pas. Après tout, Anne Louise était loin d'être le premier rejeton royal à avoir vu le jour dans des circonstances troubles. Et elle était tout ce qu'il restait de Charlotte.

La reine avait adressé à la comtesse une lettre la remerciant pour sa bonté envers Charlotte, alors qu'elle-même était endeuillée pour son fils et son mari. Que de pertes ils avaient tous subies ! Glorianna se réjouissait un peu à l'idée de pouvoir la consoler par l'existence du bébé. Elle était certaine que les Windsor l'accepteraient.

Un jour... Mais quand ? La guerre continuait de faire rage. Hitler bombardait sans relâche Londres et ses environs, aussi lourdement – voire pire – qu'au début de la guerre. Même dans le Yorkshire, région jusqu'alors relativement épargnée, on sentait le vent tourner. Il allait falloir s'armer de patience.

En septembre, l'infirmière fut contrainte de quitter le manoir pour aller prendre soin de sa mère qui avait fait une attaque après le bombardement de leur maison à Manchester. Spontanément, Lucy proposa de la remplacer. Anne Louise avait alors 4 mois et la comtesse avait déjà remarqué que la jeune fille était remarquablement aimante et efficace avec l'enfant. De toute évidence, elle adorait Anne, qui le lui rendait bien. À compter de ce jour, Lucy coucha auprès d'elle dans la nursery, se levant la nuit pour la nourrir et la langer sans jamais rechigner. Pendant la journée, elle emmenait la petite partout avec elle.

Glorianna lui en était d'autant plus reconnaissante que sa propre santé s'était fortement dégradée depuis le décès de Charlotte. Trois morts coup sur coup, c'était plus qu'elle n'en pouvait supporter. Bien que terrassée par une profonde mélancolie, elle se remit à monter à cheval à l'arrivée de l'hiver, malgré sa vieille blessure. Elle affirma que cela lui changeait les idées. Quant aux dangers que cela représentait pour une femme de son âge, ça lui était bien égal.

Elle se mit donc à effectuer chaque jour de longues promenades. Sur le chemin du retour, elle s'arrêtait pour fleurir les tombes de George et de Charlotte et pour nettoyer la pierre qu'elle et son mari avaient fait graver au nom de Henry. Entourée des fantômes des siens et de leurs ancêtres, Glorianna se sentait apaisée.

Un soir, à son retour, l'air particulièrement pensive, elle monta dans la nursery et vit Anne Louise endormie dans les bras de Lucy. Toutes deux étaient si bien ensemble qu'elles ne remarquèrent pas la présence de la comtesse. Celle-ci se retira sur la pointe des pieds, soulagée. Si la petite se révélait indésirable à Buckingham Palace, Lucy pourrait rester au domaine et s'en occuper. Elle et la comtesse étaient bien heureuses d'avoir trouvé une raison solide qui justifiât son séjour prolongé à Ainsleigh Hall. Peut-être la reine choisirait-elle de les faire venir toutes les deux au palais ? Glorianna avait hâte de partager enfin son secret avec la famille royale. Ce fardeau ne lui avait que trop pesé.

Quelques jours avant Noël, la bonne monta comme chaque matin son thé à la comtesse. Elle ouvrit les rideaux, découvrant un paysage désolé. Le sol était poudré de neige et le manoir traversé de courants d'air glacés. Après une plaisanterie restée sans réponse, la bonne se retourna et découvrit la comtesse paisiblement étendue dans son lit, le teint gris. Elle était morte dans son sommeil d'une crise cardiaque. L'année avait été trop éprouvante.

On appela les pompes funèbres et le vicaire et, après quelques hésitations, la gouvernante téléphona à Me Peter Babcock, le notaire de feu M. Hemmings, dont l'étude était sise à York. Il s'agissait de se pencher sur la succession de la comtesse. On ne lui connaissait pas d'héritier direct. Elle ne laissait pas de frère ni de sœur. George avait été fils unique. Dans ces conditions, le domaine allait tomber aux mains de cousins éloignés qui n'y avaient jamais mis les pieds.

Le notaire vint. Voyant un nourrisson dans les bras d'une jeune femme, il le prit pour son enfant et, à Ainsleigh Hall, nul ne le détrompa. On soupçonnait fortement le jeune maître d'avoir été le père de la petite mais, faute de preuves, personne n'osait rien dire. Quand Charlotte était morte, personne n'était venu réclamer l'enfant. La conclusion qui s'imposait, c'était qu'il s'agissait d'une bâtarde et que M. et Mme White n'étaient pas au courant.

Les Hemmings avaient vécu chichement. Ils laissaient derrière eux assez d'argent pour verser les salaires des fermiers et de leurs deux garçons d'écurie pendant un moment. Le notaire consentit à s'en charger jusqu'à ce que l'on identifie l'héritier.

Il fallut deux mois d'avis et d'annonces divers dans la presse locale et londonienne, mais un vieux cousin au troisième degré de George Hemmings, plus âgé que le défunt lui-même, célibataire et sans enfant, finit par se signaler à l'étude de Me Babcock. Il s'était retranché en Irlande au début de la guerre. Dans sa lettre, il s'étonnait de se découvrir l'héritier de son cousin, qu'il n'avait pas vu depuis son enfance, et s'avouait réticent à rentrer au pays avant la fin officielle des hostilités. Il s'engageait à venir voir le domaine qui lui était légué une fois la paix signée. D'ici là, il demandait au notaire que celui-ci continue de payer en son nom les employés des fermes. Quant à assurer l'entretien d'Ainsleigh Hall, c'était une autre histoire. Le manoir avait besoin de travaux et de personnel. Cela supposait des frais importants que le cousin ne paraissait pas pressé d'engager. Lui-même propriétaire d'un château en Irlande, il songeait à vendre rapidement ce domaine anglais.

Trois mois plus tard, en mai, l'Allemagne nazie capitula. Après des années de souffrances et d'immenses pertes jusqu'au Pacifique, l'Europe était un champ de ruines, et la fin du conflit représentait un soulagement énorme. Anne Louise allait sur sa première année.

En juin, lord Alfred Ainsleigh arriva d'Irlande, comme convenu. La visite du domaine confirma ses soupçons. Le manoir était délabré et, à son âge, l'héritier ne se sentait pas le courage d'entreprendre les longs et coûteux travaux qui s'imposaient : installation du chauffage central, réfection de la plomberie, réhabilitation totale du réseau électrique... Le parc, en dépit des efforts de Lucy et de la comtesse, avait piteuse allure ; il fallait refaire toutes les plates-bandes du jardin, remplacer la moitié des haies, planter des arbres, rénover les clôtures. Non seulement lord Ainsleigh n'avait pas les moyens de rendre au domaine sa splendeur d'antan, mais il n'en avait aucune envie.

Et pour cause : il ne souhaitait pas revenir s'établir en Angleterre. Aussi résolut-il de vendre le bien au plus offrant. M^e Babcock l'aida à en fixer le prix et mit le bien sur le marché par l'entremise d'une agence qui opérait à la fois à York et à Londres. Le vieil aristocrate espérait qu'un riche Américain se laisserait séduire par le charme et le potentiel de la propriété et lui redonnerait de sa superbe. Il repartit, laissant au notaire le soin de gérer en son nom la transaction.

Sa visite avait ébranlé les domestiques, qui ne se berçaient pas d'illusions : si le domaine changeait de mains, leurs postes seraient en péril.

— On va se retrouver sur le carreau, se lamenta l'une des bonnes.

Elle avait travaillé là toute sa vie, pendant les quarante ans du mariage des Hemmings, et pendant toute l'existence de leur fils.

— C'est couru d'avance ! Le nouveau maître nous donnera notre congé et embauchera du sang neuf. Encore faudra-t-il qu'il en trouve… Maintenant, les femmes travaillent à l'usine, on dit que ça paie mieux. De nos jours, elles veulent toutes vivre à la ville.

— Il faudra bien quelqu'un pour faire le ménage. Autant rester et voir qui reprendra l'endroit, commenta sa collègue.

La gouvernante, qui était née dans l'une des fermes du domaine, acquiesça : elle resterait tant qu'on ne la renverrait pas.

— Et toi ? demanda-t-elle en se tournant vers Lucy.

Le statut de la jeune femme était un peu particulier : sans faire à proprement parler partie des domestiques, elle n'était pas non plus apparentée aux Hemmings. Ses protecteurs morts, elle allait devoir se trouver une place ailleurs. Or, elle n'avait aucune famille. Elle avait hérité de ses parents leurs maigres économies – pas de quoi tenir bien longtemps. Lucy réfléchit. L'idée de se faire embaucher par une noble famille, que ce soit en qualité de femme de chambre ou de bonne, ne lui déplaisait pas. Pourquoi pas dans le Sussex ou le Kent, moins éloignés que le Yorkshire ? Certes, elle n'avait que 19 ans et cet endroit était le seul foyer qui lui restait, depuis quatre ans déjà. Seulement, un nouvel élément était venu bouleverser ses plans : la petite Annie, qu'elle avait pour ainsi dire adoptée et qui venait de souffler sa première bougie. Depuis le départ de l'infirmière, Lucy était seule à s'en occuper.

— Je veux rentrer à Londres, murmura-t-elle.

Les autres acquiescèrent en silence. Cela paraissait logique, puisque c'était là que Lucy avait grandi. Il y aurait de meilleurs emplois en ville et dans sa banlieue. D'autres, comme elle, rentreraient chez eux, soit une fois de retour de l'armée, soit une fois sortis des endroits qui leur avaient servi de refuge pendant les bombardements. L'Angleterre allait avoir besoin de bras pour se reconstruire, et Lucy ne manquait pas d'énergie.

— Je voudrais emmener la petite avec moi.

Elle avait affûté ses arguments, au cas où les autres s'y opposeraient, mais nul n'y trouva à redire. La comtesse était morte et son seul héritier était un vieillard qui ne s'intéressait ni au manoir ni au sort de ceux qui l'entretenaient. Qu'aurait-il fait d'une fillette, bâtarde qui plus est ? Lord Ainsleigh ne pourrait même pas en faire son héritière puisque, à ce qu'on en savait, elle avait été conçue dans le péché. Si on parlait de l'enfant au notaire, la pauvrette finirait sûrement à l'orphelinat, comme des milliers d'autres bébés en Angleterre. Pourquoi l'arracher à celle qui veillait si tendrement sur elle ? Elle n'avait pas connu d'autre mère que Lucy.

— Vous partez quand ? demanda l'une des deux bonnes.

— Bientôt, lui répondit la jeune femme.

Elle avait ses économies, et elle chercherait un emploi qui lui permettrait de travailler avec son enfant – en tant que nourrice, pourquoi pas. Elle savait ce que l'on attendrait d'elle dans une position pareille et avait pour projet d'affirmer qu'elle était veuve de guerre. Elle serait loin d'être la seule, et personne n'allait lui demander de certificat de mariage ni d'acte de naissance. Au pire, elle pourrait toujours affirmer que les papiers avaient été perdus dans les bombardements.

— Je te rédigerai une lettre de recommandation, proposa gentiment la gouvernante. Cela devrait t'ouvrir des portes.

96

Lucy la remercia vivement. Il ne lui faudrait rien de plus. À en croire un article qu'elle avait lu dans le magazine *The Lady*, il existait à Londres une agence qui aidait les gens à trouver un emploi. Lucy avait décidé de s'y présenter dès que possible.

Ce soir-là, quand tout le monde fut couché, elle monta dans la grande chambre que Charlotte avait occupée à la fin de sa vie. Ses affaires s'y trouvaient encore. Qu'il était étrange d'avoir à portée de main la vie privée de cette jeune femme si secrète. Lucy avait toujours été attirée par cette part de mystère. Mais, pour l'heure, ce qui l'intéressait surtout, c'était de mettre la main sur les papiers d'identité de Charlotte White. Elle avait décidé de les emporter, à toutes fins utiles, sans intention de les montrer à quiconque.

Dans la chambre, elle trouva l'atmosphère oppressante, presque irrespirable. Cela faisait un an que le drame s'y était produit et la pièce n'avait pas servi depuis. Les rideaux étaient tirés, les volets clos. Sur le bureau trônait une boîte tendue de cuir brun et frappée d'une couronne dorée. Avant de l'examiner, Lucy s'assit au bureau et ouvrit le premier tiroir. Par chance, il n'était pas verrouillé.

Il débordait de documents en tous genres. Des lettres, notamment. Des paquets et des paquets de lettres, enrubannées de bleu. Le papier était épais, d'une blancheur immaculée, et imprimé d'une couronne ainsi que des lettres *A* et *R*. Plus intrigant encore, l'adresse, tracée en haut à droite d'une main fort élégante, disait « Buckingham Palace », « Windsor », « Balmoral » ou « Sandringham ». Lucy fronça les sourcils. Un code secret ? Elle était en train de lire l'une des lettres, à la recherche d'un indice, quand son cœur fit un bond. *AR*, c'étaient les initiales d'*Anna Regina* – la reine Anne ! Et tous ces endroits étaient les lieux de résidence de la famille royale.

Impossible. Charlotte avait bel et bien affirmé que son père était fonctionnaire et sa mère secrétaire. Un mensonge ? À moins que sa mère ne soit au service de la famille royale ? Et puis non, ça ne tenait pas debout : une secrétaire n'aurait tout de même pas osé se servir aussi copieusement du papier à en-tête de la reine.

Lucy poursuivit sa lecture en redoublant d'attention. Pas une fois la mère de Charlotte ne faisait allusion à Henry ni au bébé qu'elle attendait. Elle n'était donc pas au courant, sans doute parce que Anne Louise était bel et bien illégitime. Mais la comtesse le savait et avait gardé le secret…

Un détail lui revint soudain en mémoire. Charlotte Windsor, la plus jeune des trois princesses, avait été envoyée à la campagne pour sa sécurité.

Charlotte Windsor, qui était morte le même jour que Charlotte White.

Le faisceau d'indices s'étoffait.

Lucy vida les tiroirs sur le lit et étudia tout par le menu. Il y avait des lettres signées « Victoria », d'autres, plus nombreuses, signées « Alexandra ». Le bébé de Charlotte n'était évoqué dans aucune.

Certaines étaient signées « Henry », et l'amoureuse éconduite les survola. Leur lecture lui causait trop d'amertume. Comme elle avait espéré qu'il finisse par l'aimer ! Un petit portrait des amoureux, en pied, avait été serti dans un cadre d'argent en forme de cœur, sans doute par la comtesse. Mais à présent Henry était mort, et Lucy avait Annie.

Sa lecture achevée, Lucy rangea chaque lettre dans son enveloppe et, avec précaution, alla ouvrir l'écrin de cuir.

Elle faillit tomber à la renverse. Il recelait le certificat de mariage de Charlotte et Henry. Ils s'étaient mariés ! Lucy n'en revenait pas. Les bonnes, la cuisinière, même la nourrice, avaient toutes été convaincues du contraire. Mariés. En cachette ? Même pas : la comtesse avait signé le document en qualité de témoin. Le comte Hemmings aussi.

Mais pas les parents de Charlotte. Leurs lettres ne laissaient aucun doute : eux n'étaient pas au courant.

Peut-être les Hemmings attendaient-ils le retour de Henry pour annoncer à la famille royale l'existence de ce bébé conçu hors mariage, alors que ses parents n'avaient que 17 ans. Anne Louise était donc une enfant légitime, mais secrète, fille de la plus jeune des princesses Windsor. Celle-ci n'avait même pas mentionné Henry dans ses lettres avant sa mort.

Lucy localisa aussi les papiers d'identité de Charlotte. Ils étaient établis au nom de White, pas de Windsor. Elle vida le coffret. Les quelques lettres qu'il contenait ne lui apprirent rien de nouveau, mais elle y découvrit un détail intéressant : un *A* gravé dans le fond du coffret.

*Anne.*

Lucy renâcla. Elle savait que Charlotte était une cachottière depuis le soir où elle l'avait surprise ouvrant sa porte à Henry, mais elle était loin de se douter de l'étendue de ses mensonges !

Et dire qu'elle avait failli emporter ses secrets dans la tombe.

Une fine liasse de documents était tombée sur le plancher. Lucy se baissa pour les ramasser. Elle venait de mettre la main sur l'acte de naissance d'Anne Louise Hemmings, et l'empocha aussitôt. Parmi les documents figurait également le certificat de décès de Charlotte, clamant qu'elle était morte de pneumonie plutôt que d'une hémorragie suite à son accouchement.

Lucy s'apprêtait à ranger le contenu de la boîte quand elle avisa un objet de toute beauté qui avait jusqu'alors échappé à son attention : un bracelet en or orné d'une breloque en forme de cœur. Elle l'avait vu au poignet de Charlotte à son arrivée, et le passa aussitôt au sien. C'était du vol, mais elle n'avait jamais rien possédé d'aussi joli et, du reste, il ne servait plus à personne. Elle l'offrirait un jour à Annie.

Elle demeura longtemps perdue dans ses pensées, au milieu des papiers. Les idées se bousculaient dans sa tête. Si elle le souhaitait, elle avait en sa possession de quoi faire chanter les Windsor. Elle détenait des preuves de la grossesse illégitime et du mariage précipité de la princesse Charlotte. Elle savait de quoi elle était morte. Elle savait tout ! Elle, Lucy Walsh, fille de rien, tenait sous sa coupe la famille la plus puissante d'Angleterre.

Mais elle ne voulait pas d'argent. Elle voulait Annie, l'enfant qu'elle aimait. La famille royale ignorait son existence, alors que Lucy aurait le cœur brisé si elle devait l'abandonner maintenant. Certes, elle se proposait de priver l'enfant d'une vie de faste et d'opportunités. D'un autre côté, pouvait-elle faire vivre à Annie une nouvelle séparation ? Sa mère était morte, et Lucy était convaincue que personne ne l'aimerait jamais autant qu'elle.

Et puis, il s'agissait de l'enfant du seul garçon que Lucy avait aimé dans sa vie. Si les choses avaient été différentes, Anne Louise aurait été leur fille, pas celle de Charlotte. L'élever revenait en quelque sorte à honorer sa mémoire.

Lucy fixa longuement l'acte de naissance. Tout ce dont elle rêvait se trouvait à sa portée. Il lui suffisait de l'emporter. Elle ne révélerait rien aux bonnes. La reine Anne, en faisant rapatrier les affaires de Charlotte, ne se douterait jamais qu'elle avait une petite-fille. Annie n'apprendrait jamais quelle vie aurait pu être la sienne.

Nul ne saurait jamais. Lucy y veillerait.

Elle replaça lettres et documents dans le coffret, tourna la clé dans la serrure et l'enfila sur un cordon qu'elle noua autour de son cou. Voilà. Annie était sienne. Sa propre petite princesse. Le secret de son ascendance reposait entre les seules mains de Lucy.

Elle agissait, elle en avait l'intime conviction, « pour la petite ». Toutes les richesses du monde ne sauraient remplacer l'amour d'une maman.

Elle considéra le coffret. Fallait-il détruire les preuves ? Elle l'envisagea sans parvenir à s'y résoudre.

Sa décision, en revanche, était ferme. Irrévocable. D'un geste assuré, elle s'empara de la boîte, acheva de ranger la pièce, éteignit la lumière et ferma doucement la porte sur la chambre de feu Charlotte Windsor. De retour dans sa mansarde, elle glissa dans sa valise le coffret et palpa machinalement la clé qu'elle portait au cou. À son poignet brillait le bracelet en or. Annie dormait dans son berceau au pied du lit.

*Ma fille*…, murmura Lucy en la couvant d'un regard possessif. *Ma petite princesse.*

## 5

Deux jours plus tard, Lucy annonça son départ pour Londres. Elle avait acheté à York un anneau plaqué or afin d'accréditer son personnage de veuve. Elle fit ses adieux aux bonnes, remercia la gouvernante pour sa lettre de recommandation et, dès qu'elle eut tourné le dos à Ainsleigh Hall avec sa valise et l'enfant, elle passa la fausse alliance à son annulaire gauche. Sur le quai de la gare, elle patienta, le cœur battant à tout rompre. Qu'elle se sentît ou non coupable, elle ne pouvait s'empêcher d'imaginer que quelqu'un allait l'arrêter, et lui arracher la petite. Mais personne ne vint. Au manoir, nul ne s'était opposé à ses desseins, au contraire. Les orphelinats étaient pleins à craquer, la petite Annie méritait mieux.

Lucy s'installa dans son compartiment et quitta le Yorkshire sans laisser d'adresse. Elle avait promis à la gouvernante de lui donner de ses nouvelles lorsqu'elle aurait trouvé une place mais, pour l'heure, il n'y avait pas âme qui vive qui sache où la trouver. Occupée qu'elle était, gamine, à assister son père à la cordonnerie, elle n'avait guère eu le temps de se faire des amies et ses rares camarades étaient mortes, comme ses parents, dans les bombardements.

Le trajet passa vite. Le bébé fixait les passagers avec curiosité tandis que Lucy regardait défiler le paysage, absorbée dans ses souvenirs. Quand elle avait effectué ce chemin en sens inverse, quatre ans auparavant, elle n'était encore qu'une enfant de 15 ans. À présent, à la fois adulte et orpheline, avec un enfant à elle, elle allait devoir se réinventer. La guerre ne l'avait pas si mal traitée : elle avait bénéficié de la gentillesse des Hemmings. Lucy ne doutait pas que son faux statut de veuve de guerre lui ouvrirait des portes. Elle n'était assurément pas la seule à s'inventer un mari mort pour justifier d'un enfant conçu dans des circonstances inavouables. Mais elle était certainement la seule à emporter une petite princesse dans ses bagages. Il ne lui restait plus qu'à se dégoter un toit et un emploi.

Elle prit une chambre dans un petit hôtel de l'East End, son quartier d'origine, désormais défiguré par la guerre. Les rues étaient jonchées de débris et l'atmosphère saturée de poussière. La petite Annie dans les bras, Lucy retourna voir l'immeuble où elle avait grandi et découvrit à sa consternation qu'il n'en restait plus rien. Il avait été réduit à néant. Ses parents et ses voisins y avaient laissé leur vie. Elle déambula un moment avant de reprendre le chemin de son hôtel. L'afflux des souvenirs était trop violent et la douleur de son deuil trop vive. Seule Annie la réconfortait quelque peu.

Le lendemain, elle se rendit à l'agence dont elle avait entendu parler pour y faire valoir ses compétences. Avant la guerre, nul n'aurait embauché une jeune femme encombrée d'un enfant, mais les temps avaient changé. Il le fallait bien : avec autant de mères devenues veuves, les employeurs ne pouvaient plus se permettre de faire la fine bouche. Beaucoup d'entre eux étaient prêts à faire preuve de créativité.

D'emblée, la femme qui reçut Lucy lui proposa trois postes. Le premier employeur ne voulait pas d'une femme avec un enfant ; les deux autres attendraient d'elle qu'elle le fasse garder pendant la journée, mais l'autoriseraient à le garder chez eux pendant la nuit. Un était en ville, à Kensington, et l'autre dans un grand domaine du Kent, ce qui ressemblait davantage à ce qu'avait connu Lucy à Ainsleigh Hall, quoique plus grandiose encore, ce qui éveilla son intérêt.

Après un coup de fil, la femme de l'agence dégota un entretien à Lucy le lendemain, pour une place de femme de chambre. Avec si peu de gens à Ainsleigh Hall, rien n'y avait été formel. Dans ce magnifique domaine, les choses étaient bien plus complexes, avec un bâtiment entier pour les domestiques, et un cottage pour ceux qui étaient mariés. Apparemment, ils embauchaient par dizaines depuis un mois pour retrouver leur faste d'avant-guerre. Ils recherchaient chauffeurs, grooms, nourrices, majordome, gouvernante, cuisinières et autres valets de pied.

Lucy était tout excitée en prenant le train pour le Kent le lendemain. Elle avait trouvé une femme de ménage à l'hôtel qui pourrait garder Annie pendant la journée, mais elle n'avait dissimulé ni à l'agence ni au domaine qu'elle avait une petite fille à sa charge. Elle avait mentionné que son mari avait été tué dans la bataille d'Anzio, et que sa propre famille était morte dans les bombardements. Une histoire si réaliste, et si commune, qu'elle en serait presque venue à y croire elle-même.

Un chauffeur l'attendait sur le quai. Il l'accompagna jusqu'à la voiture de son maître, une Bentley rutilante, et vingt minutes plus tard ils parvinrent à un édifice ceint de murs imposants.

Ce fut la gouvernante qui conduisit l'entretien. Tout de noir vêtue, un lourd trousseau de clés pendu à la ceinture, elle intimidait fortement Lucy avec sa mine austère et son visage émacié. Une fois l'entretien terminé, la première femme de chambre parut et emmena Lucy visiter le manoir, qui se révéla conforme à la description de la dame de l'agence : majestueux, spacieux, entretenu avec autant de largesse qu'il était décoré avec goût. Le propriétaire du domaine possédait un grand magasin à Londres et était doté d'une immense fortune, à défaut d'un titre de noblesse.

Certains domestiques d'expérience auraient dédaigné travailler pour des roturiers, mais Lucy s'en moquait. Les Markham avaient quatre enfants en bas âge, avec déjà deux nourrices et une bonne d'enfants, mais elle-même était là pour une place de femme de chambre et ce poste, elle le voulait. Travailler dur ne lui faisait pas peur.

On l'informa que la femme d'un des fermiers du domaine était nourrice, ce qui tombait à pic. Elle aurait droit à une journée de congé partielle par semaine – il lui faudrait tout de même servir le petit déjeuner et le dîner – et la paie était plus que correcte. C'était tout à fait ce qu'il lui fallait, et lorsqu'on lui proposa la place juste avant son départ, pour commencer le lendemain, elle accepta sur-le-champ. Hors de question de laisser passer cette chance. Le chauffeur, en la raccompagnant à la station, lui confirma que lui-même était ravi de son poste.

De retour à Londres, elle fit ses bagages, s'assura que le coffret était toujours à sa place, au fond de sa valise, et caressa la clé qui pendait à son cou. Ces documents confidentiels représentaient aux yeux de la jeune femme une sorte d'assurance sur l'avenir, s'il devenait un jour avantageux pour elle de partager ces informations avec la reine. Pour l'heure, elle n'en avait pas besoin et ne souhaitait qu'une chose : aller de l'avant et mener une vie honnête.

On lui avait dit qu'Annie pourrait partager sa chambre, d'abord dans un berceau et plus tard dans un petit lit. Deux des autres femmes de chambre avaient également un enfant. Leurs employeurs étaient apparemment très modernes et tolérants, sauf en ce qui concernait les retardataires et les tire-au-flanc. Ils donnaient régulièrement des réceptions le week-end, organisaient souvent de grands dîners, et des bals plusieurs fois l'an. Au contraire des aristocratiques Hemmings aux fonds si diminués, ils semblaient avoir de l'argent à revendre. Cette existence et ce travail semblaient des plus plaisants à Lucy. Elle avait hâte de commencer. On lui donnerait son uniforme lors de son arrivée, et une couturière s'assurerait qu'il soit à sa taille.

Elle partit par le premier train. Ce fut un chauffeur différent qui passa les prendre à la gare. Il se montra encore plus avenant que le premier et s'arrêta pour que Lucy puisse déposer Annie à sa nourrice avant de l'emmener au bâtiment principal. Une fois là-bas, il lui montra sa chambre, sous les toits. Les chauffeurs et palefreniers occupaient déjà toutes les pièces de la maison de fonction, et les cottages étaient réservés aux couples mariés.

— Et toi, tu as un chéri ? s'enquit-il.

Il l'avait regardée de la tête aux pieds avant cette question. Lucy avait beau avoir un visage ordinaire, elle avait une silhouette plantureuse qui s'accordait à merveille avec sa tenue noire de bonne, garnie d'un tablier en dentelle. Sérieuse et professionnelle sous son bonnet blanc, elle faisait plus que ses 19 ans.

— Mon mari est mort à la guerre, répondit Lucy d'un ton neutre. Je n'ai plus que la petite.

— Quel malheur, s'émut le chauffeur. Bah ! Tu feras peut-être de nouvelles rencontres ici...

— Ce n'est pas ce que je recherche, répondit-elle sans mentir. Je suis ici pour travailler.

Le soir venu, elle se retrouva fourbue, mais satisfaite. Toute la journée, elle avait récuré, ciré, lavé, astiqué sans désemparer. Elle avait aidé deux valets de pied à transporter de lourdes tables, passé l'aspirateur dans les salles de réception et dressé une table impeccable pour pas moins de 12 couverts. Imitant ses pairs, elle apprenait vite, et appréciait déjà le style de ses employeurs, sans les avoir encore rencontrés. Elle avait entendu dire que Madame avait du goût, et qu'un repas « informel » signifiait privilégier le service en argent à celui en or.

La gouvernante était passée à plusieurs reprises vérifier le travail de Lucy et le rectifier lorsqu'elle estimait cela nécessaire. Elle lui avait appris l'art de battre les coussins du divan de Madame pour leur redonner du bouffant et lui avait montré la façon adéquate de nouer le cordon autour de ses rideaux tout en lui rappelant de mettre un uniforme propre chaque jour, et de monter immédiatement se changer si d'aventure elle venait à se tacher.

Sortant prendre l'air à la fin de son service, Lucy bouscula sans le faire exprès un garçon d'écurie qui longeait un cheval.

— Tiens ! lâcha-t-il avec un sourire. Une nouvelle. Tu es arrivée quand ?

Il était grand, large d'épaules. Ses cheveux bruns mettaient en valeur ses yeux d'un bleu perçant et ses traits bien définis, à l'expression chaleureuse.

— Il y a six heures environ. Je n'ai pas eu une minute de pause.

— On travaille dur, ici, mais les patrons sont justes, l'informa-t-il. Madame… a ses humeurs, mais alors Monsieur, rien à redire, c'est un homme bien ! Pas près de ses sous ! Enfin, quand Madame s'absente avec les petits, il lui arrive d'inviter des dames…

Lucy se régalait de ces potins, mais la bonhomie de son interlocuteur l'enchantait encore plus.

— Je vois qu'on ne s'ennuie pas, ici, lança-t-elle.

— Au fait, je m'appelle Jonathan. Jonathan Baker. Un jour, c'est moi qui dirigerai ces écuries. Mon patron, qui a vingt ans de plus que moi, ne va pas tarder à prendre sa retraite… et moi, je compte bien lui succéder !

Elle le croyait sur parole. Il semblait du genre ambitieux et irradiait l'optimisme, sans pour autant être envahissant. Il lui plaisait rien que par sa façon de lui sourire. On n'aurait pu le dire beau, pas au sens classique du terme, et il devait rendre quelques années à Lucy, mais elle se sentait à l'aise en sa compagnie.

— Tu aimes les chevaux ? lui demanda-t-il au fil de la conversation.

— Pas beaucoup, avoua la jeune femme.

Lorsqu'elle habitait Ainsleigh Hall, elle aurait volontiers appris l'équitation pour se rapprocher de Henry, mais le jeune homme ne le lui avait jamais proposé, et elle se serait sentie idiote de le lui demander. Puis Charlotte était arrivée, se révélant une cavalière hors pair, et Lucy avait battu en retraite dans les cuisines.

— Ils sont si imposants, précisa-t-elle. Ils me font un peu peur. Et puis, je suis fille de cordonnier, je n'ai jamais pris de leçons d'équitation.

— En tant que fils de forgeron, moi non plus... Mais je suis tombé amoureux des chevaux quand j'étais gamin. Ils ne sont pas méchants, il suffit de les connaître un peu. Je pourrais te montrer...

— Je serai sans doute trop occupée ici. Et puis j'ai une fille, je passerai mon temps libre avec elle. Elle a un peu plus de 1 an, ce sont les Whistler qui s'en occupent dans leur ferme pendant la journée.

— Tu es veuve de guerre, ou tu as un mari quelque part ?

— Il est mort trois mois après son arrivée au front.

— On entend partout ce genre d'histoire... Moi-même, j'ai pris part au Débarquement. Les hommes tombaient comme des mouches autour de moi. Pauvres diables. Mais moi, je m'en suis tiré. Je dois avoir une bonne étoile !

Il enchaîna :

— Je suis rentré il y a un mois. J'ai grandi dans le coin : mon grand-père était fermier pour le domaine, au service des précédents proprios, et mon père était forgeron, comme je te disais. Ma famille est là depuis plus longtemps que les nouveaux maîtres ! Ils ont acheté cet endroit il y a sept ans, juste avant la guerre.

Les précédents ont duré aussi longtemps que possible, mais ils ont fini par céder et vendre. Ils avaient perdu leurs trois fils dans le précédent conflit...

Son cheval commença à montrer des signes d'impatience. Tous deux ne pouvaient se permettre de bayer trop longtemps aux corneilles.

— Bon, je te laisse, dit-il. Au plaisir ! On ne se croisera pas aux repas, le personnel d'écurie a sa propre cantine pour se faire à manger.

— Oui, au plaisir.

Jonathan repartit vers la grange, le cheval à sa suite, et Lucy s'empressa d'aller récupérer Annie à la ferme des Whistler. L'enfant pleurait mais s'apaisa quand elle la prit dans ses bras. Sur le chemin du retour, elle songea que cet endroit serait parfait pour la petite fille en grandissant. Les Markham étaient de bons patrons, elle avait un toit sur la tête et trois repas par jour. Tout le monde s'accordait à dire que les salaires étaient meilleurs qu'avant la guerre.

Les nouveaux propriétaires pouvaient se permettre de faire vivre les grands domaines d'une façon qui n'était plus accessible aux anciens. Les aristocrates n'avaient que mépris pour ces « nouveaux riches » qui n'avaient pas de titres à moins d'en acheter, ce que faisaient certains auprès des membres les plus désespérés de la noblesse. Les Markham, eux, ne s'embarrassaient pas de ce genre de choses, compensant par leur richesse leur absence de sang bleu.

Il était grisant pour Lucy de songer que ses maîtres, si riches soient-ils, n'arrivaient pas à la cheville de sa fille. Une Windsor ! On faisait difficilement mieux. Lucy lui offrirait la meilleure vie possible, digne de n'importe quelle princesse. Travailler chez les Markham n'était que le début : elle deviendrait peut-être un jour gouvernante, avec un trousseau de clés, tout comme Mme Finch. Celle-ci plaisait bien à Lucy, bien que sévère et guindée, régissant ses troupes d'une main de fer. Et puis, elle avait l'accent du Yorkshire, qui était devenu cher et familier aux oreilles de Lucy au cours des quatre dernières années.

Elle s'acclimata vite à son travail et entama une correspondance avec la gouvernante d'Ainsleigh Hall, pour lui apprendre qu'elle avait trouvé une bonne position. Celle-ci l'informa en retour qu'un Américain, ayant racheté le domaine pour une bouchée de pain, avait aussitôt donné son congé à tout le personnel et engagé de grands travaux dont la durée était estimée à au moins deux ans. Les nouveaux domestiques seraient sans doute américains eux-mêmes. Mais ce n'était pas là l'objet véritable de sa lettre : peu après le départ de Lucy, deux secrétaires du roi s'étaient présentés au manoir, en compagnie de l'écuyer de la reine. Ils avaient exhumé le cercueil de Charlotte pour le ramener à Londres. Celle-ci n'était autre qu'une princesse royale ! Et personne à Ainsleigh n'en avait rien su ! Cela ne rendait son enfant illégitime que plus choquant encore. Par respect pour les Hemmings, par sympathie pour Charlotte, et par loyauté envers Lucy, les domestiques n'avaient soufflé mot de l'existence d'Annie. À en croire la gouvernante, les secrétaires n'avaient pas demandé de nouvelles et devaient ignorer son existence. Et, concluait-elle, cela valait sans doute mieux ainsi : Henry et Charlotte étaient morts, Annie illégitime et entre de bonnes mains. Mieux valait enterrer toute l'affaire. À quoi bon faire du tort aux disparus ?

Lucy était d'accord, toujours convaincue qu'elle avait agi comme il le fallait. Tout serait désormais oublié, d'autant plus que nul n'était au courant du mariage clandestin de Charlotte et Henry. Elle et Annie pourraient poursuivre leurs vies. Mais elle l'avait échappé belle !

La lettre de la gouvernante demeura sans réponse. Mieux valait couper les liens avec Ainsleigh Hall. On n'était jamais trop prudent. Chez les Markham, Lucy ferait enfin table rase du passé. On l'y croyait veuve de guerre, car c'était ainsi qu'elle s'était présentée et nul n'avait de raisons d'en douter. Il y en avait trop dans toute l'Angleterre pour mériter des questions ou attirer la curiosité.

Depuis son arrivée, personne ne l'avait questionnée au sujet de l'enfant. Des domestiques l'avaient complimentée sur les belles joues roses et replètes d'Annie. Rien d'autre. Avec ses cheveux presque blancs, ses yeux bleus, ses traits délicats, la petite ne ressemblait pourtant guère à Lucy : malgré sa taille à la naissance, elle avait déjà l'ossature fragile de sa mère, alors que Lucy était solidement bâtie. Si Annie était petite pour son âge, c'était sûrement du fait des rationnements qui avaient durement impacté le Yorkshire à la fin de la guerre, raisonnait Lucy. Ceux-ci se poursuivaient, mais à la table des Markham chacun mangeait à sa faim. En outre, Lucy gardait toujours un quignon de pain ou une douceur à offrir à sa petite – elle se privait de bon cœur, puisque c'était pour Annie. Tout comme le personnel d'Ainsleigh Hall, Lucy s'était convaincue que la famille de Charlotte aurait rejeté l'enfant du fait des circonstances de sa naissance. Elle aurait été considérée comme une regrettable aberration qu'on aurait dissimulée quelque part, avec des gens qui n'auraient pas su l'aimer comme elle le faisait. Les liens de parenté pâlissaient à côté de l'amour qui les unissait. Non, Lucy ne regrettait pas de s'être approprié l'enfant. Tout ce qu'elle avait fait pour la garder lui semblait juste. Et elle emporterait dans sa tombe le secret de ses origines.

Les obsèques de Charlotte furent une cérémonie intime à laquelle n'assistèrent que ses parents et ses sœurs. On l'enterra à Sandringham, son palais préféré. Une année s'était écoulée depuis sa mort ; pourtant, l'émotion était à son comble. La reine était dévastée de chagrin et de culpabilité, Victoria rongée par le remords. Elle l'avait même accusée de simuler son asthme, cet asthme qui avait fini par la tuer !

Le roi, qui avait toujours eu un faible pour sa benjamine, se réfugiait dans l'incrédulité. Que la joyeuse Charlotte ne dévale plus jamais en pas chassés les galeries du palais ? Que plus jamais n'y résonne son rire cristallin ? Impossible.

Les Windsor, en regardant le cercueil s'enfoncer dans la fosse, savaient qu'ils ne se remettraient jamais pleinement de cette tragédie. La reine s'en voulait d'avoir envoyé sa fille à la campagne, mais comment auraient-ils pu deviner le sort qui l'y attendait ? Sans compter la mort des Hemmings, ainsi que de leur fils ! Personne dans la famille royale n'oublierait jamais cette tragédie. Sa mère rendit visite à sa tombe chaque jour jusqu'à leur retour à Londres.

Puis la vie reprit et tous se jetèrent à corps perdu dans la reconstruction d'un pays déchiré par la guerre, avec au fond du cœur le souvenir de la jeune fille vive et gaie qu'avait été leur Charlotte.

Ils ne se doutaient pas un seul instant qu'une enfant qui lui ressemblait trait pour trait grandissait au même moment dans le Kent, élevée par une femme de chambre inconnue du nom de Lucy Walsh.

# 6

Une année passa et Annie souffla sa deuxième bougie. Lucy avait déjà l'impression d'avoir toujours vécu au domaine des Markham. C'étaient des employeurs en or. Elle travaillait si dur que Mme Finch lui avait confié plus de responsabilités. À 20 ans, elle était bien plus mûre que son âge, cela à cause de sa fille et de son propre statut d'orpheline.

Annie, de son côté, était la mascotte des bonnes du domaine. Le soir, les plus jeunes guettaient avec impatience son retour de la ferme des Whistler, tandis que les plus âgées se bousculaient pour lui tricoter cardigans et bonnets. Même les grooms lui sculptaient de petits chevaux de bois et d'autres jouets à roulettes dont la fillette raffolait. L'enfant était en effet souriante, câline et éveillée. Elle battait des mains et pépiait de joie lorsqu'on s'occupait d'elle et, à la voir faire la ronde autour de sa mère, frêle et vive à la fois, avec ses boucles d'un blond argenté et ses yeux bleus immenses, on l'aurait prise pour une fée. « C'est le portrait craché de son père », déclarait régulièrement Lucy pour justifier leur dissemblance.

C'était chaque soir le même rituel. Lucy laissait l'enfant jouer un moment dans l'aile des domestiques, puis elle lui donnait le bain, la couchait et lui chantait des berceuses jusqu'à ce qu'elle s'endorme. Ensuite, elle la contemplait, ivre d'amour maternel. Lucy rendait grâce à Dieu de lui avoir fait ce cadeau. Elle qui s'était si longtemps languie de Henry ne rêvait plus désormais de partager ses jours avec un homme. Annie, sa princesse, son petit ange, était toute sa vie.

Lucy faisait souvent au bourg des commissions pour Mme Finch, ou pour ses employeurs. Annabelle Markham était certes très exigeante, parfois capricieuse et gâtée, mais elle était aussi pleine de largesses envers ses employés. Pour Noël, elle avait offert à chacun d'entre eux un cadeau choisi dans le grand magasin de son mari. Elle adorait sa maison, ses enfants et son époux, sans s'intéresser le moins du monde aux affaires de ce dernier, alors que ses boutiques étaient les plus en vogue de Londres. Un an après l'arrivée de Lucy, elle avait eu un cinquième enfant dont on voyait parfois le luxueux landau promené dans les jardins par la nourrice.

Lucy eut l'occasion de lui présenter Annie. La fillette portait ce jour-là une très jolie robe que Lucy lui avait cousue, sans patron, en s'inspirant de ce qu'elle voyait dans les magazines.

— Ma parole, on dirait une vraie petite princesse ! s'était extasiée Mme Markham.

— Mais *c'est* une princesse ! répliquait toujours Lucy à ce commentaire, d'un ton qui laissait entendre qu'elle en était fermement convaincue.

Lucy croisait parfois Jonathan Baker au gré de ses commissions, et il faisait faire à Annie des tours sur le poney acheté par les Markham à leurs enfants. Quand Jonathan la hissait sur la selle, la petite en gazouillait de plaisir. Même les chevaux ne semblaient lui inspirer aucune crainte. Au contraire, elle pleurait lorsqu'on voulait l'en éloigner. Annie avait apparemment hérité de sa mère bien plus que sa beauté. Lucy en était fière, et en même temps inquiète. L'équitation était une passion onéreuse et potentiellement dangereuse.

Cet été-là, à chacun de ses jours de congé, Jonathan emmenait Lucy et Annie se rafraîchir dans un lac des environs. Il apprenait à nager à la petite fille, qui semblait tellement à l'aise qu'on aurait dit un vrai petit poisson. Lucy était sensible à la délicatesse dont faisait preuve ce grand gaillard costaud. Jonathan était heureux et ne cachait pas son désir d'être père.

— Et toi ? demanda-t-il à Lucy, un peu timide. Tu envisages de te remarier et d'avoir d'autres enfants, un jour ?

— Oh ! Je n'ai pas le temps de penser à ce genre de choses, lui répliqua Lucy du tac au tac. J'ai bien assez à faire, toute seule avec Annie.

— Toute seule, tu ne le serais plus, justement, si tu te remariais.

Lucy ne répondit rien. Elle venait d'avoir 21 ans et prétendait n'envisager l'avenir qu'en solitaire. Jonathan, qui venait d'avoir 26 ans, savait désormais avec certitude qu'il remplacerait son patron à la tête de l'écurie après son départ à la retraite : ce n'était plus un simple rêve. Lucy n'avait jamais connu jeune homme plus responsable que lui – sauf peut-être son père. Il ferait à n'en pas douter un bon époux. Mais la jeune femme était trop attachée à sa petite Annie pour laisser un homme, si charmant soit-il, s'interposer entre elles. Elle avait encore des années devant elle pour l'élever, et Jonathan lui-même affirmait que rien ne pressait. Il voulait attendre son nouveau travail, qui lui offrirait un logement de fonction. Alors seulement, il songerait sérieusement au mariage.

Malgré leur résolution mutuelle de ne pas contracter d'union, et leur prudence sur le plan romantique, Lucy et Jonathan se plaisaient. Leur camaraderie se doubla peu à peu d'un respect mutuel, d'une relation sincère, et l'attirance grandit.

Il devenait de plus en plus difficile pour Lucy de nier la force de ses sentiments. Une idylle innocente se noua et, quand Jonathan eut remplacé son chef ainsi qu'il s'y destinait, il demanda Lucy en mariage.

— Et être le père de tes enfants serait mon plus grand bonheur, conclut-il.

Lucy déglutit. Cette idée l'inquiétait plus qu'elle ne voulait l'avouer.

— Je ne sais pas si je pourrais aimer un autre enfant autant que mon Annie, confia-t-elle. Elle me comble. Elle est tout pour moi.

L'ayant privée des privilèges qui lui revenaient de droit, la jeune femme se démenait pour satisfaire ses moindres besoins et lui était dévouée corps et âme.

— C'est une crainte fréquente chez les jeunes mères, non ? objecta Jonathan, non sans raison. Puis, quand elles tiennent dans leurs bras leur deuxième enfant, cette peur se dissipe…

— Je ne sais pas, persista Lucy.

— Pense à la petite. Cela lui ferait du bien d'avoir un petit frère ou une petite sœur avec qui jouer, tu ne crois pas ? Ce doit être triste de grandir seule.

Lucy hésitait encore quand il l'embrassa. Elle ressentit pour la première fois, au creux de ses reins, un désir inédit dont la puissance la glaça. Lorsqu'on se laissait emporter par la passion, on en payait le prix, elle était bien placée pour le savoir. Elle refusait de connaître la même fin que Charlotte.

— Qui prendrait soin d'Annie si je mourais en couches ? murmura-t-elle.

— Moi, affirma Jonathan sans ciller.

Il était surpris de la voir si terrifiée par l'idée d'une seconde grossesse.

— Je suis sûr qu'il ne t'arrivera rien. Ce n'est pas sans risques, je le sais bien, mais tu es forte, Lucy. Tu as déjà mis au monde un bébé merveilleux et tu as survécu ! Tu as donc tant souffert pendant l'accouchement ?

Lucy lisait de la compassion dans son regard. Hélas ! Elle ne pouvait pas lui parler de Charlotte, du sang, de son décès. Mais Charlotte avait été bien frêle, et Annie si grande. Et puis, les médecins du Kent étaient excellents, avec nombre de sages-femmes, ainsi qu'un hôpital. Ils n'étaient pas si loin de Londres. Pour la rassurer, Jonathan lui promit qu'elle pourrait voir un spécialiste là-bas.

— Et... je serais à tes côtés.

Il savait que le mari de Lucy devait être déjà mort au moment de la naissance de sa fille, ce qui n'avait pas dû arranger les choses. Mais elle était jeune, elle pourrait supporter une nouvelle grossesse. Il avait beau aimer Annie comme sa propre fille, il brûlait d'envie d'épouser la jeune femme et d'avoir ses propres enfants avec elle.

— Si tu avais une fille à toi, ne verrais-tu pas Annie différemment ? s'enquit Lucy. Je ne veux pas qu'elle soit reléguée au second plan.

— Parole d'honneur, cela n'arrivera pas ! Promets-moi de réfléchir à ma proposition. Rien ne nous oblige à faire un enfant tout de suite. Mais, Lucy Walsh, je veux t'épouser.

Sa situation était plus stable que jamais, et tous deux faisaient le bonheur de leurs employeurs.

— Ne serait-ce pas merveilleux de vivre ensemble dans mon cottage ? Ma mère a le sien dans l'une des fermes. Elle pourrait s'occuper d'Annie... et de nos autres enfants, pendant que tu travailles.

C'était tentant, même si Lucy hésitait encore. Avec Annie, elles avaient leur équilibre à deux, et son salaire suffisait à subvenir à leurs besoins. S'encombrer d'un homme et d'autres enfants semblait si compliqué.

Mais Jonathan était fiable, prévenant, toujours d'humeur égale. Et si persuasif qu'il finit par venir à bout des résistances de Lucy.

Ils s'unirent deux ans plus tard. Lucy avait alors 23 ans et la petite Annie venait de souffler 5 bougies. Ensemble, ils avaient préparé le cottage de Jonathan pour leur nouvelle vie. Il avait peint une chambre en rose pour la petite, qui disait que c'était sa couleur préférée.

Les Markham et tous leurs domestiques assistèrent à la cérémonie, et chacun félicita chaleureusement les jeunes mariés dans la salle des fêtes qui jouxtait le presbytère. Jonathan était aimé de tous et Lucy très appréciée, bien que plus réservée. Ensuite, Lucy confia Annie à sa belle-mère et, profitant du jour de congé supplémentaire qui lui avait été offert pour l'heureuse occasion, le couple partit à Brighton. Les rationnements s'étaient enfin relaxés, et la vie était presque revenue à la normale, si bien que les voyages étaient redevenus possibles.

Lucy appréhendait la nuit de noces. Elle craignait que son mari ne s'aperçoive qu'elle était vierge.

En entrant dans la chambre, elle prétendit avoir ses règles : il répondit que cela ne le dérangeait pas, et qu'il espérait qu'elle non plus. Par chance, la douleur, quoique vive, fut de courte durée. Il suffit à Lucy de serrer les dents un moment et Jonathan ne se rendit compte de rien. Le lendemain matin, lorsqu'ils refirent l'amour, ce fut plus facile.

Le monde avait retrouvé la paix, la tragédie commençait à s'estomper et les blessures du pays commençaient à cicatriser. Les cauchemars qui hantaient Lucy depuis les premiers bombardements, et dont elle n'avait jamais parlé à personne, cessèrent dès lors qu'elle partagea le lit de Jonathan. Parfois, seulement, elle rêvait de Charlotte. Elle tremblait que quelqu'un n'apprenne l'existence d'Annie et ne vienne la lui reprendre. Elle n'y aurait pas survécu.

Elle interprétait son rôle de veuve de guerre avec tellement de conviction qu'elle en oubliait parfois elle-même qu'il s'agissait d'une mascarade. Jonathan ignorait la vérité et Lucy n'avait nullement l'intention de la lui révéler. Il n'aurait pas compris. C'aurait été trop compliqué à expliquer, et puis, qu'avait-il besoin de savoir ? S'il la croyait veuve d'un certain Henry, s'il prenait Annie pour la chair de sa chair, quelle importance ? De toute manière, même si Lucy lui avait juré ses grands dieux qu'Annie était de sang royal, il ne l'aurait pas crue. Lucy ne comptait même pas mettre Annie au courant. Elle redoutait que, si l'enfant venait à découvrir la vérité, elle lui reproche de l'avoir privée d'une vie meilleure. Elle risquait de ne pas comprendre que Lucy n'avait agi que par amour, et se languir de ce qu'elle avait raté – ses grands-parents, ses tantes, ses cousins, une famille, une vie royale.

Après leur lune de miel, ils reprirent leur quotidien en tant que couple, chacun dévolu à son travail. La mère de Jonathan venait tous les jours s'occuper d'Annie, ou bien la recevait chez elle, ravie d'avoir une petite-fille.

Pour éviter une grossesse, Lucy avait consulté un médecin local qui lui avait conseillé le recours à un diaphragme ou à des préservatifs. Jonathan consentait parfois à les utiliser. Pour plus de sûreté, Lucy comptait les jours et tâchait de réfréner les ardeurs de son mari lorsqu'elle se savait spécialement fertile. Las ! Au bout de six mois, ce qui devait arriver arriva. Un soir, après des ébats particulièrement torrides, la jeune femme constata que le préservatif s'était rompu. Quatre semaines plus tard, elle n'avait toujours pas ses règles. Ce fut les yeux baignés de larmes qu'elle annonça la nouvelle à Jonathan : elle était enceinte.

La malheureuse était terrorisée, ce que son mari ne comprenait pas : n'avait-elle pas déjà accouché ? Il ne pouvait pas savoir que les hurlements de Charlotte résonnaient encore à ses oreilles. En outre, elle s'imaginait en proie à un châtiment divin. Peut-être que le Seigneur la punirait d'avoir pris un enfant qui n'était pas le sien ? Pourtant, elle lui sacrifiait sa vie et lui avait offert un père merveilleux, à cette petite Annie.

Quand Lucy s'était installée chez lui, Jonathan avait remarqué le beau coffret de cuir qui recelait les lettres de Charlotte et lui avait demandé ce qu'il contenait. Mais il n'était pas du genre à fouiner dans les affaires des autres et s'était montré curieux seulement parce que la boîte lui avait paru si belle. La jeune femme avait répondu avec brusquerie qu'il ne s'agissait que de vieilles lettres, de souvenirs de ses parents, et avait rangé la boîte en haut d'un placard. Il l'avait vite oubliée. Lucy avait également dissimulé la clé, qu'elle ne portait plus au cou. Il lui arrivait parfois de songer à détruire les papiers mais, sans bien savoir pourquoi, elle ne pouvait s'y résoudre. Elle-même finit par ne plus songer au contenu de la boîte. Annie était à elle, voilà tout, et bientôt elle aurait un petit frère ou une petite sœur.

Les peurs de Lucy au sujet de sa grossesse s'atténuèrent avec le temps, grâce au réconfort de son mari aimant. Celui-ci, pour sa part, jubilait. Du moins, jusqu'à ce que le ventre de sa femme se mette à s'arrondir à un rythme alarmant. À seulement trois mois de grossesse, elle paraissait énorme. Charlotte elle-même n'avait pas été aussi grosse pendant les premiers mois ! Mais c'était aussi parce qu'elle était si menue. À cinq mois de grossesse, Lucy, plus solidement charpentée, semblait sur le point d'accoucher. Son fardeau était si lourd, et l'accouchement, prévu pour la fin de l'été, lui paraissait si lointain… Annie, elle, se réjouissait à l'idée de devenir bientôt grande sœur.

Quand le médecin revit Lucy, préoccupé par sa prise de poids, il la soumit à une radiographie, et tout s'expliqua : elle attendait des jumeaux.

Jonathan était au comble de la joie. Lucy, en revanche, n'en dormit pas de la nuit, plus terrifiée que jamais. Elle allait accoucher non pas d'un bébé, mais de deux ! Elle n'y survivrait pas. Sa belle-mère, la voyant malade d'angoisse, lui promit de l'aider avec les nouveau-nés. Annabelle Markham lui offrit quantité de layette et lui promit qu'elle pourrait prendre un congé aussi long que nécessaire – Lucy était devenue première femme de chambre à force de dur labeur.

Annie était encore plus réjouie à l'idée de deux bébés : elle voulait aider ses parents à s'en occuper et leur trouver des noms. Elle priait pour deux filles tandis qu'eux espéraient un de chaque. Et si c'étaient deux garçons ? Jonathan lui affirma que ce ne serait pas grave, puisqu'ils avaient déjà la plus merveilleuse petite fille du monde. Il la laissa l'aider à préparer la nursery et repeindre le berceau qu'un ami leur avait donné.

Lucy servit les Markham tant bien que mal tout l'été, et ce malgré sa grossesse et les vagues de chaleur que subissait le Kent. La nuit, elle se sentait telle une baleine échouée. Mais elle voulait travailler aussi longtemps que possible. Malgré sa fatigue, elle s'efforçait de s'occuper d'Annie, en la confiant à son mari quand elle n'y arrivait pas. Quand elle ne travaillait pas, tous trois allaient au cinéma ensemble. La petite fille adorait passer du temps avec eux, mais ce qu'elle préférait, c'étaient les écuries où Jonathan l'emmenait parfois.

Lui-même était très occupé cet été-là. Il se trouvait que John Markham venait d'acquérir six Pur-sang arabes et lui avait confié le débourrage de ces chevaux. Annie était très excitée et ne demandait qu'à aider celui qu'elle considérait comme son père.

— Quand je serai grande, je serai championne de cheval ! clamait-elle du haut de ses 6 ans.

Et, de fait, elle semblait présenter un don pour l'équitation, pleine d'intuition et de courage. Lucy ne s'en étonna guère, vu l'ascendance de la petite. Un matin, elle se traîna jusqu'au manège pour voir Annie monter. La fillette démontrait une élégance époustouflante. C'était une cavalière née. Jonathan l'initiait au saut d'obstacles et, avec la permission de Lucy, Annie participa à son premier concours hippique. Elle remporta le premier prix et reçut un ruban bleu.

— Quand je serai grande, je serai jockey, se mit-elle alors à claironner à qui voulait bien l'écouter.

— Tu sais, jockey, ce n'est pas vraiment un métier pour les filles, lui signala gentiment Jonathan. Tu te marieras et tu auras des enfants, ou alors tu seras institutrice ou infirmière...

Elle grimaça.

— Berk ! Les infirmières, elles font des piqûres qui font mal, et je déteste l'école.

— J'espère que tu dis cela pour plaisanter. C'est très important, l'école.

Pour toute réponse, Annie franchit un obstacle avec une aisance déconcertante. Jamais elle n'affichait la moindre appréhension – d'ailleurs, il était rarissime qu'elle effleure la barre. La petite n'avait qu'une hâte : qu'on lui permette enfin de monter les « chevaux des grands ». Jonathan secoua la tête, médusé. Le bébé qu'il avait connu lorsque Lucy était arrivée au domaine des Markham était désormais une enfant prodige. Minuscule sur la selle, on aurait dit qu'elle n'avait que 4 ans. Son audace et son habileté n'en étaient que plus sidérantes.

— Il y avait forcément de grands cavaliers parmi ses ancêtres, glissa Jonathan à Lucy, une fois la leçon terminée. Je n'ai jamais vu qui que ce soit monter comme elle à son âge. Dès qu'il est question de chevaux, c'est comme si elle possédait un sixième sens. Tu es sûre que, de ton côté, personne ne pratiquait l'équitation ? Un grand-père, peut-être ?

— Personne, marmonna Lucy avant de changer de sujet.

Les aptitudes de sa fille pour les sports équestres la mettaient mal à l'aise. À croire que les Windsor avaient ça dans le sang ! Et puis, Annie ressemblait un peu plus chaque jour à la princesse Charlotte. Elle était encore plus menue et éthérée que sa mère, à supposer que cela soit possible. On sous-estimait toujours son âge. Elle était si brillante que Jonathan n'essaya pas longtemps de la tenir à l'écart des écuries.

Annie, sur son poney, tenait la cadence imposée sans effort apparent, se riait des obstacles et, plus étonnant encore, semblait parvenir à tirer le meilleur de toutes les bêtes qu'elle chevauchait. On aurait dit qu'elle devinait à l'avance leurs réactions et savait exactement quelle attitude adopter pour les mettre en confiance. Il était si fier d'elle, aussi fier que si elle avait vraiment été de lui.

Pour sa part, Lucy trouvait le temps long. L'été s'éternisait. Elle devait accoucher en septembre. Or, le mois d'août venu, elle ne parvenait presque plus à se lever. Mme Markham la dispensa de venir travailler. Lucy protesta, mais le médecin trancha : repos forcé jusqu'à la délivrance ! Les jumeaux risquaient d'arriver avant l'heure prévue, c'était fréquent. La naissance pouvait également présenter des complications. Mieux valait ménager ses forces.

La jeune femme prit le lit et ne le quitta presque plus jusqu'au terme de sa grossesse. Le soir, Jonathan cuisinait avec l'aide d'Annie. Il savait préparer les saucisses et la purée, le hachis parmentier, le ragoût – des recettes simples que sa mère lui avait transmises. Annie, qui le suivait partout comme son ombre, jouait pour lui les marmitons. Elle ne le quittait plus d'une semelle dans l'écurie non plus, toujours là tandis qu'il s'occupait des chevaux ou appelait le vétérinaire. Si d'aventure elle n'était pas à ses côtés, c'était qu'elle était en train de curer un sabot, de proposer une friandise ou de flâner dans les boxes.

La nursery était prête à l'arrivée des jumeaux. La troisième chambre du cottage, à peine plus grande qu'un cagibi, serait la leur. Bien que celle d'Annie fût plus grande, Jonathan ne l'en aurait délogée pour rien au monde. Il la traitait comme leur première-née, avec tous les égards que cela supposait.

Lucy se trouvait chez sa belle-mère le soir où elle perdit les eaux. Le temps qu'on la conduise à l'hôpital et que le médecin l'examine, le travail était déjà avancé. Lucy souffrait tant qu'elle en perdit l'usage de la parole.

— Dans le cas d'une grossesse simple, au vu de la violence de vos contractions, je serais en mesure de vous garantir un accouchement rapide, commenta celui-ci. Mais avec les jumeaux, tout peut arriver. Je vais vous administrer quelque chose contre la douleur, mais pas trop, car il va falloir y mettre du vôtre. Quand vous aurez expulsé le premier enfant, ne vous endormez pas. Nous n'en serons qu'à la moitié du parcours et il faudra agir vite. Combien de temps a duré votre premier accouchement ?

Lucy le dévisagea, mutique et figée.

— Je ne sais pas, bredouilla-t-elle. J'ai oublié.

— Alors c'est que ce n'était pas si terrible, dit-il en souriant. La plupart des femmes se rappellent de chaque minute. En tout cas, le premier bébé ne devrait pas tarder : je sens déjà la tête.

L'examen virait au martyre. Lucy criait sans retenue. Le médecin invita Jonathan à sortir, mais celui-ci refusa.

— J'ai déjà aidé beaucoup de juments à accoucher, se justifia-t-il.

Devant son calme évident, le médecin l'autorisa à rester, bien que ce fût inhabituel. La réaction disproportionnée de Lucy l'inquiétait. Elle allait avoir besoin de soutien. Quand on l'emmena en salle d'accouchement, elle sanglotait, hystérique.

Le médecin connaissait son affaire. Après une demi-heure de poussée, Lucy tenait dans ses bras son premier bébé. Les contractions s'interrompirent pendant quelques minutes, puis reprirent, plus violentes encore qu'auparavant. Lucy suppliait le médecin d'abréger son supplice. On lui posa un masque à oxygène et elle se remit à pousser. Une heure s'écoula avant que le deuxième bébé ne paraisse enfin, plus corpulent que le premier. Jonathan le tint pendant que le médecin coupait le cordon ombilical et administrait des antalgiques à la jeune maman. Dans un état d'hébétude, elle contemplait ses nouveau-nés, qui pesaient chacun 4 bons kilos. Huit kilos au total ! Elle avait l'impression d'avoir accouché de deux éléphants. Qu'importe ce qu'ils avaient coûté à leur mère, c'étaient deux beaux garçons en pleine santé.

— Je ne vais pas mourir comme Charlotte, n'est-ce pas ? marmonna-t-elle, les yeux vitreux.

— Non, mon amour, lui assura Jonathan. Je suis si fier de toi. Deux beaux fils ! Mais qui est Charlotte ?

Lucy secoua la tête et se mit à pleurer. Le médecin lui fit respirer du chloroforme et la jeune maman s'endormit.

— Votre femme a besoin de repos, dit-il gentiment à Jonathan. Elle a bien travaillé. Les jumeaux, ce n'est pas facile. Deux grands gaillards comme ça... Je m'étonne qu'elle les ait portés jusqu'au terme !

C'étaient de faux jumeaux, même si leur père trouvait qu'ils se ressemblaient beaucoup.

— L'infirmière va les emmener à la pouponnière, à présent. Vous pouvez l'accompagner. Nous viendrons vous chercher quand votre épouse sera réveillée.

Jonathan le remercia et emboîta le pas à l'infirmière. Il n'avait jamais goûté un tel bonheur de toute sa vie et avait hâte de présenter les garçons à leur grande sœur.

Il était au chevet de Lucy quand celle-ci revint à elle. Les yeux cernés, les traits tirés, tout en elle accusait le choc, la fatigue et la sidération.

— J'ai cru ma dernière heure arrivée, avoua-t-elle dans un filet de voix.

— Je ne l'aurais pas permis, lui dit-il en l'embrassant tendrement. Nous avons trop besoin de toi. Au fait, qui est Charlotte ?

— Pardon ? murmura Lucy, livide.

— Charlotte. Tu m'as demandé si tu allais mourir, « comme Charlotte ».

— Oh. C'est… une ancienne connaissance. Morte quelques heures après son accouchement.

— Ça ne t'arrivera pas, promit-il fermement.

Une sage-femme entra alors et demanda si elle souhaitait donner leur première tétée aux petits. Lucy acquiesça – elle voulait essayer, même si l'idée de donner le sein à des jumeaux l'intimidait. Elle avait tremblé pendant près de neuf mois. Mais tout s'était bien terminé. Il était temps pour elle de profiter de ses garçons.

— Vous l'aviez fait la première fois ? demanda l'infirmière.

— Euh, non, bredouilla Lucy. Mais j'aimerais bien le faire cette fois-ci.

La sage-femme lui montra comment procéder. Cela semblait compliqué, et il lui faudrait de l'aide une fois rentrée à la maison. Heureusement, elle pourrait compter sur sa belle-mère pendant la journée, et sur Jonathan la nuit.

Elle passa cinq jours à la maternité et, à sa sortie, les jumeaux tétaient vigoureusement.

Annie attendait ses petits frères de pied ferme. Jonathan les lui fit tenir l'un après l'autre sous haute surveillance avant de lui servir son repas préféré, « pour ne pas qu'elle se sente négligée », insista-t-il. C'était déjà un père exemplaire. Sa mère était accaparée par les bébés, l'équilibre familial venait d'être bouleversé et, dans la maisonnette, on commençait à se marcher dessus – mais jamais il n'avait été aussi heureux.

Lucy était submergée. Par chance, Annie pouvait faire de petites corvées pour elle, et sa belle-mère se révélait bel et bien un soutien inestimable. Trois enfants, cela faisait beaucoup, encore plus que ce qu'elle avait redouté. Annie avait été une enfant si facile ! Les garçons lui semblaient en comparaison irritables et insatiables.

Un mois après son accouchement, Lucy fut soulagée de reprendre le travail. Ses collègues étaient venus la voir pendant qu'elle était au repos chez elle, et Mme Markham leur avait envoyé d'adorables cadeaux et tenues en double, mais quitter enfin la maison lui faisait bien plaisir. Elle cessa d'allaiter mais revenait à l'heure du déjeuner pour aider sa belle-mère à donner le biberon aux jumeaux.

Après de si longs mois de terreur, persuadée qu'elle mourrait comme Charlotte, tout s'était finalement bien passé, et sa famille lui semblait désormais complète. Elle signifia clairement à son mari qu'elle n'aurait pas d'autres enfants. Pas question. Entre sa petite princesse et ses deux diablotins, elle n'avait plus une minute à elle.

Les garçons débordaient d'énergie. Ils surent rapidement marcher et, à compter de ce jour, ils se mirent en devoir de saccager avec méthode tout ce qui se trouvait à leur portée. Annie se montrait patiente envers eux — une grande sœur parfaite, aimante et responsable, qui comptait déjà apprendre à ses petits frères à monter dès que possible. Mais elle avoua un jour à sa grand-mère leur préférer la compagnie des chevaux.

— Elle ne tient pas ça de toi ! s'amusa la vieille femme en rapportant l'anecdote à sa bru.

Si Blake était le portrait craché de sa mère et Rupert celui de son père, le fait était que la petite ne ressemblait à personne. Âgée de seulement 6 ans, Annie dégageait une aura très spéciale. Elle avait une sorte de majesté en elle. Elle avait les traits fins, de belles boucles blondes, et de la grâce. Tenait-elle ces qualités de son défunt père ? Ce qui était sûr, c'est qu'il semblait impossible qu'elle les ait héritées de sa mère, une femme robuste et plutôt quelconque.

— Ce sont les fées qui l'ont déposée sur ton paillasson ! plaisantait souvent la mère de Jonathan.

Annie adorait cette idée, et Lucy ne faisait pas de commentaire.

# 7

À 1 an et demi, Blake et Rupert étaient devenus de vraies petites terreurs. Autant dire que Lucy, Annie, Jonathan et sa mère n'étaient pas trop de quatre pour s'occuper d'eux ! Ils grimpaient sur les meubles, renversaient les lampes, faisaient tout tomber sur leur passage... Aucune bêtise possible et imaginable ne leur échappait. Lucy et Jonathan n'avaient de répit que la nuit, lorsque les jumeaux dormaient dans le petit lit qu'ils partageaient. Ils étaient inséparables, et si par malheur on essayait de les faire dormir chacun dans son lit, ils se mettaient dans tous leurs états. Si bien que dès que l'un d'eux se réveillait, l'autre était également tiré du sommeil. Adieu les soirées romantiques, adieu les grasses matinées ! Il fallait se lever à l'aube, et chaque matin la même tornade s'abattait sur le domaine.

Bien que sa patience soit mise à rude épreuve, Lucy aimait profondément ses enfants. Jonathan ne se plaignait pas non plus de l'animation (pour ne pas dire du désordre) qui régnait désormais chez lui, bien au contraire : il s'en délectait. Pourquoi s'arrêter en si bon chemin ? Mais Lucy était catégorique : pas un de plus. S'il en voulait un autre, ce serait avec une autre femme.

Jonathan se résigna de bon cœur. Lucy, Annie et les garçons suffisaient à son bonheur. C'était un homme comblé, grâce à sa femme, ses enfants et son travail. Il aimait vivre au domaine qui l'avait vu grandir, et n'avait jamais senti l'appel du large ni eu le goût des grandes aventures. La vie qu'il menait était celle qu'il avait toujours voulue.

Pour Noël, il offrit à Lucy un cadeau révolutionnaire : un poste de télévision. Il avait fière allure, encastré dans sa console de bois verni. Lucy n'en revenait pas. Elle n'avait jamais rien possédé de si luxueux. L'écran n'était pas grand, mais la jeune femme ne se lassait pas d'admirer le ballet incessant de ses images en noir et blanc. Il lui avait juré de lui en acheter une nouvelle sitôt la télévision en couleur inventée.

Dès qu'elle rentrait chez elle à la fin de son service, elle allumait le poste et ne l'éteignait plus de la journée, cuisinant, rangeant et langeant ses enfants en écoutant d'une oreille distraite ses émissions favorites. Jonathan préférait les retransmissions d'événements sportifs, généralement le dimanche. Quant aux garçons, tout à leurs cascades, ils n'avaient encore que dédain pour ces drôles d'images mouvantes, mais bientôt, à coup sûr, ils attraperaient le virus. Il n'y avait qu'à voir Annie, le nez pratiquement collé à l'écran dès que la télévision diffusait une course hippique !

Le cadeau de Jonathan revêtit une importance toute particulière quand, deux mois après Noël, le roi Frederick mourut. Sa fille Alexandra devait lui succéder en juin – une date repoussée pour raisons non dévoilées au public – et, fait historique, son couronnement allait être filmé et retransmis à la télévision. Dans le monde entier, des millions de gens s'apprêtaient à assister de chez eux à l'événement, et Lucy avait la ferme intention d'en être. Elle qui avait clamé à qui voulait l'entendre pendant des mois qu'elle trouverait une télévision pour y assister, voilà qu'elle disposait de la sienne, grâce à son généreux mari ! Elle avait pris un jour de congé exprès et trépignait déjà.

Jonathan s'était toujours amusé de son obsession pour la monarchie. Lucy était en effet abonnée au magazine *The Queen* et dévorait toute information concernant la famille royale. Et le couronnement de la princesse Alexandra était le comble de cette obsession.

Quantité d'émissions furent consacrées à la future reine d'Angleterre. Elle n'était pas encore trentenaire ; l'Angleterre n'avait pas eu de monarque aussi jeune depuis la reine Victoria, au XIX$^e$ siècle. Mariée depuis cinq ans, Alexandra avait accouché de son troisième enfant une semaine après les funérailles de son père – sa propre succession était assurée. « Un héritier, et deux de rechange au cas où ! », comme disaient les Anglais pour plaisanter. Sa sœur cadette, Victoria,

28 ans, célibataire, était désormais quatrième dans l'ordre d'accession au trône. Elle faisait beaucoup parler d'elle... dans la presse à scandale, car sa vie amoureuse était aussi flamboyante et débridée que sa crinière rousse. « Quant à Charlotte, la benjamine, elle est morte d'une pneumonie en 1944 à seulement 17 ans », rappelaient les speakerines.

Jonathan ne s'intéressait pas spécialement à la famille royale et ne connaissait rien à la vie de ses membres jusqu'à ce que Lucy la lui raconte par le menu. Elle connaissait tout d'eux : Alexandra avait épousé un Allemand comme prince consort, Son Altesse Royale le prince Edward, tout comme l'avait fait son ancêtre, la reine Victoria, avec le prince Albert. Bien que soi-disant follement éprises de leurs maris respectifs, ni Victoria en son temps ni Alexandra aujourd'hui n'avaient exigé que le gouvernement les fasse rois. En raison de leur ascendance allemande, le cabinet n'aurait certainement pas approuvé.

La cérémonie de couronnement d'Alexandra promettait d'être impressionnante, avec l'historique carrosse d'or des Windsor. Elle serait vêtue d'un manteau d'hermine, et on disait que sa couronne pesait 18 kilos, tant elle était chargée de joyaux. Il y aurait du beau monde à l'abbaye de Westminster : des rois, des reines, des dignitaires venus de l'Europe entière... Et Lucy, par procuration, bien installée sur son canapé.

Si son excitation attendrissait Jonathan, elle laissait la petite Annie de marbre. La fillette préférait clairement les chevaux aux princesses. Si elle acceptait de regarder la cérémonie avec sa mère, ce serait uniquement pour pouvoir admirer l'attelage du fameux carrosse doré.

Juin arriva : l'heure du couronnement avait sonné. Lucy n'en rata pas une miette. Au fond de son cœur, elle ne pouvait s'empêcher de se dire qu'Annie était désormais cinquième dans l'ordre d'accession au trône. Les yeux rivés sur l'écran, elle voyait défiler celle que l'on surnommait la reine mère, les trois petits princes et toute la monarchie. Il s'agissait de la famille d'Annie. La femme que l'on couronnait n'était autre que sa tante. Mais seule Lucy le savait, ce qui était assez excitant. *Je peux le prouver*, songeait-elle en caressant la clé de son coffret. Elle jubilait. Le faste et la pompe qui se déployaient devant ses yeux émerveillés appartenaient un peu à son enfant. Les robes, les diadèmes, les Pur-sang – tout cela lui revenait de droit ! Pour autant, Lucy ne s'en voulait pas d'avoir privé Annie de ce train de vie. Elle lui avait offert l'essentiel : l'amour. Jamais l'idée que la famille royale aurait pu l'aimer tout autant ne l'avait effleurée.

Annie s'éclipsa pour retrouver son père aux écuries tandis que Lucy continuait à regarder la cérémonie. Elle faisait toujours très jeune pour son âge, mais montait « comme un homme », aux dires de son père. Cela aussi, c'était son héritage, et cela aussi, seule Lucy en était consciente.

— Où est ta mère ? lui demanda Jonathan en la voyant se glisser tout en souplesse sous la clôture du manège.

Elle leva les yeux au ciel.

— Devant son émission. Il est beau, le carrosse, et les chevaux sont épatants, mais ce que c'est long !

Jonathan lui sourit.

— Je crois que ta mère est plus intéressée par les robes et les couronnes...

Père et fille pouffèrent, complices. Mais Jonathan était heureux que son épouse puisse vivre ce moment historique. Elle en parlerait longtemps et s'en souviendrait toute sa vie. Filmer et diffuser à la télévision cette cérémonie du couronnement avait été une idée de génie. La royauté s'invitait ainsi dans tous les foyers du Royaume-Uni. Et chaque femme, confortablement assise sur son canapé, une tasse de thé à la main, avait l'impression d'être aux premières loges pour assister à cet événement.

À 12 ans, Annie avait amassé une surprenante collection de prix d'équitation. Le dressage et la voltige ne l'intéressaient que peu. Elle commençait même à se lasser du saut d'obstacles. Sa passion à elle, c'était la vitesse.

En même temps, l'adolescence d'Annie n'alla pas sans disputes ni tensions. Elle fut privée d'équitation une semaine entière pour être sortie en cachette avec le nouvel étalon de John Markham, une créature fougueuse, pas encore débourrée et d'une valeur inestimable. Son père, constatant l'absence du cheval, mort d'inquiétude, se lança à sa recherche. Il faillit s'étrangler quand il vit Annie en train de se payer une folle chevauchée, alors que le moindre faux pas du cheval pouvait leur être fatal à tous les deux.

Elle n'avait jamais recommencé, du moins à sa connaissance. Au fond de lui, il doutait que sa fille ait retenu la leçon. Elle était vive comme l'éclair, maligne comme un singe, et le goût du risque ainsi que l'amour des sensations fortes semblaient chez elle plus forts que tout.

Jonathan et Lucy n'étaient pas au bout de leurs peines. Quand Annie eut 15 ans, après avoir assisté à une course hippique à la télévision, elle réitéra son intention de devenir jockey. Son beau-père lui rappela que si elle avait le gabarit idéal, elle n'en restait pas moins une femme. On les autorisait à participer à des compétitions amateurs, mais les événements professionnels restaient affaires d'homme.

— Je refuse que tu ailles te fourvoyer dans des événements de seconde zone, souvent mal fréquentés. Et ne songe pas non plus à me remplacer à la tête des écuries. Tu dois aspirer à mieux que ça, et puis, de toute façon, ce n'est pas une carrière pour une jeune femme. Il faut te faire une raison.

Lucy avait de plus grandes ambitions pour la fille qu'elle appelait toujours sa « princesse », et qui en avait parfaitement l'air dès lors qu'elle n'était pas en selle.

— Mais je veux faire comme toi, papa... M'occuper des chevaux, si je ne peux pas être jockey.

— C'est impossible, répéta-t-il.

Lucy songeait à différentes carrières pour elle : enseignante, infirmière, quelque chose de respectable qui lui permettrait de devenir mère et épouse. Annie, elle, trouvait ces aspirations pathétiques.

Les années passèrent mais, à 18 ans, elle n'en démordait pas : ce serait les chevaux ou rien. Elle n'avait jamais été particulièrement intéressée par son éducation à l'école du village, mais elle entreprit des études supérieures pour apaiser ses parents.

Ce fut un fiasco. La jeune femme n'avait que des notes médiocres et Jonathan finit par découvrir qu'elle séchait les cours pour participer à des courses hippiques amateurs. Ses seuls amis étaient ceux qu'elle s'était faits là-bas, d'un genre douteux. Lorsque Jonathan l'interrogea à ce sujet, elle lui répondit qu'elle voulait arrêter ses études et travailler auprès de lui dans les écuries des Markham.

Quand par miracle, et sous la contrainte, elle décrocha enfin son diplôme après trois années à l'université, ses parents lui permirent de rentrer au domaine afin d'y entamer un apprentissage de palefrenier.

— Que voulez-vous ? se désola Jonathan auprès de son employeur. Les chevaux, c'est toute sa vie. Pas moyen de l'intéresser à autre chose.

— Alors, laissez-la suivre sa voie ! lui rétorqua John Markham, hilare. Vous verrez bien où cela la mènera.

Lui-même connaissait des problèmes similaires avec ses six enfants gâtés et son épouse aux goûts de luxe.

— Elle s'est mis en tête de devenir jockey ! Vous vous imaginez ? Même la loi le lui interdit ! Et puis un de ces jours, elle se rompra le cou et j'en aurai le cœur brisé.

Jonathan s'inquiétait. Les jumeaux, eux, ne s'intéressaient que très peu aux chevaux, tenant davantage de leur mère. Blake voulait devenir banquier et Rupert vétérinaire, proche, en cela, des passions de son père. Tout cela laissait Annie de marbre. Elle ne s'enflammait que pour la vitesse, même si elle songeait à l'élevage… mais cela viendrait plus tard. Contrairement à sa mère, son seul intérêt pour la famille royale était dû aux chevaux qu'ils entretenaient, et elle suivait de près les races présentes dans d'autres grandes écuries d'Angleterre.

— Les enfants n'en font qu'à leur tête. Comme les femmes ! déclara John Markham.

Et, sur ce, il partit pour Londres dans sa Ferrari neuve. Encore un fou de vitesse. Mais il était un homme, et non une jeune femme de 21 ans !

Un malheur vint bientôt remiser à l'arrière-plan les inquiétudes de Jonathan. Un mois après sa conversation avec M. Markham, sa chère Lucy tomba malade. Souffrant de violentes crampes au ventre ainsi que de troubles digestifs, elle perdit 6 kilos en quelques semaines. Jonathan, affolé, l'emmena faire des examens à l'hôpital, puis, sur les recommandations des Markham, ils consultèrent un spécialiste à Londres.

Le diagnostic était vague, les médecins évasifs. Lucy, cependant, continuait de maigrir. Elle n'était plus que l'ombre d'elle-même quand tomba le verdict : elle était atteinte d'un cancer de l'estomac. Le foie et le système lymphatique étaient touchés et le pronostic catastrophique. Les médecins préconisèrent une chirurgie exploratoire. L'opération ne donna rien : le mal était trop avancé.

Jonathan était abasourdi. Lucy n'avait que 39 ans, c'était impossible ! Et Annie, et les jumeaux, que deviendraient-ils sans leur mère ? Et lui, sans sa femme ?

Lucy subit une première chimiothérapie, puis des radiations censées ralentir la progression des métastases. Son état parut se stabiliser pendant quelque temps. La morphine atténuait ses douleurs, et Jonathan s'autorisa à croire que sa femme guérirait. Il l'aimait depuis vingt ans et ne parvenait pas à concevoir la vie sans elle. Qu'avait-elle fait pour mériter cela ? C'était injuste. Elle qui était si vaillante, si zélée ! Elle qui continuait de travailler comme si de rien n'était, elle qui ne se plaignait jamais de son sort. Malheureusement, le cancer était agressif et Lucy dut se reposer. Bientôt, un après-midi de congé ne lui suffit plus à reprendre des forces et on fit venir aussi souvent que possible une infirmière pour veiller sur elle.

La nuit, les douleurs de son épouse semblaient insoutenables et Jonathan en perdait le sommeil. Pour pouvoir s'occuper de sa femme, il se soulageait d'une grande partie de ses tâches en les confiant à Annie. Elle connaissait désormais son métier presque aussi bien que lui, ce qui leur permettait de se relayer pour regarder avec Lucy ses émissions préférées, préparer ses médicaments et tenter de lui administrer ses repas. Pour tromper l'angoisse, Annie s'abrutissait de travail. Elle se chargeait, seule, du linge sale, aidait les garçons à faire leurs devoirs... Un jour, pour la remercier, Lucy sortit d'un tiroir un petit écrin et lui passa au poignet un bracelet en or orné d'une breloque qu'elle avait beaucoup porté, autrefois, quand les enfants étaient petits.

— Il est à toi, dit-elle d'une voix blanche.

— Je l'adore, murmura Annie.

Elle embrassa sa mère et retourna vaquer à ses activités. Les Markham étaient très compréhensifs et avaient le cœur brisé pour eux.


Lucy passait désormais ses journées devant la télévision avec ses émissions favorites, surtout l'une d'elles, consacrée à la monarchie. Un soir, rentrant des écuries, Jonathan trouva sa femme grimaçant de douleur devant le poste. Il fut tenté de se servir un whisky, pour calmer ses nerfs, mais il se réfréna. Mieux valait rester alerte. La nuit, Lucy avait besoin qu'il la rassure ou lui administre de la morphine.

Ce soir-là, elle se montra particulièrement agitée. Elle respirait avec difficulté. Elle était décharnée. Le mal s'aggravait.

— J'ai quelque chose à te dire, articula-t-elle dans un souffle.

Elle le fixait avec une curieuse intensité. Du fait du progrès de la maladie, elle était souvent en proie à l'angoisse, et il craignait une nouvelle nuit blanche.

— Mieux vaut attendre demain, conseilla-t-il avec douceur. Tu as besoin de repos...

— Non, c'est important. Nous devons parler.

Jonathan n'insista pas : cela n'aurait servi qu'à l'agiter davantage. Quand il lui tendit son cachet, elle le repoussa avec impatience :

— Écoute-moi !

Elle ferma les yeux un instant.

— Je t'écoute, lui assura Jonathan, décontenancé.

Il ne voulait pas la contrarier, mais il voyait bien qu'elle était déjà troublée. Elle semblait parler dans l'urgence, comme dans une course contre la montre, une course qu'elle risquait, craignait-il, de ne pas remporter.

— Qu'y a-t-il, mon amour ? insista-t-il en réprimant ses larmes.

— Il s'agit d'Annie. Je ne l'ai jamais dit à personne, mais j'aurais peut-être dû...

Jonathan hocha la tête. Il se doutait depuis longtemps que la petite était née en dehors des liens du mariage, et que Lucy n'était pas à proprement parler une veuve de guerre. C'étaient des choses qui arrivaient, en ce temps-là. Mais c'était du passé ! Qu'elle ait été ou non mariée au père d'Annie, Jonathan n'en aimait pas moins sa femme.

— C'est sans importance, lui dit-il gentiment.

— Tu te trompes.

Elle se tut alors pendant un long moment, cinq minutes au moins. Enfin, elle chuchota :

— Elle n'est pas ma fille.

Jonathan, qui s'attendait à tout sauf à cela, en resta bouche bée. Puis il comprit. C'était la maladie qui la déboussolait. Les médecins les avaient prévenus que cela risquait d'arriver à mesure que le cancer progresserait.

— Bien sûr que si, voyons, la détrompa-t-il doucement.

— Non. Ce n'est pas moi qui l'ai mise au monde. Sa vraie mère est morte quelques heures après sa naissance. Elle s'appelait Charlotte. À ce moment-là, elle résidait chez le comte et la comtesse Hemmings, à Ainsleigh Hall, comme moi. Et... je n'ai découvert sa véritable identité qu'après sa mort.

*Charlotte.*

C'était le prénom que Lucy avait prononcé la nuit où les jumeaux étaient nés. Se pouvait-il qu'il y ait un brin de vérité dans son histoire ?

— C'était une princesse, poursuivit Lucy en le regardant droit dans les yeux. Et son sang coule dans les veines d'Annie. Charlotte était la sœur cadette de notre nouvelle reine.

Jonathan la fixa sans ciller. Cette fois-ci, plus un doute : Lucy déraillait. La princesse Charlotte, s'il se souvenait bien, était morte vers la fin de la guerre. Lucy devait tout mélanger, ses souvenirs, ses émissions, les potins de la presse…

Mais elle reprit son récit avec détermination.

— Tout cela s'est déroulé pendant la guerre… Charlotte était asthmatique et le roi Frederick et la reine Anne l'avaient envoyée dans le Yorkshire à cause des raids aériens. Là, elle s'est entichée du fils des Hemmings. Elle est tombée enceinte et… c'est une longue histoire, mais ses parents ne l'ont jamais appris. Je le sais, parce que j'ai lu les lettres de la reine après son décès : elle n'était pas au courant. Mme Hemmings avait sans doute prévu de lui en parler, mais elle aussi est morte avant d'en avoir eu le temps. Moi, je ne me doutais de rien. Enfin, si, mais je pensais qu'Annie était une petite bâtarde, et voilà tout. Sauf que j'ai trouvé un certificat de mariage dans les affaires de Charlotte. Henry Hemmings et elle s'étaient mariés en secret.

Elle marqua une pause.

— C'est moi qui m'occupais d'Annie. Charlotte, Henry, le comte, la comtesse… ils sont tous morts les uns après les autres. Le certificat de décès de Charlotte évoque une pneumonie. C'est un mensonge. J'étais là. Elle est morte en couches. Hémorragie.

Lucy reprit son souffle.

— La petite n'avait que moi, résuma-t-elle. Quand j'ai découvert qui elle était, elle m'avait déjà adoptée. Je ne pouvais pas prendre le risque de la rendre aux Windsor. Et s'ils l'avaient rejetée pour éviter l'opprobre ? Annie avait déjà perdu sa mère. Il n'était pas question qu'elle finisse à l'orphelinat ! Alors, je l'ai fait passer pour ma fille. Je me suis inventé un mari mort sous les drapeaux. C'est ma fille, Jon. Autant que si je l'avais faite. Je meurs l'esprit en paix. Je lui ai offert une vie heureuse, un père formidable. Ai-je mal agi ? Peut-être, mais je l'ai fait par amour.

Lucy sourit, sereine, et ferma les yeux. Sa respiration s'apaisait.

— Sa mère était mordue d'équitation, comme elle, ajouta-t-elle. Jonathan, j'ai des preuves. Tout est dans mon coffret en cuir, celui à la couronne dorée. Prends la clé, ouvre-le, et lis tout. Tu as le droit de savoir. Ensuite… Tu me diras s'il faut en parler à Annie ou non. Je ne veux pas la perdre. Mais quand je pense à l'existence qui aurait dû être la sienne… L'ai-je lésée ? Lis, je t'en prie. La clé est dans une enveloppe au fond de mon tiroir à lingerie…

— Assez, intervint Jonathan, s'adressant à elle comme à un enfant. Il faut dormir. Tiens, prends ton cachet.

— Le coffret, insista Lucy d'une voix à peine audible. Il faut que tu l'ouvres. J'aurais dû t'en parler il y a des années. Le coffret. Il est dans mon armoire, sur l'étagère…

— C'est sans importance, à présent. Annie est ta fille. Notre fille. Et elle peut compter sur notre amour.

Lucy s'emporta.

— Ils adoraient Charlotte ! J'ai lu leur correspondance. Sa mort a dû leur briser le cœur. Sa pauvre maman ! Elle ne sait toujours pas que sa fille a eu un enfant ! Il faut le lui dire… Promets-moi. Promets que tu liras les lettres !

Ses yeux, cernés et exorbités, le fixaient fermement. Elle tendait vers lui des mains implorantes. Et il finit par céder.

— Je te le promets.

La voir dans cet état le meurtrissait. Pour autant, Jonathan n'accordait aucun crédit aux propos de sa femme. Il lui avait fait cette promesse parce que c'était le seul moyen de la calmer. Annie, de sang royal ? Du délire ! Charlotte en aurait parlé à ses parents, ou bien la comtesse l'aurait fait. Impossible qu'elle ait eu un enfant ou se soit mariée sans que personne le sache. La famille royale n'avait pas pour habitude d'égarer ses princesses.

Quant à Lucy, il la connaissait. Jamais son épouse adorée n'aurait volé le bébé d'une autre. Même sur un coup de tête, à 19 ans, et en temps de guerre. C'était la mère d'Annie, et la meilleure des mères qui soit.

Comme son épouse refusait de prendre son cachet, il lui administra des gouttes et, quelques minutes plus tard, il vit ses paupières se fermer. Alors, il se retira dans le salon pour y reprendre ses esprits. La maladie, c'était une chose, mais voir sa bien-aimée perdre la tête, c'était terrible. Sans doute qu'elle avait bel et bien côtoyé une jeune femme du nom de Charlotte là-bas, dans le Yorkshire, et que celle-ci était tombée enceinte et morte en couches, ainsi que se le rappelait Lucy. Mais c'était une fille du peuple, tout comme Lucy elle-même.

Le coffret. Jonathan se souvenait vaguement de l'avoir remarqué quand Lucy s'était installée chez lui après leur mariage. Depuis, il ne l'avait plus revu. Pour faire taire ses doutes, il se leva et ses pas le menèrent jusqu'à l'armoire de sa femme. Le coffret s'y trouvait, avec sa couronne dorée.

Il trouva la clé dans le tiroir de Lucy, la fit tourner dans la petite serrure et souleva le couvercle.

Le coffret était plein à craquer de lettres enrubannées. Il y avait également un acte de naissance, un certificat de mariage, un acte de décès. Des photos.

Il n'avait pas envie de lire les lettres. Mais il devait en avoir le cœur net. D'une main tremblante, il s'empara de la première liasse. Le papier à en-tête était frappé de la couronne des Windsor. Jonathan fronça les sourcils. Cela, au moins, se vérifiait. Un soupçon de vérité, voilà tout...

Et là, c'étaient bien les initiales de la reine Anne, et les mots « Buckingham Palace » tracés d'une plume élégante.

Il lut la première lettre, adressée à une certaine Charlotte et signée « Votre mère aimante ». Quand il la reposa dans le coffret, son cœur tambourinait dans sa poitrine. Le récit de Lucy n'était pas une pure affabulation. Mais où s'arrêtait la réalité et où commençait le délire ? Il saisit la lettre suivante, terrifié par ce qu'il risquait de découvrir.

Le pauvre homme venait d'ouvrir la boîte de Pandore.

# 8

Jonathan lut toute la nuit, ne s'interrompant que pour s'assurer que Lucy, qui dormait à poings fermés grâce à son traitement, ne manquait de rien. Elle ne faisait que gémir de temps à autre dans son sommeil. Il la contemplait, caressait délicatement sa joue ou ses cheveux, avant de reprendre sa lecture.

C'était indéniable. Ces lettres avaient été rédigées par la reine Anne.

Cela lui était revenu entre-temps : les Windsor avaient envoyé l'une de leurs filles à la campagne pour inciter les Londoniens à en faire autant. Lucy, sous le même toit qu'une princesse ! Décidément, la guerre gommait les différences de classe ! Quant à l'idylle et à la grossesse qui en aurait découlé, les lettres n'y faisaient pas allusion. Pourquoi ? Crainte que l'information ne tombe entre de mauvaises mains ? Les lettres, ça s'égarait, et les conversations téléphoniques pouvaient être surveillées. Les communications militaires pouvaient être codées, mais une jeune fille de 17 ans, même issue du palais, n'aurait pas eu accès à de telles ressources. Elle devait avoir prévu de tout dévoiler à ses parents de vive voix, ce qui aurait été moins malaisé vu les circonstances et son statut.

Jonathan passa à la liasse de lettres signées « Henry », qui témoignaient à la fois de l'existence de l'enfant et du mariage secret, en plus de trahir un amour passionné entre les deux jeunes gens. Enfin, il étudia les documents officiels, qui suffisaient à résumer les faits. Henry Hemmings avait épousé Charlotte White avec pour témoins ses parents, le comte et la comtesse d'Ainsleigh. Un enfant était né moins de neuf mois plus tard et les deux parents étaient décédés. Il était raisonnable de croire que Charlotte Elizabeth White était bel et bien Charlotte Elizabeth Windsor. Il était tout aussi raisonnable de supposer que ses parents n'auraient pas vu Henry Hemmings d'un trop mauvais œil en d'autres circonstances, mais un mariage à 17 ans des suites d'une grossesse imprévue aurait contrarié n'importe qui, famille royale ou non. Ils l'avaient envoyée loin de chez elle pendant un an pour sa sécurité, auprès de gens respectables, et voilà qu'elle était tombée enceinte et s'était mariée – dans cet ordre... Cela aurait fait beaucoup.

Les Hemmings avaient dû mourir en attendant le moment opportun pour révéler l'affaire aux Windsor, tout comme Charlotte. Leur chance avait filé après cette succession de décès, et toute la situation avait échappé à leur contrôle. Lucy s'était retrouvée à élever seule une orpheline de sang royal dont tous ignoraient l'existence, sans personne pour la raisonner et l'empê-cher de tout simplement filer avec l'enfant. Même si elle n'avait pas pensé à mal, elle avait privé une prin-cesse de sa famille et de son héritage, et la monarchie du seul enfant de leur fille décédée. Le bébé leur aurait certainement apporté du réconfort et de la joie.

Peut-être n'était-il pas trop tard pour rectifier les torts. Mais l'affaire était gênante. Comment réagi-raient les Windsor s'il débarquait au palais en clamant avoir élevé un membre de leur noble lignée ? On ne le croirait jamais. Ou cela ferait un esclandre. Lucy se verrait peut-être même accusée d'enlèvement, voire pire, et sur son lit de mort !

Quelqu'un pouvait-il corroborer les faits ? Lucy n'était pas restée en contact avec les anciens domes-tiques des Hemmings. Le domaine avait été vendu vingt ans auparavant. La vieille gouvernante devait être morte et enterrée, depuis le temps ! Et le docteur qui avait présidé à l'accouchement ? Et le vicaire qui avait marié Charlotte et Henry ? Vingt et un ans... La quête s'annonçait compliquée, mais la décision de Jonathan était prise. Il remuerait ciel et terre pour faire éclater la vérité. Pour les Windsor. Et pour Annie. Elle avait le droit de savoir qui elle était, ce qui s'était passé. Elle avait le droit de savoir que même si Lucy l'aimait, elle n'était pas sa mère.

Il voulait aussi défendre l'honneur de Lucy. Elle avait très mal agi, certes, mais avant tout par naïveté, souffrant elle-même de la perte de sa propre famille. Elle s'était accrochée à l'enfant par amour, pour y trouver du réconfort, même si elle n'aurait pas dû. Rongée par les remords, elle s'efforçait désormais, juste avant qu'il ne soit trop tard, de réparer ses erreurs.

Une question se posait : comment entrer en contact avec les Windsor sans alerter la presse ? Il s'agissait d'une affaire sensible.

L'autre grande inconnue, c'était la réaction d'Annie. Sa vie avait été une mascarade, un mensonge ! Que ferait-elle en apprenant que Lucy n'était pas sa mère ?

Jonathan était certain que les Windsor voudraient la rencontrer. Et il était tout aussi certain que Lucy avait été beaucoup trop loin. Il avait beau être soulagé qu'elle lui ait tout confié, il ne ferma pas l'œil de la nuit. Au matin, quand elle se réveilla, il était assis auprès d'elle. Malgré le somnifère, elle se rappelait parfaitement son aveu et croisa aussitôt son regard :

— Tu les as lues ?

Il opina du chef.

— Tu t'es fourrée dans un sacré pétrin, commenta-t-il. Ce n'est pas bien, ce que tu as fait, Lucy. J'imagine que cela partait d'un bon sentiment. Mais c'est allé trop loin.

— Je le sais. Pourtant, si c'était à refaire, je le referais. Il faut tout lui dire, mais pas encore... Je l'aime tant ! Crois-tu qu'elle me détestera, quand elle saura ?

— Annie ne te détestera jamais, lui répondit-il doucement. Mais elle a le droit de savoir d'où elle vient.

Elle qui n'avait jamais connu d'autre père que lui, ni d'autre mère que Lucy, avait une famille entière : des tantes, des cousins, une grand-mère qui avait chéri sa véritable génitrice. Impossible de nier son héritage, qu'importent les circonstances de son enfance.

Il n'était pas serein. Les réactions d'Annie étaient parfois imprévisibles. Elle pouvait se montrer terriblement obstinée, quand cela lui prenait ! Serait-elle choquée ? En colère ? Lui-même était encore sous le choc, ayant découvert ce qu'avait dissimulé sa femme pendant plus de vingt ans.

Jonathan et Lucy discutaient encore de la façon d'aborder la chose avec elle quand Annie entra, un plateau dans les mains. Son beau-père la contempla comme s'il la voyait pour la première fois. Sa grâce, sa beauté aristocratique, son don pour l'équitation... Soudain, tout s'expliquait.

— Pourquoi tu me regardes comme ça ? le questionna la jeune femme. J'ai une tache sur la figure ou quoi ?

— Un instant, j'ai eu un doute, dit Jonathan, un sourire en coin.

Annie déposa son plateau et sortit. Jonathan lança un regard interrogateur à sa femme.

— Je la rappelle ?

Mais Lucy secoua la tête, visiblement exténuée. Jonathan pinça les lèvres. Le temps leur était compté. Il tenait à ce qu'Annie apprenne la vérité de la bouche de Lucy. Elle seule était en mesure de justifier ses choix.

— Je le ferai, ne te tracasse pas, jura celle-ci.

Jonathan acquiesça, alla faire sa toilette et, quand il revint embrasser sa femme avant de partir travailler, il la trouva endormie. Lorsqu'il repassa la voir pendant sa pause, elle s'était encore affaiblie. Le soir venu, elle souffrait trop pour parler et, au matin, son état n'avait fait que se détériorer. Annie, sentant que la fin était proche, ne quittait plus son chevet. Le lendemain, Jonathan ne travailla pas afin de rester auprès d'elles. Puis, comme Lucy ne se réveillait pas, il téléphona au médecin. L'examen confirma ses craintes : elle était dans le coma. C'était une question de jours, sinon d'heures. Annie s'enferma dans sa chambre et sanglota longtemps. Jonathan envoya les garçons chez leur grand-mère, puis ils passèrent embrasser Lucy une dernière fois.

Il n'y eut ni adieux ni confession. Elle s'éteignit cette nuit-là sans avoir repris connaissance.

Jonathan tâcha de rester fort, bien que pris de court par la violence de son chagrin. Annie et les jumeaux pleuraient sans discontinuer. Il fallait les consoler et préparer les obsèques.

La cérémonie eut lieu deux jours plus tard dans l'église où Lucy et lui s'étaient mariés. Jonathan pensa au contenu du coffret à la couronne dorée. Bien que content que Lucy lui ait enfin tout avoué, c'était maintenant à lui de contacter la reine mère et de lui apprendre la vérité sur sa fille et sa petite-fille. Il lui faudrait ensuite tout dire à Annie, mais il voulait commencer par apprendre la vérité aux Windsor et sonder leur réaction. Annie avait besoin de temps pour se remettre du choc de la mort de sa mère avant qu'on la secoue de nouveau.

Il soupira. Il avait aimé sa femme d'un amour inconditionnel. Il venait de perdre son épouse, sa confidente, sa meilleure amie, et elle lui manquait tant qu'il redoutait de se noyer. Mais en mourant, elle lui avait laissé une mission herculéenne : révéler la vérité à la famille royale sans faire voler la sienne en éclats. Sans bafouer la mémoire de Lucy ni briser le cœur de la fille qu'il chérissait comme la sienne.

Jonathan se demandait bien par quel bout commencer.

# 9

Après l'enterrement de Lucy, toute la famille vécut comme dans un épais brouillard. Jonathan, accablé par le chagrin, se sentit vaciller pour la première fois de sa vie, avec une impression surréaliste d'évoluer constamment sous l'eau. La plus simple des tâches lui paraissait insurmontable. Il se répétait que cela ne durerait pas éternellement, que la reconstruction se ferait pas à pas et qu'il fallait rester fort pour les enfants. Mais plus rien n'avait de sens sans sa Lucy. Il n'y avait en lui qu'une désespérante impression de chute, que rien ne pouvait arrêter. Il perdait pied.

Annie n'allait guère mieux. Elle ne sortait de son mutisme qu'au prix d'un effort surhumain, pour tâcher de distraire ses petits frères. Ceux-ci se disputaient constamment depuis la mort de leur maman, chacun cherchant à se défouler sur l'autre de sa peine et de sa révolte. La mère de Jonathan venait cuisiner tous les soirs à la maison. On s'attablait en silence, on remuait sans appétit le contenu de son assiette.

Pour ne pas dépérir de chagrin, Annie sortait quotidiennement les chevaux pour leurs exercices. Ce n'était plus une simple habitude qu'imposait son travail chez les Markham, c'était une question de survie. C'était tout ce dont elle était capable, et aussi ce qui l'aidait à surmonter l'épreuve du deuil. Elle emmenait les bêtes faire de longues promenades au pas, les laissant s'arrêter en chemin pour brouter ce que bon leur semblait. Parfois, au contraire, elle les chevauchait à bride abattue. Jonathan ne cherchait pas à la réfréner. Elle avait besoin de cet exutoire.

Des semaines s'écoulèrent avant qu'il ne soit à nouveau en mesure de réfléchir aux révélations de Lucy. Il savait qu'il ne pouvait pas rester les bras croisés. S'il se taisait, le secret de sa femme – son secret, le secret d'Annie – disparaîtrait un jour avec lui.

Faute d'une meilleure idée, il tenta de téléphoner à Buckingham Palace. Il trouva sans difficulté le numéro du standard et, un jour qu'il était tout seul à la maison, les mains tremblantes, il le composa.

Il demanda à être mis en relation avec le secrétaire privé de la reine. On le réorienta vers des subalternes, qui le firent patienter de longues minutes avant de couper la communication sans autre forme de procès. Jonathan s'efforça alors de joindre la reine mère, sans plus de succès. C'était couru d'avance. Il aurait dû s'en douter, mais il fallait bien essayer.

Impossible de se rendre à Buckingham Palace et d'exiger de voir la reine, ou de lui envoyer une lettre

qui finirait dans une pile de courrier écrit par des fous.
Il allait falloir faire preuve d'ingéniosité.

Après mûre réflexion, il résolut d'emprunter les
canaux qui lui étaient familiers. Il demanda à John
Markham s'il connaissait l'entraîneur des chevaux de
la reine. Son employeur tomba des nues.

— Pourquoi ? Vous nous quittez ?

Jonathan s'amusa de sa méprise.

— Jamais ! Cela va vous sembler fou, mais je cherche
à joindre la reine ou la reine mère pour une affaire vieille
de vingt ans. Mais, au standard, on ne me prend pas au
sérieux. Je me disais qu'entre professionnels la communication serait plus aisée. Au moins, je comprends cet
univers-là. Le connaîtriez-vous personnellement ?

— Oui, je connais le directeur de ses écuries, je
l'ai croisé à deux ou trois occasions, répondit John
Markham, l'air soulagé. C'est un homme important,
et pas des plus humbles... Je doute qu'il se souvienne
de moi, mais cela vaut la peine d'essayer.

— Je pourrais lui dire que nous sommes intéressés
par les services de leur haras, éventuellement pour
des saillies, expliqua Jonathan. Histoire d'établir un
premier contact, vous savez. Après, j'inventerai autre
chose pour être mis en relation avec le secrétaire particulier de la reine. C'est une affaire personnelle.

John Markham lui donna le numéro de l'entraîneur et, un peu plus tard, Jonathan tenta sa chance.
Il tomba sur une secrétaire.

— Je dirige les écuries de M. John Markham et désirerais avoir des informations sur les services de saillies que vous proposez.

— Ne quittez pas.

Lord Hatton, le directeur des écuries royales, prit la communication. Jonathan débita son discours, évoquant dans le détail les projets de son patron et posant toutes les questions attendues concernant les étalons mis à la disposition des éleveurs. Puis, au moment de conclure, il mentionna le fait que son employeur souhaitait joindre le secrétaire particulier de la reine à propos d'une réception sur son yacht à laquelle il la conviait. Hatton mordit à l'hameçon. Lorsque Jonathan raccrocha, il souriait jusqu'aux oreilles. Il tenait le Graal : le numéro de sir Malcolm Harding, le secrétaire particulier de la reine Alexandra.

Jonathan prit une profonde inspiration et le composa aussitôt. Sir Malcolm Harding en personne décrocha à la deuxième sonnerie. L'espace d'un instant, Jonathan resta sans voix.

— Je… Je souhaiterais demander une audience avec Sa Majesté la reine, bafouilla-t-il, avant de se ressaisir. Ma femme m'a laissé à sa mort des documents dont j'ai des raisons de croire qu'ils appartiennent à la reine mère. Il s'agit d'une correspondance, et les sujets qui y sont abordés étant de nature privée, il me tient à cœur de les remettre à qui de droit en main propre.

Il s'appliquait, choisissait ses mots avec soin afin d'être pris au sérieux.

— Les documents concernent la défunte sœur de Sa Majesté la reine Alexandra, précisa-t-il. Charlotte. Ma femme, qui l'a fréquentée pendant la guerre, les a conservés longtemps... par sentimentalisme.

Il y eut un silence. Sir Malcolm Harding semblait sur la réserve.

— Me permettriez-vous d'examiner les documents en question ? demanda-t-il. S'ils justifient l'audience, je porterai votre affaire devant la reine et nous envisagerons une entrevue. Nous ne voulons pas vous faire perdre votre temps.

*Ni perdre le vôtre, surtout*, songea Jonathan.

— Vous pourriez me les envoyer par la poste...

— L'affaire est trop sensible. Je préférerais vous les remettre personnellement. C'est lord Hatton qui m'a donné votre numéro, vous savez. Je ne veux pas abuser du temps de Sa Majesté, mais je suis convaincu que les documents l'intéresseront au plus haut point. Encore une fois, il s'agit d'une affaire privée.

Combien d'individus servaient-ils chaque jour le même genre de discours à sir Malcolm Harding, pour des motifs fallacieux ? Des dizaines, sans doute. Il ne pouvait pas déclarer au téléphone qu'il s'agissait d'une enfant volée. Non, il avait l'intention d'écrire un bref résumé de toute l'histoire, sans aucune idée de la réaction qu'il déclencherait. Peut-être le soupçonnerait-on de vouloir faire du chantage à la famille royale, leur extorquer de l'argent ? Peut-être ne voudraient-ils plus jamais entendre parler de lui ? Mais il devait essayer, pour eux, et pour Annie.

— Je vois, lui répondit aimablement le secrétaire. En ce cas, pourriez-vous m'apporter les documents demain à 14 heures ? Je m'engage sur l'honneur à les remettre à qui de droit.

Comme l'espérait Jonathan, la mention du directeur des écuries avait facilité les choses.

— Ce serait parfait, monsieur, dit-il.

Il nota les indications que le secrétaire particulier de la reine lui dictait – où se rendre, qui demander, comment appeler son bureau sur la ligne interne – puis, sitôt qu'il eut raccroché, s'attela à la rédaction d'un résumé des faits tels qu'il les connaissait. Il évoqua la liaison de la princesse Charlotte avec Henry Hemmings, la grossesse, le mariage précipité, le départ du jeune homme et sa mort au combat, la naissance de la petite Anne Louise, le décès de sa mère. Il data avec précision les morts respectives du comte et de la comtesse afin d'expliquer leur silence, puis il retraça le parcours de la jeune Londonienne qui avait recueilli l'orpheline et l'avait élevée comme sa propre fille – Londonienne qu'il avait épousée. Enfin, il conclut en précisant que sa femme ne lui avait révélé son secret que sur son lit de mort, quelques semaines plus tôt. Et il termina par le plus important : la fille de la princesse Charlotte se portait bien, vivait avec lui dans le Kent et, à ce jour, ignorait encore tout de ses origines. Lui-même ne cherchait qu'à la rendre à sa famille et serait heureux de la leur amener, s'ils le souhaitaient.

L'histoire était confuse, mais il commençait à bien la connaître et s'était efforcé de la rendre aussi simple que possible. Il ne lui restait plus qu'à faire des copies de tout ce que renfermait le coffret, d'empaqueter soigneusement les originaux et d'ajouter ses coordonnées à sa lettre, ainsi que ses remerciements à Leurs Majestés pour avoir lu tout cela – en espérant qu'ils le feraient vraiment.

L'inquiétude le reprit. Et si on l'accusait de calomnie ? Voire de séquestration ? Pire : si sa chère Annie se voyait accusée d'imposture ? Il risquait gros. Mais vingt ans de mensonges, c'était vingt ans de trop. Dans sa lettre, il n'avait pas tenté d'excuser le comportement de sa femme, en se contentant de dire qu'elle était morte pleine de regrets d'avoir si longtemps tenu Son Altesse Anne Louise éloignée des siens.

Le lendemain, il prit le train pour Londres, déterminé à aller au bout de sa mission.

— Tu es tout endimanché, remarqua Annie. Tu vas où ?

— Voir la reine d'Angleterre, lui répliqua Jonathan d'un ton désinvolte.

— Très drôle, marmonna la jeune fille, levant les yeux au ciel.

Fidèle à sa parole, sir Malcolm Harding attendait Jonathan au lieu de rendez-vous. Dès qu'il lui eut serré la main, Jonathan lui remit le précieux paquet.

— Il s'agit de copies. J'ai jugé préférable de garder les originaux, dans un premier temps du moins. Pour ne pas qu'ils se perdent. Mais entendons-nous bien, si la rcine ou la reine mère souhaitent se pencher sur le dossier, je vous fournirai toutes les pièces. Par ma démarche, je ne cherche qu'à rétablir la vérité.

Sir Malcolm était un homme pressé et l'entrevue s'acheva aussi vite qu'elle avait commencé. En un rien de temps, Jonathan se retrouva sur le parvis. Il contempla longtemps le palais où sa petite Annie aurait dû passer son enfance. Puis, secouant la tête, il reprit le chemin de la gare et rentra chez lui.

Il ne desserra pas les dents pendant tout le dîner. Il était bien silencieux, et Annie s'étonna une nouvelle fois qu'il se soit fait si élégant pour une simple course en ville. Elle eut beau le questionner, cependant, Jonathan refusa de lui révéler ce qu'il avait fait de sa journée. Le moment n'était pas encore venu.

Le lendemain, vers 9 heures, alors qu'il travaillait dans son bureau, aux écuries, le téléphone sonna. Jonathan décrocha et, à sa stupéfaction, reconnut la voix de sir Malcolm Harding. Celui-ci alla droit au but :

— La reine souhaite vous rencontrer demain à 11 heures, en présence de la jeune fille, l'informa-t-il.

*La jeune fille.*

Pas « la princesse Anne Louise ». Cela restait à prouver.

Pour la première fois, Jonathan hésita. Prêt ou pas, il allait devoir tout avouer à sa fille. Son histoire, son enlèvement par Lucy, pourquoi les Windsor n'en avaient jamais rien su.

— Bien sûr, articula-t-il.

Ses craintes le reprirent. Et si on lui passait les menottes lorsqu'il se présenterait au palais, et si on le jetait en prison ? Tout était possible, mais il était trop tard pour faire machine arrière. C'était l'heure de vérité.

Il tourna comme un lion en cage jusqu'à ce qu'Annie paraisse à l'écurie, un cheval en longe. Il patienta encore le temps qu'elle reconduise l'animal dans son box puis la pria de bien vouloir déjeuner avec lui.

— Tu es bien sérieux, nota la jeune femme. Quelque chose ne va pas ?

— Tout va bien. J'ai à te parler, c'est tout.

*J'ai à t'apprendre que tu es une princesse et que tu fais partie de la famille royale, c'est tout. Vraiment pas grand-chose.*

Jonathan prépara à la hâte une collation et ils sortirent déjeuner sur la table près de la grange.

— Tu m'inquiètes, admit Annie. C'est en rapport avec maman ?

— Oui et non. Elle m'a confié des informations deux jours avant sa mort, et cela te concerne.

— Elle nous a légué un million de livres sterling à chacun ? plaisanta tristement Annie.

— J'aurais préféré. C'est un peu plus compliqué que cela.

Las de tergiverser, il entra dans le vif du sujet. Annie se décomposait sous ses yeux, mais il poursuivit vaillamment son récit. Quand enfin il se tut, elle le fixait, bouche bée.

— Attends. Tu es en train de me dire que maman n'était pas ma mère ? Cette femme qui a fait une hémorragie après son accouchement, c'était la sœur de la reine, et le bébé, c'était moi ? Je suis la petite-fille de la reine mère ? Mais enfin, c'est n'importe quoi ! Moi, une descendante des Windsor ! Maman délirait. Je ne suis pas une... une...

— Une princesse, compléta gravement Jonathan.

Et Lucy, une voleuse d'enfant, qui avait dissimulé son crime pendant plus de vingt ans. Annie n'avait pas encore absorbé cet élément de l'histoire, elle qui aimait tant celle qu'elle considérait comme sa mère. Jonathan espérait qu'elle l'aimerait toujours. Elle avait tant souffert de son décès...

— Attends, répéta Annie en levant la main comme pour ralentir la circulation. Je ne suis pas un membre

172

de la famille royale, enfin, c'est ridicule ! C'est une plaisanterie, hein ? Tu me fais marcher ?

Mais Jonathan secoua la tête.

— Je ne te crois pas ! s'emporta alors Annie. Si c'est vrai, explique-moi comment maman a réussi à me le cacher pendant toutes ces années.

— Personne ne connaissait ton existence, Annie. C'était la guerre. Ils sont tous morts. Ta mère en couches, ton père au front, le comte et la comtesse de vieillesse... Tu n'as plus que les Windsor pour famille. Et moi, bien sûr...

Il lui sourit.

— Je veux que tu saches que je trouve que ta mère a commis un acte répréhensible. Elle a agi par amour, mais il n'empêche qu'elle a mal agi. Elle ne me l'a révélé que deux jours avant sa mort. Elle te l'aurait avoué elle-même si elle n'avait pas été si malade. Je ne veux pas la juger, mais ce qui me semble clair, c'est que tu as le droit de rencontrer ta famille. Au moins de savoir de qui il s'agit ! Ta mère avait fini par l'admettre, elle aussi, et c'est pour cela qu'elle m'a tout dévoilé. La suite dépend de toi.

— Et si je n'ai pas envie d'être une princesse, moi ? Et si... Et s'ils me rejettent ? Et s'ils ne te croient pas ?

— C'est un risque à courir. Mais pourquoi te rejetteraient-ils ? Tu es de leur sang. Ils ont un devoir envers la feue princesse Charlotte. Ils se montreront courtois avec toi. Ils ne savaient même pas que tu

173

existais. Ils ne seront que trop heureux de retrouver leur enfant perdue...

— Je n'étais pas perdue : j'étais avec toi, papa, et avec maman ! Je ne veux pas être une princesse ! protesta-t-elle comme une petite fille.

— Mais c'est ainsi. Tu es qui tu es. On ne choisit pas sa famille. Et tu ne t'en sors pas trop mal. Les Windsor, on fait pire !

— Quand est-ce que je dois les rencontrer ? s'effraya-t-elle.

— Nous sommes attendus demain à 11 heures à Buckingham Palace.

— À Bucking... Oh ! Je ne veux pas, dit-elle, l'air paniquée désormais. Je préfère renoncer à mon titre. C'est possible, n'est-ce pas ?

— Techniquement, oui. Mais ne prenons pas de décisions hâtives. Attends de les rencontrer. Peut-être que vous vous plairez beaucoup... et je crois que Lucy s'en réjouirait.

Ils jetèrent leurs assiettes en papier et Annie repartit lentement vers la maison. Elle avait besoin de réfléchir. Comment croire à ce conte de fées ?

Plus tard, cet après-midi-là, Jonathan la vit harnacher un cheval contre lequel il l'avait souvent mise en garde : il avait mauvais caractère et cherchait sans arrêt à désarçonner ses cavaliers. Jonathan les regarda s'éloigner au petit trot et s'élancer soudain en un galop effréné, droit sur les collines voisines.

Il les suivit des yeux aussi longtemps qu'il le put. Ils filaient comme le vent. Pour une fois, il ne pouvait lui en vouloir. Annie, sa petite Annie, se trouvait aux prises avec son destin. Le lendemain, tout basculerait pour elle à jamais, pour le meilleur ou pour le pire. Si elle ne se rompait pas le cou avant.

# 10

Dans le train qui les conduisait à Londres, Annie n'adressa pas un mot à son père. Elle regardait distraitement le paysage tout en ressassant les révélations qu'il lui avait faites. Sa mère l'avait-elle enlevée, ou bien l'avait-elle recueillie dans un esprit de charité ? Qui avait été Lucy Walsh, à 19 ans ? Et pourquoi lui avait-elle caché la vérité ? Le mensonge était-il devenu tout simplement trop énorme pour être avoué ? De fait, elle avait été une mère formidable, et peut-être qu'elle l'avait bel et bien sauvée de l'orphelinat : et si les Windsor l'avaient rejetée, à l'époque ?

À propos des Windsor, Annie se demandait bien ce qu'ils allaient faire d'elle. Se pouvait-il réellement qu'elle se voie confier du jour au lendemain des responsabilités de princesse, avec tout ce que cela impliquait de fardeaux, d'attentes, de confusion ? Allaient-ils l'accepter ou accuser Jonathan d'avoir menti ? Elle-même avait toujours du mal à le croire.

Et Charlotte Windsor, sa mère biologique, quel genre de femme avait-elle été ? Annie ne le saurait jamais. Quoi qu'il arrive à Buckingham Palace, ses deux mères étaient mortes, désormais. Elle n'était plus qu'une orpheline. Alors que le train s'apprêtait à entrer en gare, Annie pivota vers son père et lui annonça sombrement :

— Je veux partir en Australie.

— En Australie ? Première nouvelle ! Et pourquoi ?

— Les femmes ont le droit d'être jockeys, là-bas. J'ai envie de tenter ma chance.

— Tu ne préférerais pas faire un stage dans les écuries royales ? suggéra Jonathan. La reine possède des chevaux de course exceptionnels...

À supposer qu'ils croient à son histoire, la chose serait peut-être possible.

Annie lissa nerveusement sa robe du dimanche. La noire, celle qu'elle avait portée à l'enterrement de sa mère, et qui correspondait parfaitement à son état d'esprit du moment. Elle appréhendait le rendez-vous au palais et cherchait par tous les moyens à se changer les idées.

— J'aime mieux aller en Australie, marmonna-t-elle.

Jonathan était inquiet, lui aussi, mais s'efforçait de ne pas le montrer pour lui donner du courage. Il craignait par-dessus tout qu'on leur reproche l'erreur de jeunesse de Lucy. Au moins ce crime expliquait-il son obsession pour la famille royale...

— C'est rudement loin, l'Australie, reprit Jonathan. Je n'aurais jamais les moyens de te payer le billet. Tu ferais mieux de rester un moment ici, le temps que toute cette histoire se tasse.

— Et s'ils pensent qu'il ne s'agit que d'une imposture ?

— Quand bien même ce serait le cas, la vie reprendrait comme avant. Nous n'avons rien à perdre.

Il avait amené les originaux avec lui, sur la requête de la reine, tout en gardant un jeu de doubles pour lui, et un autre pour Annie. Dans un sac, il transportait également la boîte de cuir, au cas où elle constituerait une preuve supplémentaire à leurs yeux.

— Ça paie bien, comme métier, princesse ? blagua Annie afin de détendre l'atmosphère.

Jonathan se dérida.

— Ma foi, chaque membre de la famille royale reçoit une belle dotation. Ça serait merveilleux pour toi !

— C'est pour ça que tu l'as contactée ? s'enquit Annie, les sourcils froncés.

— Non, Annie. Je l'ai fait par sens du devoir. Je l'ai fait parce que c'est ta famille et que tu es digne de les connaître comme eux méritent de savoir la vérité.

Il avait songé que sa fille choisirait peut-être de ne plus vivre avec lui par la suite. Il n'était pas son père et ne l'avait jamais officiellement adoptée, car cela n'avait pas semblé nécessaire. Et voilà qu'il risquait de la perdre. Mais il savait qu'il faisait ce qui était juste : elle avait droit à cette vie qu'il ne pouvait lui offrir. Il voulait faire au mieux pour elle, tout comme Lucy, à sa naïve façon. Heureusement qu'elle lui avait tout avoué sur son lit de mort.

Le train était à quai et ils descendirent en silence, hélèrent un taxi et se murèrent chacun dans ses pensées. L'anxiété était à son comble. Annie se préparait au pire. Chaque jour, tout un tas de gens devaient tenter de se faire passer pour des membres de la monarchie. On allait certainement leur rire au nez. Qui allaient-ils rencontrer ? La reine, la reine mère, ou tout simplement le secrétaire ?

Un agent de sécurité les reçut à l'entrée indiquée et procéda aux contrôles d'identité. Il appela sir Malcolm Harding et lui signala la présence de Mlle Walsh et de M. Baker. Tout s'enchaîna très vite. Le secrétaire particulier les accueillit et, un instant plus tard, ils montèrent dans un ascenseur. Annie écoutait les deux hommes échanger des politesses. Surprenant le regard scrutateur que posait sur elle sir Malcolm Harding, elle s'absorba dans la contemplation de ses pieds. Ensuite, ce fut une longue enfilade de portes, un couloir au tapis épais et aux murs encombrés de portraits de générations de monarques et consorts, et, tout au bout, une haute porte gardée par deux soldats en armes. On les fit entrer et Annie la vit, assise à son bureau : la reine Alexandra en personne.

Jonathan s'inclina. Annie s'essaya à la révérence. La reine les invita à s'asseoir.

Vêtue de velours bleu marine, un double rang de perles au cou, elle respirait l'autorité et la dignité. Une femme d'un certain âge, portant un tailleur sombre et strict, les rejoignit dans le bureau. Annie et son père en restèrent pantois. C'était Anne, la reine mère, celle de qui Annie devait tenir son prénom ! Aussitôt, ils se relevèrent et s'inclinèrent de nouveau.

Les formules de rigueur échangées, la reine mère étudia longuement Annie puis, après une hésitation, lui tendit un album photo.

— Feuilletez-le, je vous en prie. Il s'agit de portraits de votre mère avant son départ pour le Yorkshire. Vous n'avez que quelques années de plus qu'elle, à l'époque.

Annie s'exécuta. Dès les premières pages, elle n'en crut pas ses yeux. L'adolescente qui apparaissait sur les photos aurait pu être sa sœur jumelle, un fait qui n'avait pas échappé à la reine mère dès son entrée dans la pièce. En remarquant la boîte que tenait toujours Jonathan, elle demanda à l'examiner. Il la lui tendit et elle l'ouvrit avec précaution pour déplacer son contenu. En découvrant les initiales qui ornaient le fond, elle fixa Jonathan, abasourdie.

— Mon père me l'a offerte pour mon dix-huitième anniversaire. J'en avais fait cadeau à Charlotte avant son départ pour le Yorkshire.

Elle inspira profondément.

— L'histoire est inhabituelle, commenta la reine Alexandra, tout en retenue. Mais c'était une époque trouble, propice à la confusion. Ainsi, ma sœur s'est mariée et a eu un enfant. Nous l'ignorions. J'aurais souhaité qu'il en soit autrement, mais je peux comprendre qu'à 17 ans, et en temps de guerre, Charlotte n'ait pas osé nous révéler de tels rebondissements par courrier.

Elle poursuivit :

— Nous l'avions envoyée dans le Yorkshire pour l'éloigner des bombardements. Elle souffrait d'asthme. Il semblerait que les choses aient échappé au contrôle de la comtesse... Gérer des jeunes gens de cet âge était une grande responsabilité. Je ne l'envie pas.

Elle leur sourit à nouveau :

— Qu'elle soit morte d'une pneumonie ou... d'autre chose, cela ne change rien. C'était notre Charlotte, et sa mort a été pour nous tous une tragédie. Nous ne savions rien de vous, Anne Louise, avant ces deux derniers jours. Ma mère a été bouleversée.

Annie rendit l'album à cette dernière, qui semblait au bord des larmes.

— Tout comme ma sœur et moi. Cela fait vingt et un ans qu'elle nous a quittés, mais c'est comme si c'était hier, expliqua doucement la reine Alexandra.

Reprenant son sérieux, elle déclara :

— Nous allons faire authentifier les documents. Toutefois, Sa Majesté ma mère reconnaît les lettres ainsi que le coffret. S'il s'avère que vous êtes ma nièce, ainsi que nous le croyons, nous vous présenterons au reste de la famille. Je vous remercie pour votre patience.

Jonathan acquiesça aussitôt, puis lança :

— J'aimerais dire quelque chose. Pour lever tout malentendu. Mes motivations sont strictement désintéressées. Ma… Votre nièce mérite de savoir qui elle est et de retrouver la place qui est la sienne. Nous désirons uniquement que l'ordre soit restauré. La mort de Son Altesse Charlotte était une tragédie, et je voulais qu'Anne connaisse sa vraie famille. Rien de plus.

— Partagez-vous ces sentiments ? demanda Alexandra à Annie.

— Oui, répondit celle-ci dans un souffle, intimidée par cette femme qui était apparemment sa tante.

Rassemblant son courage, elle se hasarda à ajouter :

— Mon père m'assure que vous possédez des chevaux extraordinaires. Un jour, si cela m'était permis, j'aimerais beaucoup avoir l'occasion de les admirer.

La reine eut de la peine à masquer son amusement.

— Je n'y vois aucune objection. Dois-je comprendre que vous appréciez les chevaux ?

Annie s'illumina et Jonathan laissa échapper un petit rire, ce qui brisa pour la première fois la formalité de la rencontre.

— Si elle les apprécie ? C'est sa passion ! répondit-il pour elle. Elle monte depuis qu'elle sait marcher. C'est une sacrée cavalière !

— Si cela m'était autorisé, je deviendrais jockey, ajouta courageusement Annie.

— Un jour, peut-être. Vous avez certainement le gabarit qui convient. En attendant, lord Hatton vous fera visiter nos écuries de Newmarket. Vous ne serez pas déçue. Nous possédons plusieurs champions. J'affectionne les chevaux, mais vous, vous ressemblez fortement à votre mère, pour qui c'était une véritable obsession ! Vous aurez toutes deux hérité ce trait, et votre apparence, de votre ancêtre la reine Victoria...

La reine Alexandra se leva, signifiant que l'entretien touchait à sa fin.

— Mon secrétaire vous contactera prochainement.

Mais quelque chose venait manifestement d'attirer son attention.

— Puis-je voir votre bracelet de plus près ? demanda-t-elle dans un murmure.

Annie tendit le bras, faisant danser la breloque sur sa chaînette.

— Sa provenance, je vous prie ? s'enquit la reine.

— C'est un cadeau de ma mère. Enfin, de Lucy.

— Je vous ai comprise, affirma la reine Alexandra, des larmes dans les yeux. J'en avais fait cadeau à Charlotte, pour qu'elle pense à moi.

Dans la salle ne bruissaient plus que les sanglots étouffés de la reine mère. Jonathan se racla la gorge.

— Merci de nous avoir reçus, Majesté. Je n'oublierai jamais cette rencontre, quoi qu'il arrive.

Il s'inclina. Annie l'imita.

— Si tout se passe bien, nous nous reverrons, je l'espère, lui répondit la reine avec générosité.

Le secrétaire surgit de nulle part pour les raccompagner. Jonathan laissa aux deux reines la boîte en cuir et son contenu pour qu'elles puissent l'authentifier. La porte à hauts battants se referma derrière eux, et les gardes en livrée reprirent position.

— C'est son sosie, n'est-ce pas ? remarqua Alexandra quand elle fut seule avec sa mère.

Anne hocha la tête et sécha la larme qui roulait sur sa joue.

— Ne nous emballons pas, dit la reine. Il pourrait s'agir d'une manigance. Les gens sont parfois malins. Il suffit qu'ils aient constaté que la jeune fille ressemblait à la princesse. Pourtant... il me plairait que l'histoire soit vraie. Ce serait une telle joie de découvrir et de connaître la fille de notre chère Charlotte ! Elle semble si gentille.

Elle avait été secouée par la vue du bracelet, qui lui donnait l'espoir que cette étrange histoire soit vraie. La reine mère, encore bouleversée, observa gravement :

— Le beau-père m'a fait l'effet d'un homme simple, mais intègre. Je peux me tromper, bien entendu, mais il m'a semblé sincèrement attaché à la jeune Annie.

Alexandra fit courir sa main sur le coffret en cuir.

— Espérons que l'authentification des documents vous donne raison, maman.

Toutes deux avaient tant souhaité rencontrer cette jeune fille qu'elles lui avaient accordé une demi-heure, ce qui dépassait de loin le temps que consacrait d'ordinaire la reine aux visiteurs extérieurs. La princesse Victoria, qui se trouvait à Paris, n'avait pas pu venir, mais elle aussi aurait souhaité assister à cette entrevue. Cette affaire était sans précédent : une parente qui sortait de nulle part ! Alexandra espérait ardemment que ce fût vrai. C'était comme retrouver un peu Charlotte, après toutes ces années.

Dans le taxi qui les ramenait à la gare, Annie rayonnait. Le secrétaire lui-même avait été séduit par cette jeune fille aux airs d'elfe ou de fée, si semblable aux photographies de la princesse Charlotte qui décoraient les appartements de la reine mère.

— Tout le monde s'est montré charmant, s'extasia-t-elle.

Jonathan opina du chef. Jamais il n'aurait cru être un jour reçu par la reine d'Angleterre à Buckingham Palace.

— Si c'est vraiment ma tante, peut-être qu'elle me permettra de monter l'un de ses chevaux de course ? se demanda Annie, des étoiles plein les yeux.

— Veinarde ! Elle a des Pur-sang qui valent des millions... Je donnerais un bras rien que pour les approcher.

Elle lui sourit.

— C'est vrai que je suis une veinarde. J'ai de la chance de t'avoir. Merci de ce que tu as fait pour moi, papa.

En gagnant la station, il se sentit de nouveau envahi de gratitude pour la confession de Lucy au sujet de la boîte en cuir. Quoi qu'elle ait fait, qu'importe ses raisons, elle s'était rachetée. Avec un peu de chance, Annie serait rendue à son destin. Jonathan n'espérait rien d'autre, même si cela signifiait la perdre : si un tel sacrifice lavait les péchés de sa femme, alors cela en valait la peine, au nom de l'amour qu'il portait à celle qui était comme sa fille.

# 11

Une curieuse atmosphère régnait désormais à la maison. Un rebondissement digne d'un conte de fées avait fait irruption dans ce foyer endeuillé. Le simple fait d'avoir rencontré la reine était incroyable. Personne ne savait qu'ils s'étaient rendus à Buckingham Palace. Le quotidien chez les Markham, rythmé par les séances d'entraînement, les soins et les corvées diverses, pesait de plus en plus à Annie. Elle ne montrait dans son travail aucun relâchement, mais sa mère lui manquait atrocement : ses étreintes chaleureuses, les quelques mots qu'elles échangeaient à la fin de chaque journée... Les soirées étaient tristes à pleurer. Sa grand-mère avait réintégré ses quartiers, de sorte qu'il appartenait désormais à la jeune femme de cuisiner pour sa famille, ce qui ne semblait pas plaire aux jumeaux. Mais ces repas les réunissaient, et ils avaient besoin de se sentir proches les uns des autres.

Le printemps était particulièrement pluvieux, ce qui n'arrangeait rien. Annie avait l'impression de n'avoir pas vu le soleil depuis des semaines.

Ils n'eurent pas de nouvelles de sir Malcolm Harding, le secrétaire de la reine, pendant presque deux mois. Cela voulait-il dire que les documents avaient été discrédités, rejetés ? Impossible de le savoir. C'était finalement comme si rien ne s'était passé, comme s'ils n'avaient jamais rencontré la souveraine.

Annie ne croyait plus à cette histoire de princesse perdue. La vie avait repris son cours et, au fond, c'était mieux ainsi. Elle avait son père, ses frères, l'écurie, et du travail à ne plus savoir où donner de la tête. Les garçons mettaient de la boue partout, rechignaient à faire leurs devoirs, puis il y avait la lessive, la vaisselle, le ménage... Annie avait pris la place de leur mère. Parfois, elle se sentait surmenée. Et seule. Depuis la mort de Lucy, elle était exclusivement entourée d'hommes, entre son père, ses frères et les palefreniers des écuries.

Le jour de son anniversaire, ils dînèrent dans un restaurant du coin, et le lendemain, sir Malcolm Harding appela enfin pour leur dire que les documents avaient été authentifiés. Les lettres de Henry Hemmings, celles de la reine mère, le certificat de mariage, et même l'acte de décès, qui avait donné bien du fil à retordre aux enquêteurs puisque la cause de la mort ne collait pas avec leur récit. Or, le médecin qui avait rédigé l'acte en question était décédé depuis des années. On avait par chance réussi à retrouver une infirmière présente lors de l'accouchement. Elle se rappelait l'hémorragie de la jeune mère, et témoigna du désarroi du médecin et du mensonge qui devait épargner les parents. Le vicaire qui avait marié Charlotte et Henry vivait encore, lui aussi, et se souvenait avec émotion de « ces jeunes gens très amoureux que la guerre devait séparer ». Il était heureux de les avoir unis, ce qui avait permis de légitimer leur enfant.

Sans compter que Sa Majesté avait immédiatement reconnu le petit bracelet en or que portait Annie, celui qu'elle avait autrefois offert à sa sœur Charlotte. Bien sûr, Annie aurait pu l'obtenir par d'autres biais, mais cela semblait très improbable. La plus simple explication était que Lucy l'avait trouvé dans les affaires de Charlotte après sa mort, avec les papiers, les lettres, et surtout la boîte en cuir que la reine mère avait elle aussi reconnue comme la sienne.

Tout était donc en ordre. Le MI5 procédait à une enquête supplémentaire dont sir Malcolm ne pouvait discuter. Il promit de les rappeler sitôt qu'elle serait conclue.

Annie patienta donc. Qu'aurait pensé sa mère, Lucy, de ces démarches ? Se serait-elle sentie trahie, ou fière ? Pour faire d'Annie sa fille, elle n'avait reculé devant rien. Parfois, la jeune femme avait l'impression de la renier. Mais Jonathan ne cessait de lui répéter que tout cela était son héritage, et que Lucy elle-même souhaitait corriger ses fautes : c'était bien pour cela qu'elle avait tout avoué.

Les journalistes n'avaient pas eu vent de l'affaire ; Buckingham y avait veillé, au cas où tout se révélerait finalement faux. (Mais si Charlotte n'était pas la vraie mère d'Annie, alors qui l'était ? Lucy peut-être ? Et qu'était devenu l'enfant né de Charlotte à Ainsleigh Hall ?)

Il fallut patienter deux mois de plus avant que sir Malcolm ne redonne signe de vie. Annie eut bien de la peine à l'entendre par-dessus le raffut ambiant. La télé braillait, ses frères se disputaient devant un match de foot, chacun supportant une des deux équipes. À tout juste 16 ans, ils étaient presque des hommes, bien bâtis, et le cottage semblait trop étroit pour toute la famille.

Mais les nouvelles étaient bonnes. Les domestiques qu'avaient côtoyés à Ainsleigh Hall Lucy et la princesse Charlotte étaient presque tous morts, mais les enquêteurs avaient pu s'entretenir avec la fille d'une des femmes de chambre ainsi qu'avec un ancien valet. Ils avaient également reparlé à l'infirmière.

— Je suis désolée, je ne vous entends pas, mes frères se comportent comme des sauvages, dit Annie en éteignant d'autorité la télévision, avec un regard noir. Vous pouvez répéter ?

Les deux garçons quittèrent la pièce en grommelant.

— Votre Altesse, reprit sir Malcolm Harding avec un sourire dans la voix, l'enquête est terminée. Sa Majesté la princesse Charlotte était bel et bien votre mère. Vous lui ressemblez tant.

Une étrange émotion submergea Annie. Elle s'assit, saisie de vertiges. Elle ne s'était pas autorisée à y croire, à espérer.

— L'ensemble de la famille royale se réjouit et s'apprête à faire paraître un communiqué à votre sujet. Si je puis me permettre un conseil, Votre Altesse, tenez-vous prête : ces messieurs de la presse peuvent se montrer quelque peu... envahissants. Nous aurons beau tourner la nouvelle avec sobriété, elle ne manquera pas d'affoler les journalistes. Et le public.

— Que dira le communiqué ? s'enquit Annie, sonnée.

— Les conseillers en communication de Sa Majesté travaillent encore à la version définitive du texte. Il n'a pas été jugé souhaitable d'entrer dans les détails. De la pudeur avant toute chose. Nous envisageons d'expliquer qu'après le décès de vos parents dans des circonstances tragiques liées à la guerre, vous avez grandi à l'étranger, élevée par une branche éloignée de la famille. Vos études achevées, vous êtes revenue en Angleterre pour y prendre vos fonctions légitimes, ce dont Sa Majesté la reine, votre tante, se félicite. C'est tout. Et, croyez-moi, ce sera déjà bien suffisant pour attiser la curiosité des gratte-papier.

Il toussota.

— Concernant votre rente, Sa Majesté m'a prié de vous informer que le sujet est à l'ordre du jour du cabinet pour le mois prochain. Elle vous convie aussi à passer quelques jours à Balmoral cet été afin d'y faire connaissance avec ses fils, vos cousins, et avec la princesse Victoria, votre tante, qui ne déroge jamais à sa retraite écossaise avant son séjour annuel dans le sud de la France. Il fait un peu frais en Écosse, mais je suis sûr que le palais vous plaira. Dans l'immédiat, Sa Majesté souhaite vous recevoir à dîner en compagnie de la reine mère dans les prochains jours. Son Altesse la princesse Victoria est en Inde actuellement, mais a grand hâte de vous rencontrer dès son retour.

Annie était si abasourdie à la fin de cette conversation qu'elle en oublia un moment de raccrocher le combiné. Quand son père rentra pour le dîner, il la trouva dans le salon, livide et figée, comme si elle avait vu un fantôme.

— Il s'est passé quelque chose ? Les garçons se sont mal comportés ?

Annie jeta un coup d'œil à ses frères, qui étaient revenus dans la pièce et se disputaient bruyamment en insultant chacun l'équipe de foot de l'autre. Elle secoua la tête et reporta son attention sur son père.

— L'authentification, murmura-t-elle. Elle est finie. C'est confirmé. Charlotte Windsor était ma mère biologique. Sir Malcolm Harding a appelé, je vais percevoir une rente, et je suis officiellement invitée à Balmoral cet été, Victoria veut me rencontrer... Oh, papa ! C'était vrai : je suis une princesse !

Sa voix se brisa et Jonathan la serra dans ses bras.

— Tu as toujours été ma petite princesse à moi, chuchota-t-il, ému.

Annie s'assombrit. Elle se découvrait bien orpheline de deux mères.

— J'ai l'impression de poignarder maman dans le dos. Après tout ce qu'elle a fait pour moi...

— Ne dis pas n'importe quoi. Elle se serait réjouie pour toi. Elle t'a eue rien qu'à elle pendant vingt ans. Si elle a éprouvé le besoin de soulager sa conscience avant de nous quitter, ce n'est pas pour rien ! Non, elle serait heureuse pour toi. Et j'imagine que tu n'auras plus à jouer les Cendrillon pour les jumeaux et moi... Tu comptes emménager dans l'un des palais ? demanda-t-il innocemment.

— Bien sûr que non ! Je resterai ici, avec toi. Mais j'apprécierais si ces deux hommes des cavernes apprenaient comment ranger et arrêtaient de hurler à chaque match, s'exaspéra-t-elle.

Jonathan éclata de rire.

— Bonne chance ! Mais tu sais, tu n'es pas obligée de rester, reprit-il plus sérieusement.

— Et où voudrais-tu que j'aille ? Tu es mon papa, et je n'ai aucune envie de vivre loin de toi.

Jonathan rayonnait de joie en entendant ces mots. Il ne l'avait finalement pas perdue – une crainte qui ne l'avait pas empêché d'enquêter coûte que coûte sur la vérité.

Annie mit le couvert pour le dîner. Elle était si distraite qu'elle fit brûler le gigot, ce qui n'empêcha pas ses frères de tout dévorer. Elle les envoya ensuite à l'étage pour profiter de la fin de repas avec son père.

— Je suis vraiment heureux pour toi, Annie. Et je pense que Lucy le serait aussi.

— J'espère… Je ne suis pas sûre d'être prête à être princesse. Ils vont faire paraître un communiqué d'ici quelques jours !

La réaction de la presse ne se fit pas attendre. La maison de Jonathan fut prise d'assaut, les écuries envahies, et tout le pays sembla perdre la tête pendant toute une semaine. Comme l'avait dit sir Malcolm, malgré la sobriété du communiqué, une princesse perdue était un événement trop sensationnel pour être ignoré. Les photographes faisaient des pieds et des mains pour immortaliser Annie en pleines corvées, en compagnie de son père et de ses frères, ou à cheval.

Buckingham s'était contenté de dire que Son Altesse Royale Anne Louise, fille de Son Altesse Royale Charlotte et de feu lord Henry Hemmings, fils de feu le comte d'Ainsleigh, était revenue en Angleterre après avoir séjourné à l'étranger suite à la mort tragique de ses parents pendant la guerre. On mentionnait la mort de Charlotte dans le Yorkshire à 17 ans, son mariage et sa grossesse, Henry mort en héros à Anzio, et les bombardements qui avaient décidé la famille royale à ne rien révéler pendant la guerre. Une fois la paix revenue, du fait du décès de ses deux parents, leur fille avait grandi loin des regards, sur le continent et sous la supervision de la famille royale, jusqu'à sa majorité. Elle revenait désormais auprès de ses tantes, de son oncle, de sa grand-mère et de ses cousins, et paraîtrait bientôt pour la première fois en public. En attendant cet événement, la reine était heureuse de retrouver sa nièce, qui résidait dans le Kent. Tout avait été tourné de façon à révéler les informations les plus pertinentes en passant sous silence les éléments potentiellement gênants.

Mais cette dernière phrase avait suffi pour que les journalistes découvrent où elle vivait. Aiguillonnés par la curiosité, ils avaient fait le tour de tous les domaines de la région jusqu'à trouver le bon.

M. Markham lisait le *Times*, lui aussi. Il comprit immédiatement qui était la jeune princesse oubliée à laquelle l'article faisait allusion. Annabelle, son épouse, passa le jour même féliciter la jeune femme et lui présenter ses hommages. Tous deux étaient abasourdis par cette extraordinaire histoire.

— Vous allez certainement vous installer à Londres, supposa-t-elle.

À 22 ans, cette jeune fille qui venait de se découvrir nièce de la reine n'allait pas traîner longtemps dans un cottage du Kent !

— Non, je prévois de rester ici pour finir mon apprentissage, la détrompa Annie. Je ne vois pas que faire d'autre.

— Vous ne voyez pas... ? Ma chère enfant, mais allez faire tourner les têtes de ces messieurs de la haute dans les dancings de Knightsbridge ! s'esclaffa Annabelle.

— Il ne vaut mieux pas. Sans moi, la maison finirait par ressembler à l'écurie.

Deux jours plus tard, cependant, Annie reçut un appel de lord Hatton, l'entraîneur de Sa Majesté : il la conviait à une visite privée de ses écuries de course, à Newmarket, et lui offrait un stage dans son service. La proposition était tentante, et Jonathan insista pour qu'elle accepte.

— Des occasions comme ça, Dieu sait quand il s'en représentera !

La jeune femme rappela donc lord Hatton pour lui confirmer qu'elle serait ravie de travailler pour lui en août et septembre s'il voulait bien d'elle. Il s'en réjouit, persuadée qu'elle passerait un bon moment. Comment aurait-il pu en être autrement, ainsi entourée des chevaux de course de la reine ? Elle espérait qu'on la laisserait monter.

Elle avait l'impression de vivre un rêve. Abstraction faite des importuns avec leurs flashs et leurs micros, elle nageait dans le bonheur. Du reste, au bout d'une semaine de harcèlement, ces derniers avaient obtenu toutes les photographies qu'ils voulaient, et le calme revint au domaine. Annie avait enduré l'épreuve avec patience et dignité, ce dont la reine en personne la félicita par l'entremise de lord Hatton, mais elle était soulagée que ce soit terminé. Elle écrivit un mot à la souveraine pour la remercier de l'offre de stage au sein des écuries royales.

— Comme j'ai hâte ! confia-t-elle à son père en travaillant le lendemain.

Rencontrer la famille royale à Balmoral, puis deux mois aux écuries : la reine voulait lui laisser le temps de s'acclimater à sa nouvelle vie, ce qui convenait très bien à Annie. Elle n'était pas encore prête à partir de chez elle, et changer d'écuries était un premier pas. Toute cette excitation la réconfortait un peu après la mort de Lucy.

Elle sortit un étalon de son box, lui fit faire ses exercices puis le chevaucha à travers la campagne, ivre de vitesse et de liberté. Une chance inouïe lui souriait : c'était presque trop beau pour être vrai.

Jonathan la déposa aux écuries de Newmarket au début du mois d'août. Pendant les deux heures de trajet, Annie n'avait fait que babiller, excitée comme une puce à la perspective de deux mois en immersion dans ce cadre d'exception. Peu lui importait ce qu'on lui demanderait de faire – nettoyer les boxes, étriller les chevaux, qu'importe ! Ce serait un honneur, vu les bêtes que possédait la reine.

Newmarket constituait le centre névralgique du monde des courses hippiques. Avec ses deux superbes hippodromes, ses cinq compétitions internationales annuelles, ses 50 écuries de course, sa célèbre plateforme de vente aux enchères de chevaux d'exception, ses cliniques équines de pointe, il n'y avait rien de surprenant à ce que la ville rassemble la fine fleur des entraîneurs du pays. La reine en employait cinq, tous plus réputés les uns que les autres, pour les différents chevaux de course qu'elle hébergeait sur place ou faisait venir selon la saison de Sandringham ou du Hampshire.

Lord Hatton accueillit Annie et Jonathan, témoignant à la jeune femme la déférence que lui inspirait son rang, et à son père le respect tout professionnel qu'on réserve aux confrères – les écuries des Markham étaient elles aussi impressionnantes. Tandis que les hommes discutaient saillies, Annie visita les écuries, béate d'admiration devant les plus beaux et impressionnants chevaux de la Couronne britannique.

Soudain, elle remarqua un jeune homme qui la fixait sans gêne. Il était adossé contre la porte d'un box, faussement désinvolte. L'élégance de sa tenue démentait son attitude nonchalante : jodhpurs blancs, chemise amidonnée, bottes cirées à la perfection. Il avait les cheveux d'un noir de jais et, s'il était indéniablement beau, un air maussade assombrissait ses traits. Le jeune homme ne fit rien pour la mettre à l'aise ou se présenter. Troublée, Annie se hâta de poursuivre sa visite en solitaire.

Il attendit qu'elle ait atteint le dernier box de la rangée pour piquer droit sur elle d'un pas déterminé et lui demander sans détour :

— Tu as quel âge ?

Son ton était plein de fatuité.

— Pourquoi ? lui rétorqua-t-elle, outrée par sa grossièreté.

— Parce que ce n'est pas un poney club, ici, répliqua l'autre avec dédain. Tu ne trouveras pas de monture adaptée à ton gabarit.

Il affichait un petit rictus insolent. Annie bouillonnait, mais elle se contint.

— Pour ta gouverne, j'ai 22 ans, et je te parie que je monte aussi bien que toi, sinon mieux. Sache que tu as devant toi une future jockey, ajouta-t-elle crânement, le menton en avant.

— Pitié, pas une féministe ! Des femmes jockeys ? On aura tout vu ! Vous n'avez pas les nerfs assez solides pour ça.

— N'importe quoi ! Et puis d'abord, en quoi ma petite taille serait-elle un handicap ? Tu as déjà vu un jockey arriver à quoi que ce soit en étant plus grand que moi ? Toi, tu ne le seras jamais, aucun doute là-dessus.

— Parce que je ne me destine pas à cette profession, lui cracha l'Apollon, visiblement vexé. Pour passer ma vie dans le crottin, non merci !

Annie examina d'un œil critique sa tenue immaculée. Décidément, ce jeune homme lui était de plus en plus antipathique.

— J'en déduis que tu es plus porté sur le polo, commenta-t-elle, une pointe de mépris dans la voix.

Il était du genre à avoir grandi avec une cuiller en argent dans la bouche et un maillet dans la main. Il lui semblait vaguement familier, même si elle n'aurait su dire pourquoi.

— En effet, je pratique cette discipline, confirma le jeune homme, d'un ton ampoulé. Pas toi ?

— Non. Moi, j'aime les sports un peu plus... musclés.

— Le polo, c'est musclé !

— La seule chose que ce sport a de musclé, ce sont les cocktails que les joueurs s'enfilent entre les parties.

— Qu'est-ce que tu fais ici, de toute façon ? Tu visites ?

— Je suis en stage. Je commence demain, déclara fièrement Annie.

— Tiens ! Voilà qui promet d'être intéressant. Moi aussi, je vais travailler ici. Qui sait ? On s'entendra peut-être, toi et moi. Enfin, si tu parviens à maîtriser les bêtes.

— Bon sang, mais qu'est-ce qui te fait croire que je suis une petite nature ?

— Tu t'es vue ? Tu n'es pas plus haute qu'un farfadet ! Tu ne crains pas de te blesser ?

— Tu sais quoi ? On n'a qu'à faire la course. J'ai hâte de voir ta tête quand je t'aurai battu à plate couture !

— Tu rêves. Je possède le plus grand cheval de cette écurie. Ses jambes sont plus longues que les miennes, c'est dire !

De fait, l'arrogant personnage devait mesurer plus de 1,90 mètre.

— David contre Goliath, tu connais ? rétorqua cependant Annie sans se démonter. Bon, tu relèves le défi, oui ou non ? Tu es peut-être grand, mais moi, au moins, je ne crains pas de me salir.

— Tu dois être ravissante sur la ligne d'arrivée, se moqua le jeune homme.

— Tant que je la franchis en premier, je m'en contrefiche.

— Au moins, tu es franche... En général, les filles font des tas de manières, soi-disant que la compétition, ça ne les intéresse pas, que ce qui compte, c'est de participer, etc., etc.

Annie leva les yeux au ciel et le toisa.

— Alors, championne, quel est ton nom ?

— Anne Louise.

— Sans nom de famille ? demanda-t-il, à nouveau méprisant.

*Tu l'auras voulu*, songea la jeune femme avec malice.

— Anne Louise Windsor. Mais tu peux m'appeler Altesse.

Sur ce, elle tourna les talons, mais pas avant de l'avoir vu virer au rouge tomate. Alors, elle s'autorisa à pouffer.

D'excellente humeur, elle alla rejoindre son beau-père et lord Hatton.

— Je vois que vous avez fait la connaissance de mon fils, Anthony, remarqua ce dernier en décochant un regard au grand jeune homme. Pas de bêtises, jeunes gens ! Tony a la compétition dans le sang, et votre beau-père m'assure que vous êtes friande de sensations fortes. Pas question de vous mesurer l'un à l'autre, je compte sur vous ! C'est une écurie, ici, pas un hippodrome.

Annie promit. Anthony, en revanche, s'insurgea :

— Les bêtes ont besoin d'exercice, père ! Ce sont des chevaux habitués à la course, et ils passent leur temps ici à trotter dans un manège.

— Que les choses soient bien claires, fiston. Si tu blesses l'un de nos pensionnaires, je m'assurerai moi-même de te faire pendre pour haute trahison.

Il se tourna vers Annie, qui admirait de nouveau les chevaux.

— Il m'arrive de faire appel à mon fils quand nous manquons de bras, mais Anthony est un rebelle, il n'en fait qu'à sa tête. Votre beau-père m'assure que vous êtes consciencieuse, Votre Altesse. Tant mieux ! Cela me changera.

— Annie. Je préfère.

Lorsqu'on l'appelait par son titre, la jeune femme mettait encore quelques instants à comprendre qu'on s'adressait à elle.

— Bien, mais sachez que je ne considère pas l'usage des titres comme un obstacle au respect ni à l'amitié. Je fréquente Sa Majesté la reine depuis l'enfance, mon frère cadet était à l'école avec elle, et j'ai également connu votre mère, ajouta lord Hatton avec bienveillance.

Annie se demandait comment un homme aussi affable avait pu engendrer un goujat tel qu'Anthony. Justement, celui-ci venait de s'éclipser sans daigner prendre congé d'elle, de Jonathan ou de son père.

Lord Hatton montra à Annie la chambre qu'on lui avait assignée, une suite luxueuse dans un bâtiment élégant réservé aux invités de marque. Jonathan y monta la malle de la jeune femme pendant que celle-ci admirait les meubles d'époque. Son seul regret fut de constater qu'Anthony couchait dans les mêmes quartiers, à deux chambres de la sienne. Elle l'aperçut en effet par la porte ouverte. Enfilant un blouson bleu marine, il filait sans dire au revoir et l'on put le voir s'éloigner un instant plus tard au volant d'une Ferrari rutilante.

— Sacré personnage, commenta Jonathan avec un clin d'œil.

— Grossier personnage, tu veux dire, maugréa Annie. Il se conduit comme s'il était le maître des lieux !

— Ce n'est pas loin d'être le cas. Son père possède des parts dans l'écurie, ainsi que la moitié des chevaux. Il est l'associé de la reine. Ils sont proches. Très proches, même, à ce qu'on raconte.

— Des potins, papa ? s'amusa-t-elle. D'où est-ce que tu les tiens ?

— De ta mère, pardi ! Elle me rebattait les oreilles de tout ce qui concernait de près ou de loin la famille royale. J'ai retenu quelques détails !

Il eut un sourire peiné. L'immense erreur de sa femme n'avait rien changé à la vie heureuse qu'ils avaient passée ensemble, ni à sa dévotion envers ses enfants, Annie comprise.

— J'y vais, ma puce. Sois bien sage.

Annie embrassa son père et resta seule dans la chambre qui serait la sienne pour les deux prochains mois. On devait lui monter une collation, préparée par le chef français réservé aux invités royaux et aux personnes d'importance. Le caviar, le homard et les profiteroles se révélèrent aussi exquis que la chambre était belle, et Annie ne bouda pas son plaisir. Elle sentait qu'elle allait se plaire ici.

La seule ombre au tableau s'appelait Anthony Hatton. Annie résolut de le remettre à sa place à la première occasion. À la course, il n'avait aucune chance contre elle. Oui, elle allait lui donner une bonne leçon.

# 12

À 6 heures tapantes le lendemain matin, Annie était à l'écurie, prête à commencer sa journée. Tout était calme, et elle en profita pour se familiariser avec les pensionnaires. L'écurie se composait de trois ailes, chacune dotée d'une sellerie parfaitement entretenue et du meilleur équipement qui soit. La première rangée de boxes, munie d'un espace de poulinage, était réservée aux juments ; la seconde abritait les chevaux de course les plus performants et la troisième, avec son box d'intégration, accueillait toute une variété de chevaux, hongres ou entiers – c'est-à-dire castrés ou non –, et de juments plus ou moins rompus à l'exercice des courses hippiques. La reine possédait, outre ses Pur-sang et ses trotteurs, des bêtes qu'elle aimait monter personnellement. Les Windsor avaient l'équitation dans le sang. « Elle s'y connaît autant que moi, avait affirmé lord Hatton au sujet de la reine Alexandra. Peut-être même plus. »

Annie explora les trois ailes, caressant ici et là le chanfrein ou l'encolure des chevaux qui tendaient le cou vers elle. Parfois, elle restait simplement debout devant eux, en silence, avec une admiration béate. Ils étaient superbes. Elle lut chacun des noms : rien que de grands champions ayant marqué l'histoire des courses hippiques. Ces créatures avaient toutes une lignée et un palmarès hors du commun, c'étaient des athlètes à la musculature et au mental d'acier, et Annie se sentait minuscule en leur présence. Elle en avait la chair de poule. Repensant à leurs victoires les plus notables, elle sentit ses yeux s'embuer. Elle essuyait une larme quand elle entendit des pas dans son dos. C'était lord Hatton, qui semblait ému de la voir si touchée.

— Ils sont si beaux, souffla-t-elle.

— Le mérite revient à ma remarquable associée, fit remarquer l'entraîneur. Son père, feu le roi Frederick, était l'un des meilleurs cavaliers qu'il m'ait été donné de côtoyer, et il n'avait pas son pareil pour choisir un cheval de course. C'est un don, vous savez. Sa Majesté la reine et moi-même avons passé des années à tâcher de comprendre certaines de ses décisions, mais, à ma connaissance, il n'a jamais commis la moindre erreur de jugement en la matière. J'aimerais pouvoir en dire autant de moi !

Il eut un petit rire.

— Voyez-vous, la puissance et la vitesse ne font pas tout. Nous devons leur reconnaître d'autres qualités. L'endurance, la volonté, la pugnacité. Il faut croire en eux. Quand c'est le cas, ils le sentent, et vous déçoivent rarement.

Il désigna quelques exemples. Annie buvait ses paroles. Elle avait soif d'apprendre. Elle-même avait toujours fonctionné à l'instinct avec les chevaux, comme le lui avait enseigné Jonathan.

— Les chevaux, il faut les aimer. Au fond, ils ne sont pas si différents de nous, commenta sagement l'entraîneur en guidant la jeune femme vers la cour. Y a-t-il un cheval en particulier qu'il vous plairait de monter ? Je ne peux pas mettre ceux de la reine à votre disposition, mais faites votre choix parmi les autres.

Comme pour s'excuser, il expliqua, de la tendresse dans la voix :

— Sa Majesté est très attachée à ses montures. Elle sait les choisir, elle aussi – elle repère en elles des qualités qui ne me sautent pas toujours aux yeux. En ce sens, on pourrait dire que nous sommes complémentaires. Les chevaux sont une telle source d'enseignements. Mais, au fait, il paraît que vous ambitionnez de devenir jockey ?

— C'est le cas, en effet.

— Pourquoi ? Pardonnez ma curiosité, mais c'est un rude métier. N'allez pas croire que je m'oppose à votre projet. Au contraire. J'ai le plus grand respect pour les cavalières. Pour ne rien vous cacher, j'ai l'intuition que, lorsque les femmes seront autorisées à concourir de façon professionnelle, elles surpasseront les hommes dans ce domaine. Et je ne pense pas que ce jour soit si lointain.

Il s'arrêta devant une machine à café, en remplit une tasse et la lui tendit.

— Alors ? Vous êtes donc sérieuse ?

— Complètement. J'aime la vitesse, et j'ai l'esprit de compétition, répondit Annie. Mais, surtout, j'aime la stratégie que demande une course, et la relation qui unit le cavalier à son cheval... C'est une discipline si riche ! Le but n'est pas seulement de gagner, mais de gagner intelligemment. Tout ne se joue pas sur le turf, il y a tant à bâtir en amont !

Lord Hatton l'étudiait avec attention. Annie poursuivit, enhardie :

— Et puis, il y a les chevaux eux-mêmes. Ils sont vaillants, volontaires... Ce ne sont jamais eux qui perdent la course, mais les jockeys qui n'ont pas su en tirer le meilleur. Enfin, c'est mon opinion, conclut-elle.

Lord Hatton était parfaitement d'accord et avait lui-même souvent soutenu ce point. Certains jockeys pouvaient l'emporter même à dos de mule, tandis que d'autres perdraient toujours quelle que soit la qualité de leur cheval.

— J'ai dans l'idée que vous ferez un jour un excellent jockey, répondit simplement l'entraîneur. Et puis, les chevaux sont bien moins compliqués que les gens.

Elle se souvint qu'il avait été marié trois fois.

— Bien, j'ai un cheval à vous présenter. Je serais curieux d'entendre vos remarques à son sujet.

En théorie, cette monture était bien trop grande pour elle, mais l'instinct de lord Hatton s'accordait avec ce qu'avait dit le beau-père d'Annie : il sentait qu'elle pourrait maîtriser presque n'importe quelle bête. Elle aussi était racée, persévérante, courageuse et issue de bonne famille ! La reine était du même avis, et lord Hatton lui faisait toujours confiance, à elle qui s'était révélée une si bonne monarque.

Il mena Annie jusqu'au box du cheval en question, un magnifique étalon nommé Flash. À sa seule vue, Annie rayonnait déjà.

— Cela fait un mois qu'il est chez nous et il regorge de potentiel. J'ignore toutefois s'il remportera un jour une course, reconnut lord Hatton. Sa lignée est impressionnante, mais il est quelque peu instable et nous peinons encore à gagner sa confiance.

Annie hocha la tête. Rien qu'à sa manière de bouger dans son box, on le devinait puissant, nerveux et farouche.

— Je vous laisse faire connaissance, lâcha l'entraîneur.

Annie ne se le fit pas dire deux fois. D'un trait, elle vida sa tasse et se dirigea aussitôt vers la sellerie. Puis elle pénétra dans le box, harnacha le cheval et le sortit, confiante. Pas un instant elle ne songea au fait qu'elle semblait minuscule à côté de lui. Tranquillement, elle mena l'étalon jusqu'au montoir et, un instant plus tard, elle était en selle et en route pour le manège, sous les yeux de lord Hatton.

Détendue, les mains relâchées sur les rênes, mais en contrôle, elle utilisait tout son corps pour guider sa monture, épousant naturellement ses mouvements comme s'ils ne faisaient qu'un. Annie fit faire à Flash quelques tours de manège afin de se familiariser avec lui. Tout en douceur, elle effectua une série de changements de direction qu'elle estima satisfaisants, voire gracieux. Alors, elle mit Flash au galop.

Il semblait s'amuser autant qu'elle. À un moment donné, un bruit le fit sursauter, mais Annie lui communiqua son calme olympien sous les yeux de lord Hatton, fasciné. Le puissant animal lui obéissait. Mieux : il lui faisait confiance. Elle avait tous les instincts des cavaliers que recherchait le maître des écuries, sans même en avoir conscience.

— Il est formidable, lança-t-elle à lord Hatton.

— Oui, acquiesça celui-ci en la fixant. Mais caractériel, voire rebelle. Le moindre imprévu, et il perd le cap. Il a désarçonné l'un de nos meilleurs cavaliers l'autre jour, sans que l'on comprenne pourquoi.

Pourtant, monté par Annie, il était aussi docile qu'un agneau. Lord Hatton la laissa à ses exercices et partit dans son bureau : il aimait se mettre à travailler tôt le matin, lorsque tout était encore calme.

Après une heure d'exercices, Annie reconduisit Flash à son box. Ils avaient l'air tous les deux ravis de s'être rencontrés.

Par le vantail, Annie remarqua un petit attroupement. Les entraîneurs et assistants répartissaient les tâches de la journée. On lui donna celle d'épauler l'un des entraîneurs pendant la semaine. Il y avait plus d'une douzaine d'assistants spécialisés.

Cela la tint si occupée qu'elle ne recroisa Anthony qu'après le déjeuner. On avait confié au jeune homme un cheval en rééducation, avec pour consigne de ne pas trop éprouver son tendon blessé. Quand Annie le vit à l'œuvre, elle ne put réprimer un claquement de langue réprobateur. Il utilisait trop ses mains et bombait fièrement le torse, plus soucieux de son allure que des besoins de son cheval. De loin, on aurait jugé son style impeccable, certes, mais Annie voyait au-delà : il ne faisait pas corps avec l'animal.

La voyant accoudée à la rambarde, il s'arrêta pour discuter avec elle une minute.

— Alors comme ça, mon père t'a laissée monter Flash ce matin ? Sacré morceau, pas vrai ?

— Il était très doux avec moi, répondit-elle d'un ton neutre.

— Ça ne va pas durer. La dernière fois que je suis entré dans son box, il a rué, et quand j'ai voulu le monter, il a essayé de me jeter à terre.

— On ne peut pas plaire à tout le monde, dit-elle avec un petit sourire.

Anthony éclata de rire.

— Tu fais quelque chose ce soir ? proposa-t-il. La vie nocturne est quasiment inexistante, dans le coin, mais je connais un pub où on mange assez bien.

Annie était trop polie pour refuser. Pourtant, elle s'était fait une joie de dîner dans sa chambre, au calme, après cette journée bien remplie. En plus, Anthony semblait traiter les femmes comme les chevaux : il s'efforçait de les mettre au pas pour en tirer ce qu'il voulait au lieu de cerner leurs envies et leur personnalité.

Elle retourna auprès de l'entraîneur qu'elle assistait, et il la fit monter deux autres chevaux, tous deux inférieurs à Flash. Anthony recroisa sa route et l'informa qu'il viendrait la chercher à 19 heures.

Elle enfila un pantalon et un pull propres à l'heure dite. Quelle ne fut pas sa surprise de le voir débarquer encore vêtu de sa tenue d'équitation !

— Tu n'as rien contre ? lui demanda-t-il, un sourire effronté aux lèvres, tandis qu'ils montaient dans sa Ferrari.

Elle avait bien plus d'expérience avec les chevaux qu'avec les hommes, n'étant sortie qu'avec quelques garçons à l'université, sans jamais s'éprendre d'eux. Ils lui avaient semblé trop jeunes et niais : elle n'avait pas pris plaisir à minauder comme les autres filles, ni à se faire désirer. Elle était simple, directe, sans artifice, et, une fois au pub, elle parla à Anthony sur le même ton franc et direct qu'elle employait chez les

214

Markham avec les garçons d'écurie. Elle s'extasiait sur les pensionnaires de l'écurie quand il lui coupa la parole.

— Tu ne penses donc qu'aux chevaux ?

— Pour tout dire, oui. J'étais nulle à l'école. Même une fois à l'université, je séchais les cours pour aller monter. Tout ce que je voulais, c'était travailler avec les chevaux, auprès de mon père. Pas besoin de diplôme pour ça. J'ai bien pensé à faire vétérinaire, mais les études me semblaient trop longues. Bref, je suis paresseuse…

Il rit de sa modestie.

— Ton intelligence s'exprime autrement, supposa-t-il. Tu sais, moi non plus, l'école, ce n'était pas mon truc… au grand désespoir de mon père, qui a fait de brillantes études de physique et de psychologie à Oxford. Il est capable de réciter des pages entières de Shakespeare, soi-disant qu'il aurait dû être acteur. Il aurait dû vivre à la Renaissance, oui ! Je ne sais pas comment il s'est retrouvé dans les écuries.

— Et toi ? demanda Annie, soudain curieuse. Qu'est-ce qui te passionne ?

Pas les chevaux, sauf erreur. Il les avait côtoyés toute sa vie du fait du métier de son père, mais il semblait traiter l'équitation comme un hobby entre deux soirées plutôt que comme une passion.

— Les gens, lui répliqua Anthony du tac au tac. Et plus précisément… les femmes.

215

Il décocha à Annie un regard de braise... qui la laissa de marbre.

— Je viens d'investir dans un night-club avec une bande de copains, poursuivit le jeune homme, et un de ces jours je rachèterai un restaurant ou bien un petit hôtel, idéalement dans le sud de la France. J'ai vécu à Paris pendant un an, c'était fantastique. J'adorerais y retourner.

— Je n'y suis jamais allée, admit Annie innocemment.

Elle n'était jamais allée nulle part, même si elle savait que sa nouvelle vie changerait cela. Elle avait passé la plupart de sa vie dans le Kent, exception faite de ses quelques années à l'université de Liverpool.

— J'aimerais bien aller aux États-Unis, un jour. Tout a l'air de s'y dérouler à cent à l'heure !

Elle était si ouverte aux nouvelles expériences que même lui s'en émouvait. Si jeune et si menue, elle avait des airs d'Alice au pays des merveilles, que démentait le sérieux de son regard. Cet étrange mélange de fraîcheur et d'expérience la rendait différente des femmes qu'il avait croisées. Des beautés fatales, des créatures sophistiquées, blasées de tout, ça, il en avait connu ! Et il en était revenu. Mais le côté gamine d'Annie lui plaisait, ce qui le surprit.

— J'envisage d'aller vivre un temps en Australie, pour devenir jockey, raconta-t-elle. Et je crois que j'aimerais bien visiter les États-Unis. Pour voir le Kentucky Derby.

— J'y suis allé avec mon père, un jour. Un de nos chevaux courait. C'est un endroit curieux. Nous y avons acheté un étalon, mais ça ne valait pas New York...

Son mode de vie était aussi mystérieux aux yeux d'Annie que l'Amérique. Il avait mentionné qu'il avait 30 ans, et à leur différence d'âge semblait s'ajouter une énorme différence d'expérience. Il était allé à Eton, à Cambridge, il avait beaucoup voyagé, et connaissait tout ce qu'il fallait connaître. Tous deux n'avaient rien en commun.

— Bon, et cette course ? On la fait quand ? demanda-t-il au milieu du dîner. Mon père s'absente la semaine prochaine. Une vente aux enchères en Écosse. On devrait en profiter, parce que s'il nous surprend, ça va chauffer ! Enfin, je serai peut-être à Londres... Et le week-end suivant, je ne peux pas : je serai à Saint-Tropez, sur le yacht d'un copain.

Elle était assez belle pour qu'il l'invite, mais il aurait eu l'impression de ramener sa petite sœur. Elle n'était pas du genre à apprécier le flirt, les villes balnéaires et les navires de luxe, elle qui ne parlait que de chevaux et de devenir jockey.

— Bon, et à part les chevaux, tu as un fiancé ? J'imagine que tu comptes te marier et avoir des enfants.

Oui, c'était bien ce genre de fille, se dit Anthony, qui lui-même ne s'intéressait ni à l'un ni à l'autre pour le moment. Annie cligna des yeux.

— Je n'y songe pas. Ma vie, ce sont les chevaux.

— Et alors ? Prends ma demi-sœur, issue du deuxième mariage de mon père. Il les a aidés à se lancer en Irlande, elle et son mari. Elle est éleveuse là-bas, et son affaire marche du tonnerre. Et ils ont sept enfants ! Tu imagines l'horreur ?

Annie s'esclaffa.

— Moi, j'ai deux frères, des jumeaux. Ils ont 16 ans, et ils me rendent folle. J'essaie d'aider mon père à s'occuper d'eux, surtout depuis la mort de ma mère. Enfin, je veux dire... Pardon. Ma vie est un brin compliquée, en ce moment. Tu es peut-être au courant : ma mère biologique est morte à ma naissance, mais je ne l'ai appris que tout récemment... Voilà que je me retrouve nièce de la reine ! J'irai à Balmoral fin août pour rencontrer le reste de la famille. J'ai l'impression d'avoir été divisée en deux personnes différentes... C'est comme s'il n'y avait qu'une seule chose sur laquelle je peux compter dans la vie : les chevaux. Ils sont mon point d'ancrage. Enfin, avec mon beau-père bien sûr, qui dirige les écuries de John Markham.

Anthony hocha la tête en silence. La franchise d'Annie forçait le respect. Elle lui donnait envie d'être sincère à son tour et de se dévoiler tel qu'il était. Lui qui côtoyait d'habitude des manipulatrices, au mieux des beautés névrosées, il trouvait la compagnie de la jeune princesse étonnamment reposante.

— Il y a de quoi être chamboulé, confirma-t-il.

— Toute la famille royale s'est montrée très prévenante envers moi. C'est d'ailleurs grâce à la reine que j'ai décroché ce stage. Enfin je dis toute la famille royale, mais je n'ai pas encore fait la connaissance de Victoria...

— Non ? Tu verras : c'est la plus sulfureuse des deux sœurs. Alexandra est responsable, digne, compassée. Ça ne doit pas être drôle, de porter la couronne. Tandis que Victoria... Elle a eu une liaison avec l'Aga Khan, une autre avec un sénateur américain, et on lui prête des aventures avec une foule d'hommes mariés et une âme hantée par la mort d'un amour de jeunesse... Autant te dire qu'avec elle on ne s'ennuie pas. On fait partie des mêmes cercles, elle et moi. Elle est sortie avec un ami il y a un an ou deux, ça nous a rapprochés.

— Et Charlotte, dans tout ça ? Je me demande à quoi elle ressemblait.

— Ma mère aussi est morte, révéla-t-il à voix basse.

Elle ne l'avait encore jamais vu si sérieux.

— Je suis désolée. Je l'ignorais.

— Bah ! C'est de l'histoire ancienne, et tu ne pouvais pas savoir. Tu n'étais pas là pendant tous ces scandales. Ma mère était la troisième femme de mon père, et la seule qu'il ait réellement aimée. Quand j'avais 8 ans, elle l'a quitté pour son amant, et ils sont morts ensemble peu après dans un accident. Ma famille a été pulvérisée. On m'a envoyé en pension. Mon père s'est mis à enchaîner les conquêtes. Mais il ne s'est plus remarié. Je crois qu'il ne s'est jamais remis de la mort de maman. Ce n'est pas un mauvais père, mais je crois qu'il préfère ses chevaux à ses enfants... Très anglais, tu sais.

En l'écoutant, Annie se rendait compte quelle chance elle avait d'avoir Jonathan, si bon et aimant, le seul père qu'elle ait jamais connu. Ils avaient beau n'avoir aucun lien de sang, elle le considérerait toujours comme tel.

— Je n'arrive pas à me poser, continuait Anthony. Mais comment pourrait-il en être autrement ? Je n'ai aucun modèle auquel me référer. Je ne me souviens qu'à peine de l'époque où mes parents étaient ensemble. Ils étaient toujours de sortie. Et je ne pense pas que mon père se remariera un jour. Il se consacre désormais entièrement aux écuries.

— C'est compliqué, la famille, observa Annie. J'en sais quelque chose. Moi-même, je ne suis pas sûre d'avoir envie d'en fonder une ! Mes parents paraissaient heureux ensemble, mais ce n'était pas rose tous les jours. La plupart des gens n'arrivent pas à fonctionner ainsi. Non, ce n'est sans doute pas pour moi... Les chevaux sont moins tordus que les gens.

— Les chevaux, le vin, les femmes..., reprit Anthony, ragaillardi. Nous avons l'embarras du choix !

Mais sous son attitude insouciante, son beau visage et son charme insolent, elle sentait qu'il avait peur de se rapprocher des gens, peut-être parce que sa mère était partie alors qu'il était si jeune. Ou alors, il s'amusait trop pour en avoir le temps. Sa vie ne semblait pourtant guère intéressante aux yeux d'Annie. Mais il n'était pas aussi arrogant qu'elle l'avait d'abord cru. Il avait un côté vulnérable sous ses airs de play-boy. N'empêche, elle ne pouvait pas s'imaginer sortir avec un garçon comme lui – ou avec quiconque. Les écuries lui suffiraient.

Ils rentrèrent ensemble au dortoir. Quand Anthony lui proposa de boire un dernier verre dans sa chambre, toutefois, elle refusa. Elle avait beau être encore vierge, elle n'était pas naïve à ce point !

— Je me lève à 5 h 30, prétexta-t-elle. J'ai promis d'entraîner Flash.

Il éclata de rire.

— Mon rival est un cheval ! Que c'est vexant, plaisanta-t-il.

Annie sourit, le remercia pour le dîner et se retira dans sa chambre. La soirée avait été pleine de surprises. En grattant le vernis, elle avait découvert en Anthony Hatton un écorché qui noyait son chagrin dans les fêtes et les paillettes. Annie ne l'enviait pas. Elle avait grandi dans le dénuement, en comparaison avec des gens tels que lui, mais elle préférait de loin la simplicité de sa propre vie à la vacuité de la sienne. Elle au moins avait bénéficié de l'amour de ses parents, contrairement à lui, sans sa mère.

Dans sa chambre, Anthony Hatton se servit un whisky et songea à l'étrange fille qu'il venait de rencontrer. Qu'allait-il advenir d'elle ? C'était une vraie bouffée d'air frais, presque encore une enfant... Pas vraiment son genre. Avec les femmes de son milieu, il savait où il mettait les pieds. Il connaissait leurs attentes, les codes à respecter. Trouver comment plaire à Annie le dépassait, et le terrifiait.

Le lendemain matin, à 6 heures, Annie était à pied d'œuvre. Flash se montra plus nerveux, mais elle eut tôt fait de le calmer par sa propre sérénité ainsi que par sa voix tranquille et ferme à la fois. Elle veilla, pour le rassurer, à répéter à l'identique les exercices de la veille. Quand elle le ramena à son box, il coopérait de nouveau. Tandis que lord Hatton arrivait à son bureau, Annie se présenta à l'heure à la réunion d'attribution des tâches. Elle apprit à cette occasion que des photographes, ayant eu vent de sa présence à Newmarket, avaient tenté de s'introduire dans les écuries pour lui dérober quelques clichés, mais lord Hatton en personne les avait chassés en criant que le premier qui harcèlerait un membre de ses équipes aurait affaire à lui.

Pleine de reconnaissance, Annie travailla sans relâche jusqu'à la fin de l'après-midi, en montant pas moins de cinq chevaux. Elle rentrait se doucher quand elle croisa Anthony dans le hall du dortoir, apprêté pour sortir.

— Mon père part à Londres demain, lui lança-t-il. Prête pour la course ?

Annie hésita.

— On va s'attirer des ennuis…

— Si on lui en parle, oui. Mais tu n'auras qu'à tenir ta langue !

C'était trop tentant. Elle convint de le retrouver le lendemain à 7 heures tapantes. Toute la soirée, elle réfléchit. Quel cheval emprunter ? Annie avait un faible pour Flash, mais il n'était pas prêt. Elle brûlait d'envie de gagner, mais pas au point de faire courir de risques à un cheval, onéreux ou pas. Finalement, son choix se porta sur une jument qu'elle avait montée dans l'après-midi, plus entraînée, aux réactions moins inattendues. Restait à prier pour que personne ne les voie, mais le jeu en valait la chandelle.

À l'aube, Annie eut le temps d'entraîner Flash avant de retrouver Anthony. Elle sentait monter l'adrénaline. Elle avait observé son adversaire : sa technique était correcte, mais il manquait d'intuition.

Il n'aimait pas les chevaux comme elle les aimait. Elle avait toutes ses chances contre lui. Radieuse, elle s'avança à sa rencontre.

Tous deux commencèrent par une balade au pas, qui les entraîna loin des regards. Une fois à l'endroit convenu, Annie et Anthony alignèrent leurs montures. Puis Anthony donna le départ.

Annie n'économisa pas ses forces. Elle exploita la puissance de sa jument sans pour autant la surmener, et la course s'acheva sitôt commencée. La jeune femme, ayant bien évalué les capacités de son cheval, avait gagné haut la main.

Lorsqu'il la rattrapa, Anthony faisait la grimace.

— Vous êtes une redoutable adversaire, Altesse, concéda-t-il toutefois. On fait la revanche demain matin ?

Elle éclata de rire, heureuse de l'avoir battu aussi facilement, sur le terrain de l'intelligence autant qu'à la course.

— Ça dépend. Où sera ton père ?

— Il ne rentre que demain soir, l'informa Anthony.

Elle eut un sourire malicieux. Elle se faisait l'effet d'une écolière polissonne en train de tricher dans le dos de la maîtresse.

— C'est d'accord. Même heure, même endroit.

Après tout, personne n'avait rien vu ! Et le plaisir de battre Anthony avait été si fort qu'Annie brûlait de recommencer. Ils rentrèrent ensemble aux écuries.

Le lendemain, elle changea de monture. Elle opta pour une bête plus rapide, plus fougueuse aussi. Le cheval piaffa tout le long du chemin jusqu'au point de départ. Annie et Anthony portaient, comme la veille, des bombes d'équitation, ce qui aurait mis la puce à l'oreille d'éventuels témoins ; par chance, ils ne croisèrent personne.

Annie prit rapidement la tête de la course. Elle fonçait vers le bosquet de noisetiers qui figurait leur ligne d'arrivée quand, sans crier gare, le cheval de la jeune femme, effarouché par on ne sait quoi, tenta de la jeter à terre. Elle réussit à rester en selle, mais alors l'animal trébucha et, sans autre avertissement, elle partit en vol plané.

Sous les yeux épouvantés du jeune homme, elle atterrit sur la tête et resta écroulée au sol, inerte comme une poupée de chiffon. Ni une ni deux, il bondit de sa monture, courut, saisit au vol les rênes du cheval d'Annie, lia les deux bêtes ensemble et se laissa tomber à genoux à côté d'elle. Elle respirait, mais elle était pâle comme la mort et ses yeux étaient clos. Il hésitait à lui ôter sa bombe quand elle reprit connaissance.

Elle ouvrit la bouche, mais le choc avait vidé ses poumons d'un coup et aucun son n'en sortit. Elle fit mine de s'asseoir ; il l'en empêcha.

— Attends ! Je n'aurais jamais dû suggérer cette course, c'était idiot. Tu arrives à bouger les jambes ? Les bras ?

Elle remua et lui sourit.

— C'est dommage, je m'amusais bien ! plaisanta-t-elle, bravache. Ça faisait des années que je n'étais plus tombée...

— Je suis un imbécile. Tu es à peine majeure, tu étais sous ma responsabilité.

Il retira sa veste et la replia pour en faire un oreiller. Au moins, elle n'était pas paralysée, mais il voyait bien qu'elle avait du mal à bouger.

— Tu crois que tu peux t'asseoir ?

Une fois le dos à la verticale, un vertige la saisit, si bien qu'il dut la prendre par les épaules pour la stabiliser. Elle avait un léger mal de tête, mais rien de grave, et rien de cassé. Par chance, malgré sa vitesse, sa chute avait été amortie par la terre meuble.

— On finit la course ? proposa-t-elle alors.

Il la fixa, consterné.

— Tu es folle à lier. Tu penses pouvoir monter seule pour le retour, ou tu veux chevaucher avec moi ? demanda-t-il en l'aidant à se relever.

Elle lui assura qu'elle allait bien, mais il la trouvait encore chancelante. Elle était légère comme une plume. Il la soutint jusqu'à ce qu'elle retrouve sa stabilité et l'aida à remonter en selle. Pendant le trajet jusqu'à l'écurie, il la surveilla de près pour s'assurer qu'elle n'était pas prise d'un étourdissement. Elle devait être couverte de bleus, mais elle se tenait bien droite, sans une plainte. Bien plus dure à cuire qu'il n'y paraissait.

— Tu es vraiment une sacrée cavalière. Et quel courage ! J'ai cru un instant que tu y étais restée, admit-il, toujours secoué par sa chute.

— Moi aussi, répondit-elle avec un sourire crâne.

— Entre nous, les courses, c'est fini ! Tu es trop casse-cou. C'est dangereux.

— Dis plutôt que tu as peur de perdre. Si mon cheval n'avait pas trébuché...

— Dis donc, la miraculée, la taquina-t-il, déridé, tu n'aurais pas fait exprès de tomber pour ménager mon orgueil, des fois ? Ah, les femmes, je vous jure ! Et ça prétend devenir jockey !

Il se moqua gentiment d'elle pendant tout le chemin du retour. Mais la vérité, c'était qu'elle venait de conquérir son respect.

— Tu as du cran, lui glissa-t-il lorsqu'ils arrivèrent à l'écurie. Et tu es drôlement plus coriace que tu en as l'air.

— J'allais gagner, insista-t-elle. Et tu le sais.

Il ne nia pas.

— On monte ensemble, un de ces jours ? Sans pression, pour le plaisir.

— Mais sans pression, il n'y a pas de plaisir !

Il éclata de rire.

— Et celui de ma compagnie, alors ? Il se trouve que je t'apprécie, Altesse. Je n'ai jamais rencontré de fille aussi courageuse, ni de cavalière aussi tête brûlée. Je m'en voudrais d'avoir ta mort sur la conscience.

Annie avait mal partout mais ne regrettait rien. Elle buvait les compliments du jeune homme comme du petit lait – elle les avait chèrement gagnés. La veille, elle avait remporté la course mais, ce matin-là, elle avait décroché quelque chose de plus précieux encore : l'estime d'Anthony. Mieux, peut-être : son amitié. Et elle allait avoir besoin d'amis dans cette nouvelle vie. Il était bien différent des garçons qu'elle avait pu rencontrer jusque-là : plus compliqué, plus gâté, plus intéressant, étonnamment. Le moins qu'on puisse dire, c'était qu'il lui plaisait davantage qu'au moment de leur rencontre.

Parvenus devant l'écurie, Anthony et elle échangèrent un sourire complice et reconduisirent les chevaux à leurs boxes respectifs. Là, elle mit seule pied à terre, refusant la main que lui tendait le cavalier. Il la vit grimacer, mais elle avait sa fierté. Elle ôta sa selle à son cheval elle-même.

— La séance s'est bien passée ? leur demanda un entraîneur qu'ils rencontrèrent dans la sellerie.

— Pas mal, lui répondit Annie en réprimant un gloussement.

Elle vaqua ensuite à ses occupations sous le regard d'Anthony. Son inconscience à cheval lui plaisait. Elle lui plaisait, plus qu'aucune fille qu'il avait rencontrée ces dernières années. Peut-être finirait-elle bien par devenir jockey : elle avait les tripes qu'il fallait. Son père était du même avis et avait déjà des projets pour elle, sans lui en avoir encore parlé. Il fallait avant tout en discuter avec Sa Majesté. Et l'on verrait pour la suite.

## 13

Annie trima tout le mois d'août sous la surveillance discrète mais attentive de lord Hatton. Non content de l'observer dès qu'il en avait l'occasion, il priait ses assistants et associés de lui faire des rapports à son sujet. Or, tous confirmaient son impression initiale : la princesse semblait posséder un sixième sens en ce qui concernait les chevaux. C'était du jamais-vu. La reine était heureuse de l'entendre dire. En plus d'être douée, Annie était consciencieuse, appliquée, travailleuse, et modeste. Elle refusait les traitements de faveur et ne reculait devant aucune tâche, si ingrate soit-elle. Si elle ne semblait pas s'être liée d'amitié avec quiconque en particulier, elle était appréciée de tous, car souriante, discrète et toujours prête à rendre service. Comme elle l'avait été chez les Markham. En tant que princesse, elle ressentait encore davantage le besoin d'être responsable et de protéger sa vie privée. Elle avait le sentiment de le devoir à la reine.

Elle appelait son père plusieurs fois par semaine. Son seul ami aux écuries était Anthony. Elle ne sortait jamais le soir, sauf en de rares occasions, avec lui.

Contrairement à certains des membres de sa nouvelle famille, elle semblait fort sage, et lord Hatton savait qu'elle n'irait pas bien loin avec Anthony, qui se gaussait des convenances, au grand désespoir de son père. À 30 ans, il avait déjà été impliqué dans plusieurs scandales, et s'intéressait beaucoup aux femmes mariées, qui le lui rendaient bien.

Par contraste, autant Annie pouvait faire montre dans son travail d'une assurance, voire d'une audace inattendue, autant ses interactions sociales étaient généralement teintées d'une certaine timidité, pleines de prudence, tant elle était consciente du rôle qu'elle devait jouer.

Et elle savait entendre les critiques, ce que personne n'aurait jamais affirmé au sujet d'Anthony Hatton. Lord Hatton songeait qu'elle pourrait même avoir une bonne influence sur son fils, ne serait-ce qu'en tant qu'amie. Lui-même s'était assagi grâce à ses liens avec la reine Alexandra, son parfait contraire.

Celle-ci continuait à se satisfaire de ce qu'on lui racontait sur la princesse. Difficile de croire qu'elle avait grandi aussi simplement, élevée par des domestiques ! Mais son beau-père était un homme droit et juste – on ne pouvait en dire autant de feu son épouse, qui n'était pas dans les bonnes grâces de la famille royale. Tout le monde était encore stupéfait qu'elle ait pu leur dissimuler Anne Louise si longtemps.

Le mois d'août touchait à sa fin et Annie se laissait gagner par la nervosité. La date de son séjour à Balmoral approchait. La reine avait fait exprès de la laisser s'acclimater à son statut royal afin de ne pas la submerger, et avait convaincu sa mère de se montrer tout aussi patiente. Cette dernière était d'accord : on n'avait pas affaire à Charlotte revenue d'entre les morts. Tout cela était complètement nouveau pour Annie.

On racontait qu'à Balmoral la famille royale adoptait un style de vie décontracté. On évoquait des pique-niques, des barbecues, des parties de pêche. C'était pour cela que la reine avait choisi cet endroit pour le premier séjour d'Annie parmi eux. Celle-ci confia ses inquiétudes à Jonathan au téléphone : tout cela était si déroutant ! Elle se sentirait comme une étrangère au sein de sa propre famille. Mais tout le monde l'avait traitée avec beaucoup de gentillesse jusque-là, particulièrement la reine mère et la reine, qui la saluaient sans façons dans les écuries et s'y arrêtaient souvent pour bavarder.

Alexandra en particulier s'y rendait régulièrement, lorsque son emploi du temps le lui permettait, afin de discuter des récents et futurs achats de chevaux, des saillies à venir – qui leur rapportaient beaucoup d'argent – et des courses en vue. Elle s'intéressait beaucoup à tout cela, même si la rumeur voulait que le prince consort ne partageât pas sa passion et ne se rendît aux plus grandes courses que sous la contrainte. On ne le voyait jamais aux écuries. Mais il serait à Balmoral pour y rencontrer Annie. Elle ne l'avait pas encore croisé, et sa tante Victoria non plus. Celle-ci passerait les voir entre deux voyages en France, une destination plus épicurienne.

En vue de son séjour écossais, la jeune femme récoltait autant d'informations que possible sur ce qui l'attendait. Anthony y ayant souvent accompagné son père, il représentait une source précieuse. Mais lui-même préférait parler de son voyage prochain à Saint-Tropez.

Le meilleur conseil qu'il lui donna fut d'être elle-même, ce qui ne l'aida pas beaucoup. Lorsqu'elle lui demanda quoi porter, n'ayant pas d'amie à qui poser la question, il lui répondit qu'elle ne pouvait pas se tromper avec de belles robes.

— Mais quel genre de robe ? insista-t-elle lors de leur dernier dîner au pub. Chic ? Décontractée ? Est-ce que je vais devoir me mettre tous les jours sur mon trente et un ?

Elle ne faisait presque jamais les boutiques, n'y était jamais allée sans Lucy et n'avait jusqu'ici jamais eu besoin de beaux habits.

Le lendemain, elle se força à se rendre en ville, non loin des écuries, et acheta des vêtements simples qui pourraient constituer une bonne base. Elle s'empressa de soumettre ses nouvelles acquisitions à l'œil critique d'Anthony.

— C'est bien, commenta-t-il en haussant un sourcil sceptique. Mais ce n'est pas très aguicheur...

Elle ne cherchait jamais à se mettre en valeur, alors qu'elle était bien faite. Il n'avait décidément jamais rencontré de fille comme elle, sans vanité ni artifice.

— Jusqu'ici, je n'avais qu'une robe, celle que je mettais à l'église pour la messe de Noël ! Pour moi, rien ne vaut une bonne culotte de cheval, mais je ne peux pas mettre ça au dîner..., s'inquiéta-t-elle, toujours nerveuse.

Sa mère, qui portait son uniforme même le week-end, en pantoufles devant la télé, n'avait pas été un modèle de féminité. Comme elle lui manquait, elle et son amour inconditionnel ! Jonathan ne cessait de répéter qu'il ressentait la même chose, ainsi que les jumeaux. Moins d'un an s'était écoulé depuis sa mort, et tant de choses avaient changé.

Annie bénéficiait d'une rente qu'elle était libre de dépenser à sa guise. Par habitude, elle faisait preuve d'une parcimonie extrême. Un vent de panique la traversa au moment de faire ses maigres valises. Elle aurait dû acheter plus d'affaires.

Elle prit congé d'Anthony le matin de son départ : il décollait pour Nice, impatient de se rendre à ce qu'il évoquait comme « Sodome et Gomorrhe doublé en français ».

— Bonne chance ! lui cria-t-il en descendant les escaliers.

Quelques instants plus tard, Annie descendit sa valise élimée dans le hall et, la gorge nouée, suivit le groom chargé de la conduire à la gare. En cet instant, elle se sentait davantage orpheline que princesse.

Le voyage jusque dans l'Aberdeenshire écossais, entrecoupé de multiples correspondances, dura plus de huit heures, mais le panorama était à couper le souffle et Annie ne vit pas le temps passer. Le château était en pleine campagne, et c'était bien pour cela que la reine mère l'aimait tant. Elle y avait déjà passé l'essentiel de l'été et le laissait désormais aux jeunes, s'étant esquivée avec des amis à Sandringham, dans le Norfolk.

Balmoral avait un passé romantique. Traditionnellement, les Windsor y passaient leurs étés et y fêtaient Noël. La reine Victoria l'avait loué en 1848, et le château lui avait tellement plu qu'elle se l'était fait offrir par le prince consort Albert quelques années plus tard. Ils l'avaient complètement reconstruit. Le reste du temps, Victoria et Albert résidaient à Windsor Castle, ce qui leur semblait préférable avec leurs neuf enfants. Même s'il leur était arrivé de se rendre à Buckingham, Windsor était resté la résidence principale de la famille royale sous le règne de Victoria.

Balmoral se trouvait sur les rives de la Dee, près du village de Crathie. Un visage familier attendait Annie sur le quai de la gare : celui de sir Malcolm Harding, le secrétaire particulier de la reine, qui s'était déplacé en personne pour venir l'accueillir. Il la délesta de sa petite valise en s'étonnant qu'elle n'ait pas d'autres bagages, et rangea celle-ci dans le coffre de la Rolls de la reine pour le court trajet jusqu'au château.

— Avez-vous fait bon voyage, Votre Altesse ? s'enquit sir Malcolm.

Il était heureux de la revoir, et elle-même soulagée de trouver quelqu'un qu'elle connaissait.

— Oh oui, merci, lui répondit Annie. C'était très beau.

Elle avait mangé dans le train, les cuisiniers de Newmarket lui ayant préparé une collation.

— Le dîner sera servi à 20 heures, l'informa sir Malcolm. Tout le monde est attendu à 19 heures dans le petit salon.

Annie en avait les mains moites.

— Tenue de soirée exigée ? s'informa-t-elle.

— À Balmoral ? Jamais ! Ici, Sa Majesté ne fait pas de cérémonie. Demain, le déjeuner sera proposé sous forme de pique-nique et, après-demain, Sa Majesté fait organiser un barbecue. Ses enfants en sont très friands, surtout depuis qu'ils ont visité un ranch aux États-Unis l'été dernier.

Il lui souriait dans le rétroviseur. Une minute plus tard, ils atteignirent les grilles du château. Celui-ci tenait davantage du grand manoir que du palais, et était à taille humaine. Moins intimidant que Buckingham Palace ou d'autres résidences comme Windsor, l'un des plus vieux châteaux au monde, capable de rivaliser avec Versailles.

Quand elle descendit de la Rolls, Annie fut accueillie par une horde de corgis qui aboyaient et jappaient. La reine parut dans le sillage de ses chiens, la mise impeccable, la serra dans ses bras et l'escorta jusqu'à la demeure. La jupe en lin bleu marine d'Annie était toute fripée à cause du voyage, et ses sandales et son blazer devaient lui donner l'air d'une écolière.

À l'intérieur, son attention fut immédiatement attirée par une belle femme rousse qui chantait en s'accompagnant au piano. Annie écarquilla les yeux. C'était Victoria – sa tante. Remarquant sa présence, la chanteuse lui fit un signe du menton sans s'interrompre dans sa performance. Les trois beaux garçons qui ajoutaient leurs voix à la sienne suivirent son regard. Annie les dévisagea. Les petits princes, sans doute. Quant à la chanson qu'ils entonnaient tous avec tant d'entrain, on aurait dit un air de cabaret américain.

La reine était ressortie et s'entretenait avec son secrétaire. Un domestique avait emporté la valise d'Annie. La jeune femme ne savait pas ce qu'on attendait d'elle, alors, à petits pas, elle se rapprocha du piano.

La chanson s'acheva. La princesse Victoria se leva et s'avança en détaillant Annie de pied en cap. Sa ressemblance avec Charlotte faillit lui tirer des larmes.

— Enfin ! s'écria-t-elle, la prenant dans ses bras. Si j'avais su que ma mère et ma sœur profiteraient de mon absence pour retrouver ma nièce perdue, jamais je ne serais allée me fourvoyer en Inde. Je me suis sentie terriblement lésée ! Dites-moi, Anne Louise, vous chantez ? Mes neveux et moi, nous adorons pousser la chansonnette. J'ai une voix de crécelle, mais cela ne m'arrête pas !

Elle pouffa. Les garçons aussi. Elle avait une plus belle voix qu'elle ne voulait l'admettre, et jouait divinement bien du piano, ce dont elle ne se privait pas durant leurs soirées.

— On a dû vous prévenir : je suis la délurée de la famille. Votre tante fofolle. Charge à ma sœur, la reine, de vous montrer le droit chemin. Pour ma part, je vous en détournerai !

Elle fit les présentations. Le prince George avait 18 ans, Albert en avait 17 et William, le benjamin, venait de souffler ses 14 bougies. C'étaient trois beaux adolescents aux boucles blondes et aux traits harmonieux ; on racontait qu'ils tenaient leur haute stature de leur père, le prince Edward, un natif d'Allemagne qui avait renoncé à sa nationalité pour épouser Alexandra.

Victoria entraîna la petite troupe sur la terrasse où elle régala Annie d'anecdotes familiales pendant une demi-heure, avant de lui proposer de lui montrer sa chambre.

— Vous avez du courage. Venir ici pour nous rencontrer tous en même temps ! Il paraît que vous montez à cheval ? Charlotte était une cavalière exceptionnelle. Je me souviens que papa disait qu'un jour elle se romprait le cou...

Le regard de la princesse se troubla un instant, puis elle se ressaisit.

— J'étais un peu peste, en ce temps-là. Je torturais souvent ma petite sœur. Par jalousie, je crois... Que j'étais bête ! Quoi qu'il en soit, je suis ravie que vous soyez là. Oui, vraiment. Ravie.

Sans le dire, elle voyait en Annie sa chance de se racheter pour les tourments qu'elle avait infligés, enfant, à sa cadette.

— Vous lui ressemblez beaucoup, ajouta-t-elle avec douceur.

Elles étaient parvenues à l'étage. La chambre était somptueuse, toute tendue de satin jaune et de soieries fleuries, et chaque surface disponible servait d'écrin à quelque antiquité vraisemblablement hors de prix.

— Et voilà ! déclara Victoria. Ma chambre d'amis préférée.

Annie en resta bouche bée. Elle n'avait jamais rien vu de si beau de toute sa vie. Elle promena ses yeux sur le large lit à baldaquin, sur le portrait de la reine Victoria dans sa jeunesse ainsi que sur les autres splendeurs qui l'entouraient.

— Vous aurez reconnu notre aïeule, supposa la princesse en suivant son regard. Elle adorait ce château, vous savez. Surtout après qu'Albert l'a entièrement fait reconstruire après le lui avoir offert. Quel beau couple ils devaient former ! Neuf enfants, si ce n'est pas la preuve d'une passion qui dure !

Elle gloussa, fidèle au portrait qu'en avait brossé Anthony : pleine de verve et un peu frivole. Jamais on ne lui aurait donné ses 42 ans. Sa tenue – pantalon en lin blanc, blouse flottante et sandales argentées – n'avait rien à voir avec celle de la reine, un tailleur en lin bleu pâle et le double rang de perles qu'elle portait en toutes circonstances.

— Et ne vous inquiétez pas pour votre tenue du dîner. C'est décontracté, on ne fait pas de manières, ici.

Cette si belle femme, pleine de confiance et de vie, rendait Annie nerveuse.

— Merci, répondit-elle doucement. Je dois avouer que je ne savais pas quoi emporter...

Ce qu'elle pouvait être semblable à Charlotte ! Victoria s'efforçait de ne pas laisser voir qu'elle en avait le cœur brisé. Quelle adorable jeune fille, si timide. Un peu de sa sœur lui avait été rendu.

Elle comprenait pourquoi sa mère et sa sœur l'appréciaient tant. Quelle modestie, quelle douceur, quelle franchise, sans une trace d'artifice ! Même sa façon de se mouvoir rappelait Charlotte.

— J'espère que nous ne vous effrayons pas trop ? Nous sommes nombreux, mais nous ne mordons pas, promis ! Et vos cousins sont adorables. Demain, nous irons à la pêche et, naturellement, vous pourrez monter à cheval si le cœur vous en dit. Alexandra a une belle écurie, ici, à Balmoral. Je suis sûre que vous vous plairez parmi nous.

Elle sourit et se retira, laissant dans la chambre jaune une Annie tout étourdie. Cette dernière s'allongea sur l'immense lit le temps de reprendre ses esprits. Tout était si beau, et tout le monde si gentil avec elle. Elle ne comprenait toujours pas comment tout ceci avait bien pu lui arriver. Si seulement Jonathan était là pour le voir ! Elle prendrait soin de lui raconter son week-end par le menu.

Une fois reposée, Annie prit un bain avant le dîner et, après quelques hésitations, opta pour une tenue discrète mais seyante : une jupe noire et une blouse en soie ivoire. Elle compensait la sobriété de ses vêtements par sa jeunesse radieuse, et la reine sembla approuver en la voyant entrer d'une démarche légèrement rigide du fait de ses hauts talons.

Victoria les rejoignit peu après, drapée dans une robe resplendissante de couleurs et de motifs orientaux – une création d'Emilio Pucci qu'elle avait achetée à Rome. La robe était tape-à-l'œil et mettait en valeur ses jambes, aucun doute là-dessus, mais n'était-ce pas le but recherché ? La reine la trouva trop courte et criarde, et la dénigra d'un froncement de sourcils.

Mais Annie n'en fut que plus décidée à étoffer sa garde-robe. Elle n'aurait jamais osé porter une robe pareille, si moulante, mais Victoria semblait bien s'amuser. L'audace de sa tenue allait parfaitement avec la flamboyance de sa crinière, et la faisait paraître plus jeune encore. Pas étonnant qu'elle ait eu une liaison avec l'un des amis trentenaires d'Anthony ! On lui aurait donné le même âge.

Une fois les convives réunis, on passa à table. La reine avait placé Annie à côté d'elle et, pendant tout le dîner, elles ne parlèrent que d'une chose : de chevaux. Annie, en terrain connu, reprit confiance en elle. De manière générale, elle s'estimait plutôt inculte, mais elle aurait pu causer équitation, élevage et courses hippiques avec les meilleurs experts du pays. La reine l'invita à monter avec elle le lendemain matin, avant la partie de pêche. Annie accepta aussitôt, ravie.

Après le repas, tous se rassemblèrent de nouveau pour chanter autour du piano. Annie connaissait même certaines chansons, ce qui lui permit de se joindre à eux. Elle passa une bonne soirée, et ils partirent se coucher tôt.

Elle avait rendez-vous aux écuries à 7 heures le lendemain matin. À 5 heures, elle était debout. Elle admira le soleil qui rosissait les collines. Lorsqu'elle se présenta aux écuries, ponctuelle comme à son habitude, la reine Alexandra l'y attendait déjà. Elle avait choisi une monture pour Annie, estimant qu'elle lui plairait : un cheval fougueux qu'elle avait amené exprès pour elle de Buckingham Palace. Victoria le trouvait trop nerveux et caractériel et refusait de le monter, lui préférant les juments plus âgées. Bien que bonne cavalière, elle n'était pas aussi passionnée de chevaux que sa sœur.

Annie monta en selle et calma rapidement l'animal turbulent. Le temps de quitter l'écurie, elle le dominait. La reine la guida ensuite vers les collines le long d'un sentier sinueux. Il fallut franchir un ruisseau, ce qu'Annie fit d'un bond.

— Chassez-vous ? lui demanda la reine.

— Je n'en ai jamais eu l'occasion, mais j'aimerais bien.

— Cet hiver, nous pourrons vous initier à cet art. Cela vous plaira. Lord Hatton m'a dit que vous aspiriez à devenir jockey. Cela finira par arriver. Les compétitions professionnelles ne resteront pas éternellement fermées aux femmes.

— J'espère que vous avez raison. Ce n'est pas juste ! On nous laisse bien concourir dans les événements amateurs, alors qu'ils n'ont guère d'intérêt ! Je donnerais n'importe quoi pour participer à une vraie course.

— Patience. Votre heure viendra, j'en suis sûre. Mais il faudra me promettre de vous montrer prudente. La course hippique est un sport dangereux et lord Hatton m'assure que vous êtes intrépide. Les chevaux sont des créatures puissantes, que nous ne contrôlons pas autant que nous voudrions le croire... Elles sont douées d'une volonté propre.

— J'en suis la première convaincue, Majesté, lui assura Annie.

Elle avait pour les chevaux un infini respect et reconnaissait au premier coup d'œil ceux qui présentaient un danger. Mais ceux qui l'attiraient avaient tous la réputation d'être indomptables et revêches. Ce qui était un atout pour un jockey, comme l'avait fait remarquer lord Hatton à la reine.

Toutes deux chevauchèrent une heure durant puis reprirent le chemin des écuries. Là, elles visitèrent l'élevage de poneys Shetland qui faisait la fierté d'Alexandra.

Le petit déjeuner les attendait. Annie eut à peine le temps de se doucher que déjà la troupe sonnait l'heure du départ à la pêche. Ils étaient au complet, à l'exception de la reine qui s'enferma dans son bureau pour traiter le courrier diplomatique du jour. Annie, qui avait rarement pratiqué ce sport, fit deux jolies prises et en piailla de joie chaque fois. L'aîné de ses cousins, le prince George, retira les hameçons pour elle afin d'éviter qu'elle ne se blesse. Annie l'appréciait déjà, ce grand jeune homme fringant qui se distinguait par son sérieux, sa prévenance et sa courtoisie. Il serait le prochain à monter sur le trône, ce qui imposait toujours une certaine sobriété. Le pays serait entre de bonnes mains avec lui. Son frère cadet, le prince Albert, était facétieux. Au prétexte qu'il avait chaud, il sauta tout habillé dans l'eau et fit tanguer l'embarcation en remontant avant de s'ébrouer comme un gros chien, soulevant un concert de protestations amusées.

Quant à William, le benjamin de la fratrie, il restait en retrait. Sans doute n'était-il pas facile de grandir dans l'ombre de ses charismatiques aînés. Touchée par sa timidité, Annie mit un point d'honneur à discuter avec lui.

Ils eurent droit à un déjeuner mitonné par les cuisiniers du château. Les domestiques l'avaient apporté dans des paniers d'osier. À l'ombre, sur la berge, des tables furent dressées, avec nappes et vaisselle. Annie, qui avait l'habitude de pique-niquer dans l'herbe, s'amusa de tant de cérémonie, mais l'atmosphère était décontractée et elle se régala.

La journée suivante se déroula sensiblement de la même façon, à ceci près qu'un barbecue remplaça le pique-nique : hot dogs, hamburgers, épis de maïs, tarte aux pommes et glaces.

— L'été prochain, j'irai travailler dans un ranch hôtelier, annonça le prince Albert à la cantonade.

Ce projet semblait épatant aux yeux de tous. Il harcelait sa mère pour qu'elle l'autorise à poursuivre ses études dans une université américaine, fasciné par tout ce qui se rapportait de près ou de loin aux États-Unis. Alors qu'il racontait à Annie un rodéo auquel il avait assisté lors de son séjour dans le Wyoming, il déclara soudain :

— Il paraît que tu es bonne cavalière. C'est vrai ?

Annie sourit, surprise :

— Comment le sais-tu ?

— De ma mère. Selon elle, tu en ferais ton métier si les femmes le pouvaient.

— C'est vrai, admit la jeune femme. Mais je doute que cela me soit possible en Angleterre. Peut-être qu'en Amérique…

— Les Américains ont souvent un temps d'avance sur nous… Ils sont plus ouverts d'esprit, décréta le jeune prince. Un jour, j'irai vivre chez eux. Tu entends, George ? Tu n'as pas intérêt à abdiquer une fois que tu seras roi ! Je veux être cow-boy, moi, pas monarque !

Annie rit gaiement. Pour autant, elle mesurait l'angoisse que cachait la boutade d'Albert. Pour qui figurait parmi les premiers dans l'ordre d'accession au trône, le destin de roi ou de reine devait sembler une véritable épée de Damoclès. Elle-même n'était pas assez haut dans la liste pour s'en inquiéter, mais c'était une réalité pour les deux aînés de la reine Alexandra. À ce qu'on racontait, le roi Frederick lui-même n'avait remplacé qu'à contrecœur son frère démissionnaire.

Finalement, le week-end qu'Annie avait tant redouté passa en un éclair. Déjà, l'heure du départ approchait. Les autres resteraient encore quelques jours, la reine une semaine entière. Victoria partait le lendemain pour Londres. Alexandra insista pour qu'Annie revienne leur rendre visite maintenant qu'elle avait rencontré toute la famille – excepté quelques distants cousins dispersés dans toute l'Europe, la plupart sur d'autres trônes.

— Vous êtes une authentique Windsor, lui glissa-t-elle avant que son secrétaire ne l'emmène à la gare.

Tout le monde l'étreignit avant son départ. Il lui restait un mois de travail dans les écuries de la reine, et ses cousins lui promirent de passer la voir avant la rentrée.

La souveraine évoqua alors une possibilité pour Annie : celle de s'installer à Kensington Palace, dans des quartiers privés, à la fin de son stage. Annie avait initialement prévu de rentrer chez son père pour l'aider avec les chevaux des Markham et les jumeaux. Il fallait qu'elle y réfléchisse. La proposition l'avait plaisamment surprise.

Elle fut bien plus sereine sur le trajet du retour qu'elle ne l'avait été à l'aller, ayant réussi à user au mieux de sa garde-robe limitée. Rien à voir avec les splendides tenues de Victoria, toujours si pleine de vie dans tout ce qu'elle faisait, capable d'illuminer chaque pièce où elle entrait ! Au contraire de la reine, elle n'avait que peu de responsabilités, pas même un mari et des enfants. Pleine de bienveillance et d'attentions, elle avait prodigué une foule de conseils utiles à sa nouvelle nièce, et Annie lui trouvait une finesse et une perspicacité que sa réputation de fêtarde n'avait pas laissé présager. C'était tout simplement la vie qu'elle avait choisie, et si elle se décrivait elle-même, en riant, comme la vieille fille de la famille, ce n'était pas du tout l'image qu'elle donnait – celle d'une belle femme, toujours glamour.

La reine Alexandra non plus n'était pas tout à fait conforme à l'image que s'en était faite Annie. Dans l'intimité, elle s'était révélée plus chaleureuse, plus accessible. C'était, pour autant qu'on puisse en juger, une épouse et une mère aimante. Le week-end avait été une réussite aux yeux d'Annie et, décidément, sa nouvelle famille lui plaisait.

Elle ne revit Anthony que le lendemain, car il avait choisi de prolonger d'un jour son séjour méditerranéen. Il avait les traits tirés, mais la mine réjouie. Annie l'écouta lui narrer ses déjeuners au Club 55 et ses virées en boîte de nuit, devinant à son sourire fat les aventures d'un soir qu'il lui taisait par bienséance. Lorsqu'il l'interrogea à son tour sur son séjour à Balmoral, elle se laissa emporter, débordant d'enthousiasme, si bien qu'il éclata de rire.

— Ma parole, tu es conquise ! Ça ne m'étonne pas. Moi, je m'ennuie vite à Balmoral. La campagne, les repas de famille... ce n'est pas ma tasse de thé. Victoria a-t-elle chanté ?

— Tous les soirs. Et nous avons fait un barbecue !

Il n'avait pas détaillé ses soirées à Saint-Tropez, mais un week-end en famille avec des enfants n'en avait clairement pas fait partie, à son grand soulagement. Il ne pouvait se ravir comme Annie de ce genre de passe-temps, même auprès de la famille royale. Non, vraiment, ce genre de vie ne lui conviendrait jamais. La princesse Victoria lui ressemblait en cela, ce qui n'empêchait pas l'innocent enthousiasme d'Annie de le toucher.

Lord Hatton avait passé un savon à son fils pour son jour de retard, mais Anthony y était habitué et s'en moquait éperdument. On l'avait tant sermonné, surtout sur ses responsabilités, le mot qu'il aimait le moins au monde !

La semaine s'écoula sans qu'Annie ait l'occasion de revoir son ami. Elle passa le week-end chez son père pour l'anniversaire des jumeaux, comme elle l'avait promis. Elle n'aurait raté ça pour rien au monde, et le séjour fut bien différent de la semaine précédente à Balmoral. Le samedi, ils allèrent au bowling et au restaurant, et le dimanche ils profitèrent de la piscine que les Markham mettaient en leur absence à la disposition du personnel. Le soir, ils étudièrent ensemble la notice de l'appareil photo et du poste radiocassette qu'Annie avait offerts à Blake et à Rupert. Elle était heureuse d'être en leur compagnie, sous le regard de leur père. Voilà qu'elle avait deux familles : la royale et l'autre, de cœur. Deux vies complètement différentes, mais qui lui convenaient tout autant. Elle s'étonnait de s'être si bien adaptée à sa nouvelle position en tant que nièce de la reine et cousine du futur roi d'Angleterre. Les jumeaux ne cessaient de la taquiner au bowling, en lui demandant s'il y en avait un à Buckingham. Annie répondit par la négative, et Jonathan éclata de rire.

— Moi, si j'étais le roi, j'aurais mon propre bowling, décréta Blake. Et un flipper, et un juke-box, et
un cinéma privé. Et une Aston Martin !

— Et pourquoi pas une Ferrari ? lui suggéra Annie
en pensant au bolide clinquant d'Anthony.

Son frère leva les yeux au ciel.

— T'y connais rien. L'Aston Martin, c'est la voiture
de James Bond !

— Mais bien sûr, où avais-je la tête ?

Elle l'embrassa sur la joue et partit leur acheter à
tous du pop-corn. Elle imagina son frère, sceptre à la
main et couronne au front, entouré de gadgets élec-
troniques, et pouffa. Son cousin George en rêvait-il
également ? Sans doute plutôt Albert, ou William.
Nobles ou roturiers, les adolescents possédaient un
charme universel.

# 14

Le mois de septembre passa trop vite au goût d'Annie. Elle avait adoré son stage aux écuries royales ; hélas, il touchait à sa fin. Quant à Anthony, il était déjà parti, au milieu du mois, pour prendre un poste dans une agence de relations publiques à Londres. Il s'agissait d'organiser des soirées et d'introduire dans les bons cercles des riches industriels étrangers et d'autres VIP. Rien de bien sérieux, mais amusant et pile ce qu'il lui fallait.

— Et ça paie bien ! avait-il expliqué à Annie au pub la veille de son départ.

Annie avait trouvé en lui, contre toute attente, un ami cher à ses yeux durant ce dernier mois, et il allait lui manquer. Elle avait senti, sous le masque de la frivolité, une grande sensibilité et une intelligence rare. Mais il ne pensait qu'à s'amuser, profiter de l'instant présent, et comment lui en vouloir, après tout ? Il avait trouvé un travail qui correspondait parfaitement à ses critères : on n'aurait pu rêver mieux.

— Et toi ? lui demanda-t-il. Ton stage se termine dans quinze jours. Tu as des projets ?

— Euh, oui, lui répondit Annie, évasive. Je pars un mois en Australie. J'en avais envie depuis long-temps...

Il plissa les yeux.

— Pour y faire du tourisme ? Je te connais, Annie. C'est forcément en rapport avec les chevaux. Des courses amateurs, peut-être ?

Elle éclata de rire.

— Tu me connais trop bien, effectivement. Mais n'en parle pas à ton père, s'il te plaît. Lui et la reine désapprouveraient. Elle prétend que les courses amateurs, là-bas, sont d'un niveau extrêmement médiocre. Mais ce sera toujours une expérience formatrice, du moins en attendant que l'Angleterre veuille bien ouvrir la discipline aux femmes. J'aurais pu concourir dans le Newmarket Town Plate, mais je n'ai pas encore de monture... Alors, voilà, je pars pour l'Australie.

— Et à ton retour ?

— Je ne sais pas. Je passerai sans doute un moment chez mon père, pour lui donner un coup de main. Il a de plus en plus mal au genou...

— Ou alors, tu t'achètes enfin une robe digne de ce nom et tu viens à mes futurs galas londoniens, suggéra Anthony. Tu pourrais être ma cavalière. « Son Altesse Royale la princesse Anne Louise Windsor », ça en jetterait pas mal sur ma liste d'invités. De quoi impressionner mes clients !

— Tu sais bien que ça me gêne et que je ne suis pas à l'aise avec tout ça...

— Allez, fais-le pour moi ! Ce sont des gens très gentils, et j'aurais bien besoin de davantage de membres de la monarchie sur ma liste. Victoria vient chaque fois que je l'invite mais, en dehors d'elle, ça ne se bouscule pas au portillon côté royauté. Il me faut au moins une autre princesse. Et si je t'offre la robe ? Quelque chose de bien décolleté, provocant et sexy. Tu seras sublime.

— Pour que je ressemble à une fillette qui s'est échappée d'une maison close ? Non merci. Si tu tiens à choquer l'assemblée, j'aime autant venir en tenue d'équitation.

— D'accord, mais alors à cheval. Tu pourras toujours te joindre à un cirque ambulant, si tu t'ennuies.

— Marché conclu !

Ils rirent. Reprenant son sérieux, Anthony ajouta :

— Fais-moi plaisir. Sois raisonnable, en Australie. Ce serait trop bête de mourir loin du succès qui t'attend ici. Je vais m'inquiéter, tu sais...

— Mais non : tu seras bien trop occupé à faire la fête pour penser à moi.

Étonnamment, il ne se dérida pas.

— Tu te trompes. Je tiens beaucoup à toi. Si au moins tu avais quelqu'un pour te protéger...

— Et puis quoi encore ? Je suis plus forte que j'en ai l'air.

— Je sais. Mais tu es aussi vulnérable et... un peu innocente. Je ne voudrais pas qu'on cherche à profiter de toi.

C'était bien la première fois qu'il se sentait aussi protecteur envers quelqu'un. Mais il ne se rappelait que trop à quel point il avait été terrifié en la croyant morte après sa chute de cheval, durant leur deuxième course. Ils avaient tenu parole et n'avaient jamais recommencé. Elle était comme sa petite sœur à ses yeux, catapultée dans un monde dont elle ignorait les règles, alors que lui les connaissait très bien, et il craignait qu'elle ne fasse une proie facile.

— Tout ira bien, lui promit-elle, radoucie.

— Sois prudente.

Ce soir-là, pour la première fois, Annie accepta de prendre un dernier verre dans la chambre d'Anthony. Il ne manquait pas de femmes à mettre dans son lit, et tous deux avaient noué une amitié sincère, de sorte qu'elle se savait parfaitement en sécurité.

Il lui servit une copieuse rasade de gin. Elle le porta à ses lèvres et grimaça, ce qui fit sourire Anthony qui sirotait son whisky. Ils bavardèrent encore un moment, puis Annie se leva.

— Demain, nous accueillons un nouveau cheval de course à l'écurie, s'excusa-t-elle. C'est moi qui vais l'entraîner, alors je ferais bien d'aller me reposer. Cet endroit va me manquer.

— Mon père devrait t'embaucher, lui répondit Anthony. Tu vaux mieux que la moitié de ses entraîneurs chevronnés.

Il la raccompagna à la porte et elle lui sourit. En croisant son regard, il eut soudain désespérément envie de l'embrasser. Mais il n'osa pas. Elle non plus n'était pas indifférente à la tension, tout en se disant que son vertige devait être dû au gin. Lui-même savait que le whisky n'avait rien à voir là-dedans. Mais se lier à une princesse était bien la dernière chose dont il avait besoin – laisser la reine et la couronne lui dicter sa vie, leur demander la permission pour chacune des étapes de leur relation si celle-ci devenait sérieuse ? Il n'aurait pas pu imaginer pire, ou plus contraignant. Il aimait sa liberté.

Si bien qu'il se pencha vers elle et déposa un chaste baiser sur sa joue. Sa tendresse les surprit tous les deux. Il résista à l'envie de la prendre dans ses bras, et Annie lui adressa un petit salut maladroit avant de déguerpir dans le couloir en direction de sa chambre.

— Non ! s'ordonna-t-il à haute voix en refermant la porte. Jamais ! Ne sois pas ridicule. Ce n'est qu'une enfant.

Mais c'était faux : Annie était une femme, avec un charme enchanteur. Il se versa un nouveau whisky, s'allongea sur son lit et s'endormit. En l'entendant quitter sa chambre à 6 heures le lendemain, il fut tiré du sommeil, mais il avait repris ses esprits, et son moment d'égarement était bien fini. Il ne lui restait plus qu'à partir pour Londres pour y commencer son nouveau travail.

Les deux semaines qui suivirent furent calmes. Puis, la veille de son départ, Annie reçut non pas une surprise, mais deux.

Lord Hatton lui offrait un poste d'assistant-entraîneur dans son équipe. Annie dut faire un gros effort pour ne pas laisser bruyamment éclater sa joie. Lorsqu'il lui demanda ce qu'elle comptait faire, elle lui répondit qu'elle comptait voyager durant les semaines à venir, et il l'invita à prendre ses quartiers parmi les entraîneurs à son retour. Elle accepta avec un ravissement qui n'avait d'égal que celui de lord Hatton. La reine, promit-il, en serait tout aussi heureuse.

Ce fut justement de la reine que provint la seconde surprise, sous forme d'une lettre signée par son secrétaire. Sa Majesté allait nommer M. Jonathan Baker chevalier de l'ordre de l'Empire britannique, en reconnaissance de ses services envers la monarchie. Il avait, après tout, veillé pendant deux décennies sur une princesse avant de la rendre à sa famille, et ce, de façon purement désintéressée. La cérémonie devait avoir lieu à la fin du mois d'octobre. Annie ne se sentait plus de joie. Elle trépigna d'impatience pendant tout le trajet qui la ramenait dans le Kent, ce soir-là – la reine avait tenu à ce qu'elle soit la première informée et il lui appartenait donc d'apprendre la nouvelle à son père.

Elle attendit la fin du dîner. Les garçons, qui ne tenaient pas en place, voulaient sortir de table, mais elle les pria de rester et ils obtempérèrent. Lorsqu'elle apprit la nouvelle à Jonathan, des larmes lui vinrent aux yeux, et les jumeaux semblèrent très impressionnés.

— Sir Jonathan Baker ? Tu plaisantes...

Annie lui tendit la lettre de sir Malcolm Harding.

— Mais... Je n'ai rien fait de spécial, protesta faiblement son beau-père. Quand j'ai cherché à parler à la reine, j'avais peur qu'elle me fasse jeter en prison.

— Rien de spécial ? répéta Annie. Papa, tu t'es montré honnête alors que rien ne t'y obligeait, et en plus tu as dû faire des pieds et des mains pour approcher la reine, alors que tu avais plus à perdre qu'à gagner. C'est grâce à toi si j'ai deux familles, si je suis princesse !

Elle lui parla également de son travail aux écuries : tous deux avaient reçu une merveilleuse nouvelle. Quel bonheur d'être payée pour un tel travail ! Et grâce à son logement de fonction, elle n'aurait pas besoin de trouver un appartement à Londres.

— Et l'Australie ? Qu'est-ce que tu comptes faire, là-bas ? demanda-t-il.

— Voir du pays, voilà tout, mentit Annie.

Elle ne lui avait pas fait part de ses projets, de crainte de l'inquiéter. Mais Jonathan n'était pas idiot.

— Sois prudente, lui dit-il gravement.

— Promis. Et je serai de retour à temps pour ta cérémonie.

Lorsque Jonathan apprit la nouvelle aux Markham le lendemain, ils y répondirent par une promotion et une augmentation, ainsi qu'un nouveau titre inventé spécialement pour lui, puisqu'il était déjà directeur des écuries. Jonathan promit à John Markham de l'inviter également à la cérémonie.

Durant son séjour chez elle, Annie apprit qu'Annabelle Markham avait une nouvelle secrétaire, et que Jonathan la fréquentait depuis peu. Les jumeaux la trouvaient « sympathique et jolie ». Annie était heureuse pour lui : il le méritait bien, lui qui avait toujours tant fait pour elle. Une invitée de plus pour la cérémonie ! Jonathan n'arrivait toujours pas à croire qu'il allait être anobli.

Une semaine plus tard, elle décollait pour Sydney. Mais l'Australie ne tint pas ses promesses. Les deux courses auxquelles elle participa la déçurent beaucoup. Le niveau était faible et l'organisation laissait à désirer. Les chevaux qu'on lui assigna n'étaient jamais à la hauteur de son ambition. Surtout, l'ambiance était déplorable, et les gens vulgaires. Dépitée, Annie écourta son séjour au bout de deux semaines. Au moins le pays lui-même l'avait-il intéressée.

Elle se consola à son retour en Angleterre en dînant avec Anthony, qu'elle n'avait pas revu depuis l'été. Il saisit l'occasion pour l'inviter à sa première soirée londonienne, une réception dans une fabuleuse demeure du très chic quartier de Mayfair, qui lui permettrait d'introduire dans la haute société un Américain plus ou moins célèbre.

— Je me sens un peu comme un maquereau, admit-il. Ces gens-là veulent des femmes du monde à mettre à leur bras, et des professionnelles à mettre dans leur lit... Je refuse de dealer de la drogue à ceux qui m'en demandent, mais ils attendent de moi que je leur organise tout, et ce sont des hommes puissants. Difficile de leur dire non. Bref. Tu m'accompagnes ?

— Je ne vois pas comment je pourrais les impressionner, ironisa Annie. Et puis, je n'ai rien à me mettre.

— Fais un saut chez Harrods ! Ou dévalise Hardy Amies, c'est là que ta tante Victoria se fournit. Je t'en supplie. J'ai besoin qu'on fasse équipe, sur ce coup.

Annie soupira.

— Rappelle-moi en quoi je te serais utile...

— Tu assiérais ma crédibilité.

— Tu ne peux pas demander à Victoria ?

— Elle sera à un bal à Venise. Allez.

— Bon, bon. C'est d'accord. Quel est le dress code ?

— Transparent, court et décolleté.

— Tu peux aller te faire voir !

— OK, alors disons aussi affriolant que possible.

— Maintenant, c'est moi qui me fais l'effet d'une prostituée, bougonna Annie.

— On fait la paire ! s'esclaffa Anthony.

Annie alla chez Harrods et s'acheta une robe-bustier en velours noir et un collier de strass, des escarpins en satin et une pochette de soirée. Pour l'occasion, elle rassembla ses cheveux blonds en un chignon élégant, se maquilla légèrement et, prenant son courage à deux mains, se rendit à l'adresse indiquée. Anthony l'entraîna aussitôt à l'écart et ouvrit un tiroir pour y prendre un écrin dont il sortit un petit diadème somptueux qu'il lui offrit aussitôt.

Annie en resta muette de surprise.

— Je l'ai emprunté chez Garrard, le grand bijoutier. Ce diadème a appartenu à la reine Victoria, alors ne le perds pas !

Dubitative, Annie chercha son reflet dans le miroir et en resta estomaquée.

— Il est magnifique, murmura-t-elle.

— Tu ne pourras pas le garder. Mais tu pourras parader en disant qu'il appartenait à ton arrière-arrière-arrière-grand-mère.

Anthony fut bientôt appelé par ses obligations. Annie, qui l'observait, le trouva parfait dans son rôle. La soirée se déroula sans accroc et son client, un magnat du pétrole fraîchement arrivé du Texas, exultait – particulièrement quand ces messieurs de la presse le photographièrent en compagnie de la princesse Anne Louise Windsor. D'après Anthony, l'Américain avait espéré rencontrer la reine en personne, et avait accepté Annie comme lot de consolation. Il l'invita à venir le voir à Dallas.

Au moment de partir, elle rendit le diadème à Anthony, qui l'embrassa sur la joue.

— Tu étais très pro, lui rétorqua-t-elle. Tu as un don pour le proxénétisme.

— Et toi, tu fais une excellente princesse, Altesse.

Tous deux étaient bien contents d'être amis.

— Je te garderai sur ma liste. Et, au fait, très bon choix pour la robe.

— Tu trouves ? Elle était abordable. Je n'allais pas faire de folie pour une tenue qu'on ne peut pas porter à cheval !

Comme le Texan lui adressait de grands signes, Anthony fila voir ce qu'il lui voulait. Restée seule, Annie prit le temps d'analyser ses impressions. Contre toute attente, la soirée lui avait plu. Cela l'avait même amusée de jouer son rôle de princesse, avec le diadème. Et elle avait trouvé Anthony très séduisant dans son smoking.

Le lendemain, elle eut l'occasion de l'admirer à nouveau dans la presse à scandale, un bras noué autour de ses propres épaules. Le cliché lui valut un appel de sa tante Victoria, qui connaissait bien les hommes, en femme du monde qu'elle était.

— Méfie-toi de lui, ma chère. Anthony Hatton est charmant, mais c'est un coureur invétéré. Ne va pas t'éprendre de lui.

— Oh ! C'est juste un ami, la détrompa Annie. Il lui fallait une princesse pour impressionner un client.

— Nous sommes donc toutes destinées à nous faire exploiter par ce jeune homme ! Il ne recule devant rien !

Elle éclata de rire.

— Dommage que j'aie raté ça ! J'étais à un bal à Venise, très amusant. Il faudra m'accompagner, la prochaine fois. Les Italiens sont terriblement séduisants. Fauchés, mais sexy ! J'étais entourée de princes désargentés. Plus sérieusement, tu es très jolie sur cette photo avec Anthony. Je m'inquiétais, c'est tout.

— Son père est mon nouveau patron. Il m'a engagée comme assistante !

— Mes félicitations !

Tout en bavardant, Annie méditait la mise en garde de Victoria. Elle s'affolait pour rien. Certes, Anthony lui avait fait livrer une douzaine de roses rouges pour la remercier de sa présence à la soirée, mais c'était purement amical.

Annie se jeta à corps perdu dans les préparatifs de l'adoubement de son père. La cérémonie eut lieu à Buckingham Palace. Du plat de la lame d'un sabre, la reine en personne adouba Jonathan Baker et le fit chevalier de la Couronne britannique. Annie versa des larmes de fierté pour l'homme qui l'avait élevée. Lui aussi était en pleurs. Les jumeaux étaient en costume pour l'occasion, tout comme leur père, tiré à quatre épingles. Sa mère assistait à l'événement, rayonnante, et contente de voir Annie. Celle-ci n'en ressentit que davantage l'absence de Lucy : elle aurait été si heureuse ! Les Markham étaient également présents, tout comme la nouvelle amie de Jonathan, qui semblait beaucoup l'aimer et se montra très sympathique envers Annie. Une fois les rites accomplis, officiels et civils se réunirent dans un petit salon privé du palais de Sa Majesté pour trinquer au champagne, sur quoi Jonathan invita sa famille et ses employeurs chez Rules, le plus ancien restaurant de Londres. Puis avec la complicité d'Anthony, Annie les emmena tous danser au célèbre club Annabel's. C'était parfait.

Annie vivait un rêve. Au restaurant, l'empressement des serveurs envers elle avait tourné à l'obséquiosité, et voici que l'ancien palefrenier était devenu chevalier ! La jeune femme sourit en songeant à la façon tendre et ironique qu'il avait de l'appeler « princesse ». Désormais, elle pourrait lui donner du « sir ».

Mais qu'importaient leurs titres ronflants. Elle adorait son père, qui, elle le savait, le lui rendait bien. Et cela valait mieux que tout le reste.

# 15

Vers la fin du mois d'octobre, Annie quitta Jonathan et ses frères et revint à Newmarket pour y prendre ses nouvelles fonctions. Son long séjour lui avait presque donné l'impression d'être retournée dans le passé – s'il n'y avait eu l'absence de Lucy.

La charge de travail se révéla écrasante. Son poste s'assortissait de nombreuses responsabilités et comme, en parallèle, lord Hatton l'initiait à l'élevage, discipline qui relevait autant de l'art que de la science, Annie ne chômait pas. Lord Hatton consultait la reine sur presque chacun de ses choix, et Annie, elle, parlait de tout cela avec Jonathan à chacune de ses visites. Elle n'avait peut-être pas une seconde à elle, mais elle s'épanouissait.

En novembre, la reine l'invita à passer Noël à Sandringham. Annie tergiversa longtemps avant de se résoudre à répondre présente. La perspective était alléchante, mais elle avait des scrupules à abandonner sa famille pour les fêtes. Quand elle leur parla de son dilemme, cependant, son père et ses frères se montrèrent si compréhensifs qu'elle accepta. L'idée de passer les vacances avec ses parents royaux n'était pas pour lui déplaire.

*Cette fois, je vais prévoir une garde-robe un peu plus étoffée !* décida la jeune femme.

Elle n'avait toujours pas d'autre robe que celle achetée pour la fête d'Anthony. Quel dommage qu'elle n'ait plus accès au diadème ! Elle souriait toujours en repensant à cette tenue, qui avait été parfaite, en définitive. D'autant plus qu'on ne cessait de lui répéter qu'elle ressemblait à la reine Victoria – elle avait pu s'en rendre compte par elle-même en se comparant aux autres membres de la famille royale, tous plus grands qu'elle.

Elle fit donc l'acquisition de quelques robes sombres, ainsi que d'une création de velours rouge vif qu'elle prévoyait de porter le soir du réveillon. Ensuite, elle se mit en devoir de gâter Jonathan et les jumeaux afin de compenser son absence : une édition originale d'un célèbre manuel de dressage équin pour Jonathan et, pour Blake et Rupert, un flipper. Au téléphone, Jonathan lui apprit que ce cadeau avait provoqué l'hystérie et que tous les amis des jumeaux venaient y jouer à la maison.

Enfin, pour la mère de Jonathan, qui lui manquait tant et à qui elle écrivait souvent, Annie choisit un beau manteau d'hiver. Grâce à la rente qu'elle recevait en tant que princesse, elle leur offrit à tous des cadeaux de rêve.

Sandringham se situait dans le Norfolk, bien plus près de Londres que Balmoral ; le voyage fut rapide. À son arrivée, on montra ses appartements à Annie tandis que des valets se chargeaient d'y apporter ses valises et ses paquets. Elle était en train de les remercier quand elle reconnut une silhouette familière nonchalamment appuyée au chambranle de sa porte. Anthony Hatton lui souriait avec panache.

Mais bien sûr ! Lord Hatton lui avait dit qu'ils passaient traditionnellement les fêtes avec la famille royale. Comment avait-elle pu l'oublier ? Et elle ne lui avait même pas acheté de cadeau, alors qu'elle avait acheté une bouteille de Dom Pérignon à son père ! Quelle surprise de le voir ici : elle ne l'avait pas revu depuis la soirée avec le Texan. Tous deux avaient été si occupés.

— J'espérais bien te trouver dans le coin, lui lança-t-il en traversant la chambre pour la saluer. Je voulais t'appeler, mais je suis constamment sous l'eau. Mon activité a décollé et je suis sur le pont sans arrêt, les clients s'arrachent mes services, je n'ai pas une seconde de répit. Toi non plus, tel que je connais mon père.

— En effet ! Mais je ne me plains pas, j'adore ce que je fais.

— Tu es bien sage ?

Annie fronça les sourcils, perplexe. Elle n'était pas sûre de ce qu'impliquait la question, mais n'avait pas le temps de le lui demander.

— Oui, bien sûr.

Il ne le lui dit pas, mais il la trouvait changée : elle était plus mûre, plus confiante, plus belle encore. Elle portait une jupe rouge à la coupe courte très tendance ainsi qu'une veste de tailleur. Si elle n'était pas très grande, elle était en revanche parfaitement proportionnée, et Anthony admira ses jambes qu'il n'avait jusque-là jamais remarquées, vu ses précédentes tenues.

— Au fait, lui glissa le jeune homme avant de disparaître, ma chambre est au bout du couloir, si tu as besoin de quoi que ce soit.

Noël à Sandringham n'avait rien à voir avec les vacances de la famille royale à Balmoral. Ici, tout était plus formel et cérémonieux : on ne faisait guère de pique-nique ou de barbecue en plein mois de décembre et, du reste, sir Malcolm Harding lui avait téléphoné pour l'avertir : « Tenue de soirée exigée ! » En défaisant sa valise, Annie examina d'un œil critique les nouvelles pièces de sa garde-robe : la robe-bustier qu'elle avait portée à Mayfair, trois robes longues, un kilt, un tailleur-pantalon en velours noir, et une robe en laine écrue à la coupe impeccable, de grande marque, qu'elle avait prévu de porter le 25. *Cette fois, je suis parée !* conclut-elle. Rassurée, elle descendit rejoindre les autres pour l'apéritif.

Sans surprise, la princesse Victoria portait une robe haute couture d'un créateur français, moulante et tendance ; la reine, un tailleur dont le velours noir rehaussait ses deux rangs de perles et ses boucles d'oreilles en argent. Une tiare scintillante complétait sa tenue.

Au dîner, Annie fut placée à côté d'Anthony.

— J'aurais dû rapporter le diadème de ton aïeule, lui glissa-t-il à l'oreille. Je voulais te l'offrir pour Noël, mais j'ai oublié.

Elle lui répondit par un sourire amusé.

— N'empêche qu'il t'allait à merveille, insista le jeune homme. Tu devrais en porter un tout le temps.

Annie lui relata l'anoblissement de son père, lui dit à quel point ce moment avait été important pour elle, et Anthony fut touché de voir ses yeux briller pendant son récit. Malgré tout ce qui lui était arrivé en si peu de temps, elle n'avait toujours pas la folie des grandeurs.

— Alors, tu aimes toujours ton travail ? s'enquit Annie.

— Oui et non. Malheureusement, les personnes pour qui j'organise les cocktails et soirées sont souvent des crétins. Mais il y en a des sympathiques. En général, j'aime bien travailler avec les Américains : leur candeur me touche. Ils sont complètement paumés quand ils débarquent. Ils ont l'argent, mais pas les codes ! Et ils rêvent tous de rencontrer la reine, alors qu'ils seraient incapables de la reconnaître dans la rue. C'est mignon. Il faudrait que j'embauche une actrice pour jouer son rôle !

Annie pouffa. Elle était heureuse d'être assise à côté de lui : il avait toujours quelque chose d'amusant à dire.

— Et toi ? lui demanda Anthony. Ta nouvelle vie n'est pas trop... protocolaire à ton goût ? Victoria se plaint souvent des contraintes que cela représente d'être de sang royal.

— Je ne suis que la nièce de la reine, lui rappela Annie. Pas sa sœur. On me permet plus de choses.

— Que tu crois ! Attends de faire un pas de travers, et tu verras ! Si tu as de mauvaises fréquentations, si tu émets des remarques polémiques... Ils te le feront payer très cher.

C'était la spécialité de Victoria : elle entretenait toujours des relations que sa sœur et le cabinet désapprouvaient, et se montrait fréquemment critique envers le gouvernement, le Premier ministre, ou la reine.

— Je ne fais rien qui leur semble répréhensible, répondit Annie en haussant les épaules.

— Pour le moment, lâcha simplement Anthony. Tu verras.

C'était pour cela que lui-même n'était jamais sorti avec Victoria, ni avec quiconque de la famille royale. Leur différence d'âge lui importait peu, mais il se cantonnait aux femmes du commun, aux starlettes, aux mannequins.

Cela faisait également lever les sourcils. Victoria n'avait pas menti en avertissant Annie : il avait une réputation de play-boy. Mais elle se sentait toujours parfaitement à son aise avec lui, et l'aimait comme un frère.

Assis à sa gauche, son cousin Albert l'entretint de ses études, d'un prochain séjour au ski dans les Alpes françaises, et de quantité d'autres choses. Annie savait par la presse people qu'il fréquentait la fille d'un duc, une femme magnifique au demeurant, mais elle était absente : pour Noël, il s'agissait de rester en famille, exception faite des Hatton. Personne n'amenait son conjoint, pas même les fils de la reine.

Celle-ci semblait plongée dans une discussion animée avec lord Hatton, sur les chevaux, à n'en pas douter. Le prince consort, pendant ce temps, riait aux éclats, diverti par les anecdotes impertinentes de sa belle-sœur Victoria.

Le repas s'acheva. Les femmes se retirèrent dans le salon. Quand ces messieurs les rejoignirent, on servit le café et les digestifs. Certains jouaient aux mimes et disputaient des parties de cartes tandis que d'autres bavardaient. Minuit sonna et chacun monta dormir. Telle était la tradition, la veille de Noël, chez les Windsor.

Quand Annie regagna sa chambre, un feu flambait dans la cheminée. L'atmosphère était chaleureuse et, au lieu de se coucher, la jeune femme s'installa dans le fauteuil pour savourer ces instants. Elle se repassait en pensée l'agréable soirée qu'elle venait de vivre lorsqu'on frappa à sa porte.

C'était Anthony.

— Des bulles avant de t'abandonner aux bras de Morphée ? suggéra-t-il en brandissant une bouteille et deux flûtes.

Annie n'avait pas sommeil et le laissa entrer. Il s'assit face à elle devant la flambée et étira ses longues jambes en leur servant du champagne.

— Je suis content de te voir, lui confia-t-il. Tu sais que je ne raffole pas des fêtes guindées. Mais être seul pour Noël aurait été déprimant, et mon père a insisté... Heureusement, tu es là : j'avais peur que tu sois dans le Kent.

— J'ai hésité à venir, mais ça me paraissait important, au moins pour cette année.

— La famille royale t'a prise dans sa toile. Prudence.

— À t'entendre, on la croirait dangereuse ! répliqua-t-elle en sirotant son champagne.

— Dangereuse ? Non. Insidieuse. Parce qu'on se laisse happer, on finit par lui donner la priorité sur tout. Regarde Victoria. Tu ne crois pas qu'elle aurait préféré être ailleurs, ce soir ? Pourtant, elle est là. Fidèle au poste. Comme chaque année.

— Il s'agit de sa famille, objecta Annie. De sa maison.

— Elle a 42 ans ! Il serait temps pour elle de fonder son propre foyer, non ? Elle est bien conservée, mais cela ne durera pas éternellement. Or, des hommes assez fous pour s'engager dans cette existence étroitement contrôlée et réglée, je n'en connais pas beaucoup.

— Vraiment ? J'aurais pensé qu'ils se bousculaient au portillon.

Anthony se resservait déjà. N'était-il pas un peu ivre ? Il cachait bien son jeu en tout cas.

— La reine décide de tout, ma chère Annie. Elle régit les moindres faits et gestes de sa sœur, de ses neveux et cousins. Et quand ce n'est pas elle, c'est le cabinet, le Premier ministre ou l'archevêque ! Lorsqu'on est de sang royal, on doit honorer des traditions séculaires... Se plier à des règles... Impossible de s'y soustraire. C'est une prison. Dorée, certes, mais aux murs épais et aux barreaux solides. La reine Alexandra ne tolère pas les écarts de conduite. Tu t'en rendras compte par toi-même si tu as le malheur d'en commettre. Tu sais que tu ne pourras pas épouser qui bon te semble, n'est-ce pas ? Il te faudra son approbation.

— Ils sont encore stricts à ce point ? Vraiment ? s'étonna Annie.

La reine était jeune, et les temps avaient changé.

— Absolument, confirma-t-il. Bon, il y a peu de chances que tu montes un jour sur le trône, alors ils seront sans doute plus laxistes envers toi. Tu auras plus de latitude que tes pauvres cousins, en tout cas. George et Albert, pour leur part, épouseront la candidate que leur mère jugera la plus adéquate. S'ils s'éprennent d'une danseuse de cabaret... dommage pour eux !

Elle éclata de rire.

— Eh bien, ils n'ont pas à s'inquiéter de mes choix. Je n'ai pas l'intention de me marier. Tout ce que je veux, c'est devenir jockey… à condition que cela devienne un jour possible pour les femmes.

— Tu ne vas pas mettre ta vie entre parenthèses en attendant que ça change ! s'exclama Anthony.

— Et pourquoi pas ? C'est mon seul objectif.

— Alors la fédération n'a qu'à bien se tenir. Quand Annie veut quelque chose, j'ai dans l'idée qu'elle l'obtient.

— Pas toujours. Mais je patienterai.

— Allons ! Il faudra bien te marier un jour. Le temps que les choses évoluent, tu auras déjà dix enfants, plaisanta-t-il.

— J'espère bien que non. Je ne suis même pas sûre d'en vouloir, lui répondit gravement Annie. On ne peut pas dire que ça ait réussi à ma mère biologique.

— Tu as peur de connaître le même sort qu'elle ?

Elle hocha la tête. Anthony avait ses démons ; Annie, elle, avait la hantise de mourir en couches.

— La médecine a fait des progrès, depuis, s'efforça de la rassurer son ami. C'était la guerre, Charlotte était jeune, et je ne pense pas qu'elle ait accouché à l'hôpital…

— Je sais. Mais ça peut encore mal tourner, même aujourd'hui.

— Songe à la reine Victoria. Elle était aussi menue que toi, et elle a mis au monde neuf enfants, sous son propre toit ! Donc ce n'est pas une fatalité. Mais je comprends. J'imagine que nous avons tous peur de quelque chose. Moi-même... Quand ma mère a quitté mon père, ça l'a brisé. D'autres femmes ont depuis partagé sa vie, mais il ne s'en est jamais remis. Je crois que... j'ai peur que ça m'arrive, à moi aussi.

Annie soupira.

— C'est étrange à quel point notre enfance peut à jamais nous marquer... Depuis que j'ai su pour cette mère que je n'ai pas connue, j'ai peur de mettre au monde des enfants. Ça me paraît plus sûr de ne pas en avoir...

Ce n'était pourtant pas la peur qui la caractérisait, comme en témoignaient ses chevauchées périlleuses. Mais là, c'était comme si cette crainte venait du plus profond de ses entrailles, tout comme celle qui hantait Anthony et son père.

— Bon, pour les enfants, rien ne presse, poursuivit-il. Tu es encore jeune. Si tu rencontres l'homme de ta vie, tu auras encore le temps de changer d'avis. Alors que moi... trouver quelqu'un qui ne me préférera pas un autre, c'est plus compliqué.

— Il te suffit de rencontrer la femme de ta vie. Tu devrais peut-être changer de cercle.

Il plongea son regard dans les flammes, le temps d'y réfléchir, puis revint à elle :

— Tu as sans doute raison. Celles que je côtoie sont trompeuses. Elles brillent comme des diamants, mais leur cœur est dur comme le roc. Il m'est si difficile de résister à la tentation, à croire que c'est ce type de femmes qui m'attire... Peut-être bien que ma mère était comme elles, après tout. C'était la fille d'un marquis et sa beauté était légendaire. Mon père était complètement fou d'elle.

— L'amour semble bien compliqué, observa doucement Annie.

— Mais pourquoi, je te le demande ? Alors que ça devrait pourtant être simple, que les deux bonnes personnes se rencontrent et fassent leur vie ensemble, non ? Mais tant de gens sont de vraies girouettes ! Enfin, je suppose qu'il y en a qui ont des principes... mais qu'est-ce qu'on s'ennuie avec eux !

Il riait tout seul en s'entendant parler.

— Prends ta tante Alexandra. C'est une femme formidable, pétrie de morale et d'honneur, mais je ne pense pas que le quotidien soit très folichon avec elle. Tandis que Victoria, c'est tout le contraire : elle est pleine d'énergie et de fantaisie, mais peut-on se fier à elle ? Pas sûr ! Je la soupçonne d'avoir des tendances malicieuses, voire cruelles. Ses histoires ne durent jamais, et elle ne s'attache jamais à quiconque de respectable. C'est pour ça qu'elle se retrouve seule...

Il était redevenu sérieux, pensif, et Annie trouvait du vrai à ce qu'il disait.

— Si ça se trouve, ta mère aussi aurait fini par quitter ton père, conclut-il.

— Malheureusement, je ne sais pas grand-chose de leur vie. Ce qui me rend triste, mais personne ne veut en parler. Elle était si jeune quand elle est morte...

— Je comprends. Ce dont je suis sûr, c'est que toi, en revanche, tu es quelqu'un de bien, et pourtant, on ne s'ennuie pas avec toi, dit abruptement Anthony en la regardant droit dans les yeux. C'est rare.

Tandis qu'il prononçait ces mots, il vint s'asseoir à même le sol, calé contre la chaise d'Annie. Elle lui sourit.

— Merci. Je m'amuse bien aussi en ta compagnie. Même quand je fais des vols planés et que je manque de me tuer...

Il grimaça.

— Bon sang, j'ai vraiment cru que le pire était arrivé. La plus grande peur de ma vie !

— J'ai eu de la chance.

— Moi aussi.

Alors, sans crier gare, il se pencha vers elle et l'embrassa. Sans fougue ni passion, mais avec une tendresse qui semblait le reflet de sentiments sincères et profonds.

— Qu'est-ce que tu fais ? murmura Annie, sous le choc, en se dégageant.

— Je t'embrasse, lui répondit-il.

Il lui sourit, puis recommença. Annie s'attendait à tout sauf à ça. Mais le plus surprenant c'était que, sans l'avoir décidé, elle lui rendit son baiser.

— Chaque fois que je te vois, Annie, je ressens quelque chose de tellement fort, dit-il. Tu incarnes tout ce que je recherche chez une femme. Mais...

— Quoi ?

— J'ai peur. De gâcher notre amitié. D'être abandonné. De ne pas supporter le protocole. Tout ça me terrifie.

Il y eut un silence. Annie chancelait sous le coup de sa confession.

— Je sais une chose, Annie, reprit alors Anthony. Je veux être l'homme de ta vie. Un jour, j'aimerais qu'on se marie et qu'on ait des enfants ensemble. Et tu n'en mourras pas, parce que je ne le permettrai pas !

— Tu ne peux pas me le promettre, objecta Annie.

— Si, et d'ailleurs je te défends de mourir ou de te blesser. C'est bien simple : cette seule idée m'est insupportable. Je n'ai aucune envie que tu deviennes jockey, parce que j'aurais peur en permanence que tu ne fasses une mauvaise chute. Ce que je n'arrive pas à imaginer, c'est comment passer d'une vie à l'autre. Regarde-nous : comment construire une existence adulte ensemble, avec des enfants, un chien et tout le reste ? J'ai beau y réfléchir, je ne trouve pas le mode d'emploi.

— Peut-être qu'il suffit d'attendre que nous soyons prêts, répondit-elle.

Annie s'interdisait depuis toujours de voir en Anthony autre chose qu'un ami. Maintenant qu'il se déclarait à elle, cependant, elle sentait poindre des sentiments trop longtemps refoulés. Il l'enlaça. Dans la pièce assombrie, on n'entendait que le crépitement du feu dans l'âtre. Lorsque les lèvres du jeune homme trouvèrent les siennes, une divine chaleur se diffusa en elle. Elle n'avait encore jamais rien éprouvé de tel pour qui que ce soit.

— Je n'ai pas envie d'attendre, déclara-t-il.

Il se recula comme pour mieux l'admirer.

— Je te jure que je ne suis pas en train de te baratiner pour te mettre dans mon lit. Je suis amoureux de toi, Annie. Je l'ai compris le jour où tu as failli te tuer, à Newmarket. Si je ne t'ai rien dit avant, c'est parce que j'ignorais que faire de mes sentiments. Tu es trop jeune pour te marier... Moi aussi, sans doute. J'ai encore besoin de mûrir. Mais si on décide d'attendre, je crains de te perdre. Et je ne voudrais pas que tu te tues dans je ne sais quelle stupide course...

— Aucun risque, lui chuchota Annie, émue.

Mais il savait que le risque était réel, si elle arrivait un jour à devenir jockey.

— Alors, on fait quoi ? murmura-t-elle.

— Je ne sais pas. Pour commencer, on passe plus de temps ensemble. Je viendrai te voir aux écuries dès que j'en aurai l'occasion. Et je t'accueillerai à Londres quand tu voudras.

— Est-ce qu'on parle aux gens de notre... relation ?

— Pas tout de suite. Ils finiront bien par s'en rendre compte. Et je ne suis pas pressé de les entendre te mettre en garde contre moi !

— Oh, c'est fait depuis longtemps, le taquina Annie. Victoria m'a appelée dès qu'elle nous a vus ensemble en photo après la soirée du Texan.

— Elle peut parler, elle qui a couché avec la moitié du gratin européen ! Comparé à elle, je suis un petit joueur… Mais elle aurait eu raison de te prévenir, il n'y a pas si longtemps. J'ai changé, Annie. Grâce à toi. Je ne suis pas le même homme quand je suis auprès de toi.

— Je vois. Et… quand ce n'est pas le cas ?

Elle n'était pas entièrement ignorante de sa réputation.

— Fais-moi confiance.

Il l'embrassa avec plus de ferveur. Annie sentait ses mains courir le long de son corps. Tous deux avaient oublié leurs flûtes de champagne. Elle le rendait plus fort, il savait qu'il pouvait placer ses espoirs en elle.

— Tu t'enfuirais avec moi ? lui susurra-t-il d'une voix rendue rauque par le désir.

Elle-même était à bout de souffle.

— Peut-être… Pas encore. C'est trop tôt.

Il hocha la tête, sans discuter.

— Je te préviens, je ne veux pas tomber enceinte. Pas comme ma mère. Je ne veux pas commencer comme ça, dans la panique…

— Tu sais qu'il existe des pilules contraceptives, de nos jours ? Ils en ont, aux États-Unis.

— Oh...

Elle l'ignorait. Elle n'avait jamais couché avec un garçon.

— J'en prendrai. Je ne veux pas faire une erreur.

Il acquiesça : lui non plus. Il voulait que les choses se passent bien, pour eux deux – un sentiment nouveau.

— Et si je t'emmenais à Venise ? Ou quelque part en France...

Les endroits qu'il décrivait la transportaient. Il finit par la porter sur le lit et s'étendit près d'elle pour la prendre dans ses bras.

— Je t'aime, Annie, dit-il sereinement.

Elle ne s'était jamais autant sentie en sécurité. Il n'eut aucun geste déplacé. Quand le feu s'éteignit et que le froid s'installa dans la chambre, Anthony se leva et sourit.

— Mon bel ange, je me demande bien ce qui me vaut la chance de t'avoir rencontrée. Je ne te mérite pas. Mais je vais essayer. Je t'en fais le serment !

Elle le raccompagna sur le seuil de sa chambre. Là, ils s'assurèrent que personne ne pouvait les voir, s'embrassèrent une dernière fois, et se séparèrent pour la nuit. Leur vie venait de changer, à condition qu'ils s'en tiennent à leurs décisions.

— Moi aussi, je t'aime, souffla Annie à la silhouette qui disparaissait dans le couloir obscur. Joyeux Noël.

— Joyeux Noël, murmura-t-il en retour.

Elle referma sa porte, des questions plein la tête et un sourire inexplicable plaqué sur le visage. Si Anthony tenait parole, elle serait la plus heureuse des femmes. Elle se blottit sous les couvertures et s'endormit en pensant à l'avenir qu'Anthony Hatton lui avait fait miroiter en ce surprenant réveillon.

Dans sa chambre, Anthony regardait par la fenêtre le domaine enneigé. Il pensait à ses parents, en espérant avoir plus de chance en amour que son père.

Mais pourquoi pas ? Avec Annie, c'était possible. Pour la première fois de sa vie, il y croyait. Il ne regrettait pas de lui avoir ouvert son cœur. Il l'aimait. Mieux : il avait confiance en elle.

# 16

Tout changea après la déclaration d'Anthony. Ce fut le plus beau Noël d'Annie. Le lendemain matin, elle le retrouva à la table du petit déjeuner, et tout sembla normal. Assis côte à côte, ils discutaient allègrement, tantôt ensemble, tantôt avec leurs voisins, et personne ne soupçonna quoi que ce soit. Pourtant, au fond de leur cœur, ils sentaient un véritable bouleversement. Annie était sur un petit nuage. Elle téléphona à Jonathan et ses frères pour leur souhaiter un joyeux Noël.

Anthony vint se faufiler dans sa chambre après le déjeuner pour l'embrasser, puis encore une fois avant les festivités du dîner.

Il la désirait ardemment, mais elle ne voulait pas prendre de risques, et lui souhaitait faire preuve de responsabilité et de maturité. Lorsqu'ils purent enfin regagner la chambre d'Annie, ils passèrent une bonne partie de la nuit ensemble. Ils s'embrassèrent, parlèrent longuement de leur avenir, s'embrassèrent encore et encore, allongés l'un contre l'autre, sans céder à la tentation de faire l'amour. C'était magique pour elle.

Quant à Anthony, c'était nouveau qu'une fille ne couche pas automatiquement avec lui. Cela suffisait d'habitude à lui faire perdre tout intérêt pour elle. Mais, avec Annie, tout était différent, et il n'entreprit rien qui puisse la heurter.

Ils avaient si bien fait semblant que personne dans le groupe ne se douta de rien. Le 26 décembre, l'heure des au revoir sonna. La reine devait retrouver le palais de Buckingham, la princesse Victoria allait poursuivre ses vacances au ski à Saint-Moritz puis Cortina, le prince consort partait chasser en Espagne, les jeunes princes retournaient à l'école, Annie à Newmarket et Anthony à Londres. Ils avaient tous leurs rôles à jouer, une vie à reprendre. Anthony détestait l'idée de laisser Annie rentrer seule par le train, mais c'était ainsi qu'elle était venue, et lui-même ne pouvait laisser sa voiture à Sandringham. Impossible que son père la conduise à sa place, car il était venu dans son propre véhicule. De toute façon, Anthony devait voir des gens sur le trajet du retour, ce qui l'empêchait également de proposer à Annie de la raccompagner.

L'intendant de Sandringham la conduisit donc à la gare. Dans le train, puis dans le taxi, les événements des derniers jours tournaient en boucle dans sa tête. Elle craignait qu'ils ne se dissipent tel un rêve au réveil et aurait voulu les graver éternellement dans sa mémoire.

Anthony ne pouvait même pas l'appeler aux écuries, de peur de mettre la puce à l'oreille de la famille royale. Il vint la voir trois jours plus tard, pour le week-end : lord Hatton était en déplacement, si bien que Annie et Anthony purent s'offrir un dîner au pub. Le lendemain, ils partirent en balade à cheval, avec précaution – les chemins étaient boueux, mais non gelés, et ils firent attention à ce que leurs montures ne trébuchent pas.

— Alors, quand viendras-tu me voir à Londres ? demanda-t-il.

— J'aurai trois jours de congé dans deux semaines...

— Oh, j'ai tellement hâte. Je te prendrai une chambre au Ritz !

Ce soir-là, tandis que les autres entraîneurs étaient sortis dîner, il monta dans sa chambre et tous deux s'étendirent ensemble un moment.

— Cette pilule dont tu m'as parlé..., lança Annie, timide. Comment puis-je me la procurer ?

Anthony, surpris de l'entendre demander cela, sourit : lui qui pensait qu'elle n'était pas encore prête !

— Je ne sais pas si nous pourrons résister encore longtemps, dit-elle avec sagesse.

— Je m'en occupe, lui promit-il. Un ami américain peut m'en envoyer. C'est plus simple, là-bas.

Lui non plus ne voulait pas risquer une erreur qui aurait tout gâché. Elle comptait tellement pour lui.

Il la quitta avant le retour de ses collègues, et dormit chez son père. Le lendemain, ils passèrent à nouveau la soirée à flirter avec le danger. Le désir montait. Ils n'y tenaient plus.

Au matin, Anthony repartit pour la capitale. Pendant les quinze jours de séparation qui suivirent, il la bombarda de courtes lettres bourrées d'humour et de tendresse. Annie devait faire un effort surhumain pour se concentrer sur son travail. Enfin, le moment tant attendu arriva. Elle monta à bord du train pour Londres, le cœur battant.

Il patientait sur le quai. Comme convenu, il la conduisit au Ritz. Il avait promis de se comporter en parfait gentleman. Mais, quand il l'eut accompagnée à sa chambre, elle ne put le laisser repartir.

Ils avaient assez attendu.

Ils prirent leurs précautions. Anthony se montra délicat. La douleur refluant, Annie se surprit à prendre du plaisir, et même des initiatives. Anthony en resta pantois.

Ils ne quittèrent pratiquement pas la chambre du week-end. Dehors, il faisait un temps sinistre, mais la suite était confortable et les amants n'arrivaient pas à se détacher l'un de l'autre. Ils ne s'interrompaient que le temps de grignoter quelque chose et de faire quelques courtes promenades sous la pluie. Quand le week-end s'acheva, ils s'appartenaient pleinement, et Annie était devenue une femme.

Elle avait l'impression que tout le monde à Newmarket remarquerait à quel point elle avait changé.

Sur le quai de la gare, elle eut bien du mal à s'arracher à lui.

— Je t'aime, ne l'oublie pas, lui murmura-t-il.

Le chef de gare siffla, et Annie alla s'installer dans son compartiment tout en dévorant Anthony du regard jusqu'à ce qu'il disparaisse de son champ de vision. Le soir même, faisant fi de toute prudence, ils se téléphonèrent. Elle ne pouvait pas dire grand-chose sur la ligne en plein cœur des écuries, mais il lui répéta encore et encore à quel point il l'aimait.

Elle avait presque envie de mettre Jonathan dans la confidence, mais n'osait pas. Par miracle, Anthony et elle parvinrent à s'aimer en secret pendant de nombreux mois. Dès qu'elle en avait la possibilité, Annie logeait chez lui, à Knightsbridge. Après chaque nuit d'ébats passionnés, ils préparaient ensemble le petit déjeuner puis le jeune homme faisait découvrir à sa belle ses coins préférés de la capitale. Ils ne tombèrent jamais sur des connaissances et les photographes ne les surprirent pas flânant main dans la main. C'était inespéré.

Depuis le mois de décembre, Annie ne faisait que travailler et fréquenter Anthony, comme dans une bulle de bonheur. En mars, sir Malcolm Harding téléphona pour lui communiquer son invitation au Cheltenham Festival, dans le Gloucestershire, un grand événement hippique, quatre jours de course réunissant les meilleurs sauteurs anglais et irlandais dans une ambiance survoltée. L'un des chevaux dont elle s'occupait devait concourir dans la Champion Chase.

Elle était ravie de cette invitation, surtout lorsqu'elle sut qu'elle pouvait même inviter Jonathan. Elle n'osa pas demander si Anthony était autorisé à l'accompagner, mais de toute façon il pouvait demander à venir avec son père, puisque lui aussi serait aux côtés de la famille royale.

Annie avait croisé la reine plusieurs fois aux écuries, mais pas en privé depuis le Noël à Sandringham. Elle savait qu'Alexandra plaçait beaucoup d'espoir dans ce cheval qu'ils feraient courir, même si les paris n'étaient pas en sa faveur. Le jockey qui le monterait avait toute sa confiance et avait déjà remporté d'impressionnantes victoires pour eux.

Annie parla de la course à Anthony sitôt après avoir accepté l'invitation, et il lui assura qu'il ferait en sorte d'être là, sans que personne ne s'en étonne. Tous deux n'étaient toujours pas prêts à laisser la reine, le cabinet, la presse et l'opinion publique se mêler de leur relation.

Jonathan fut enchanté d'être invité. Le jour de la course, la reine et lord Hatton convièrent Annie au paddock, où le cheval piaffait nerveusement, comme s'il pressentait la suite. Le jockey, pour sa part, était parfaitement serein. Annie le lorgna avec envie. Il était du même gabarit qu'elle, mais puissamment bâti, avec des épaules musclées et des mollets galbés. Ses chances de victoire étaient à 20 contre 1.

La jeune femme regagna la tribune royale. Anthony était entre-temps arrivé, de même que Victoria, accoutrée d'une de ses tenues glamour et provocantes, au bras d'un nouvel amant aussi jeune que séduisant. Elle sauta sur Annie pour l'embrasser – elles se promettaient sans cesse de déjeuner ensemble, « à l'occasion », mais, à ce jour, l'occasion ne s'était pas présentée.

Dans les gradins de l'hippodrome, la tension montait. Enfin, les chevaux s'élancèrent, lentement d'abord, puis de plus en plus vite. Tandis que la plupart des spectateurs hurlaient des encouragements, Annie et son entourage retenaient leur souffle. Et l'incroyable se produisit. À la faveur d'une ébouriffante accélération, le favori de la reine prit la tête de la course, avala la piste et les obstacles avec désinvolture et termina avec quatre longueurs d'avance sur le deuxième ! Dans la tribune royale, on poussa des vivats. Victoria, Annie et ses cousins sautaient littéralement de joie. La reine, éperdue de reconnaissance, tomba dans les bras de lord Hatton, dont Jonathan serra énergiquement la main.

Le champion de Sa Majesté avait fait mentir les pronostics et dominé ses concurrents. La reine et les entraîneurs descendirent féliciter le jockey, qui affichait un sourire extatique sous une généreuse couche de boue. Oubliant sa réserve, la reine l'enlaça et tacha son manteau. Ses fils jubilaient également : la course était généreusement dotée et, dans la famille royale, tous avaient parié sur ce monstre de puissance qui avait si bien caché son jeu.

Annie vibrait d'excitation. Mais la flamme dans son regard se teintait de frustration.

— Patience, lui glissa lord Hatton, devinant où voguaient ses pensées. Votre heure viendra.

— Je ne vais pas en rajeunissant, maugréa Annie, découragée.

— Ne perdez pas espoir.

Anthony, qui avait surpris leur échange, se décomposa. Quand la reine invita son cercle à fêter la victoire au restaurant, Annie s'arrangea pour faire la route avec lui.

— Devenir jockey, c'est vraiment si important que ça, pour toi ? lui demanda-t-il, inquiet.

— Oui. Mais je crains que cela ne me soit jamais possible.

— Et en admettant que ça le devienne ?

— Ce serait fabuleux, lui répondit-elle simplement.

— Et si on se mariait, qu'on fondait une famille, et qu'alors les règles changeaient ?

— Il serait sans doute trop tard, reconnut Annie à regret. Ne nous disputons pas à ce sujet, je t'en prie. Les règles ne sont pas près de changer.

— Rien n'est moins sûr. Et si jamais tu te lances, tu pourrais te casser quelque chose et même y laisser ta peau !

Il ne pouvait cacher son anxiété. Lui était enfin prêt à se ranger, mais pas Annie. Elle avait la course dans le sang et n'y renoncerait pas, même pour l'homme qu'elle aimait.

— Thompson ne s'est rien cassé, aujourd'hui, lui fit-elle gentiment remarquer.

— Non, mais cela lui pend au nez. Tu connais la fréquence des accidents ? Tu crois que j'ai envie d'annoncer un jour à mes enfants que leur mère s'est tuée sur la piste ?

Sa colère masquait, Annie le savait, une peur paralysante.

— Ça a toujours été mon rêve, dit-elle à voix basse. Je ne vais pas te mentir : si je peux me lancer, je le ferai.

Amère, elle ajouta :

— Mais je te le répète, cela n'arrivera pas.

— Je l'espère.

Anthony ne desserra plus les dents jusqu'au restaurant. Pendant le repas, Annie surprit le regard de la reine sur eux. Se doutait-elle de quelque chose ? Elle chassa cette pensée. Anthony et elle ne faisaient rien de mal. S'ils se cachaient, c'était uniquement pour s'épargner l'attention du cabinet et de la presse. La reine ne trouverait certainement rien à redire à ce qu'elle fréquente le fils de son meilleur ami, un jeune homme bien sous tous rapports qu'elle avait vu grandir. Son père était lord. Il avait fait de brillantes études. Rien ne s'opposait à leur relation.

Ils n'étaient pas mariés, certes, mais on était en 1967, plus en 1910. Elle ne risquait pas de tomber enceinte. Et puis, ils comptaient se marier... un jour prochain. Ils n'étaient pas pressés : ils avaient déjà tout ce qu'ils voulaient.

Annie s'affolait pour rien. Ni la reine ni Victoria ne posèrent la moindre question.

En mai, pour fêter les 23 ans d'Annie, Anthony l'emmena dîner au Harry's Bar et danser chez Annabel's, deux clubs privés dont il était membre. Là, ils tombèrent sur Victoria. Elle se pavanait au bras d'un acteur américain marié avec lequel elle fricotait au vu et au su de tous depuis quelques semaines, au grand dam de la reine.

« IL PLAQUE SA FEMME POUR UNE PRINCESSE », avait-on pu lire dans les tabloïds la semaine précédente. Lorsqu'elle les vit, un sourire goguenard se peignit sur son visage : elle avait tout compris. Elle leur offrit une bouteille de champagne et tous trinquèrent à Annie et à l'amour.

Par une coïncidence, les deux couples quittèrent la boîte de nuit en même temps. Les paparazzis qui guettaient Victoria et l'acteur mitraillèrent les jeunes gens. Deux couples pour le prix d'un, c'était une aubaine pour eux ! Le lendemain, c'était au tour d'Annie et Anthony de faire les gros titres : « ANTHONY DÉCROCHE LE GROS LOT ! À QUAND LE MARIAGE ? »

Moins de vingt-quatre heures plus tard, Annie recevait un appel de Buckingham Palace. La reine voulait savoir si la rumeur était fondée.

— Nous nous fréquentons, admit Annie, qui n'avait aucune intention de mentir. Nous marier ne fait pas partie de nos projets à l'heure actuelle. Ce serait un peu précipité.

— Je ne vois pas d'objection à votre relation tant qu'Anthony s'engage à mettre un terme définitif à ses frasques. Il est grand temps pour lui de s'assagir.

Il venait d'avoir 31 ans, et Annie en avait 23.

— C'est un jeune homme charmant et nos familles sont amies depuis des générations. Je ne vous demande qu'une chose : ne tardez pas trop. Plus tôt vous serez mariés, plus tôt les photographes cesseront de vous harceler.

Annie se mordit la lèvre. Elle n'allait tout de même pas se marier pour se débarrasser des paparazzis ! Mais la reine avait été claire : conservatrice, elle préférait une union à une relation libre.

— Vous êtes en âge de fonder une famille, ma chère Annie.

Cette fois, Annie ne réussit même pas à répondre. Elle se sentait encore si jeune, si inexpérimentée, pas encore habituée à la famille royale. Le fameux « protocole » était en train de la rattraper, et cela ne lui plaisait pas du tout.

— Je t'avais prévenue ! s'exclama Anthony quand elle l'appela pour lui rapporter la conversation. Ça y est, les Windsor vont vouloir s'ingérer dans notre vie privée ! Quel toupet de nous ordonner de nous marier ! Alors qu'on apprend encore à se connaître ! Rien ne presse, non ?

— Heureuse de te l'entendre dire, répliqua Annie. Dans deux ou trois ans, je ne dis pas...

— Moi-même, je me sens encore un peu jeune, plaisanta Anthony. Je me suis toujours dit que vers l'âge de 35 ans, je devrais être prêt. Mais nous attendrons d'en avoir envie. Ça ne devrait regarder que nous ! Maintenant, la reine va nous mettre la pression... Tu imagines le savon qu'elle a dû passer à Victoria ?

En effet, la reine lui avait ordonné de rompre immédiatement. Mais Victoria avait l'habitude : cela faisait vingt ans qu'elle se battait contre sa famille au sujet de ses relations, et elle semblait prendre plaisir à la choquer, en provoquant le public et la presse. Annie et Anthony n'avaient aucune envie de faire de même.

Quand il apprit la nouvelle, lord Hatton se montra plus enthousiaste que la reine. Il n'aurait pas pu rêver meilleure fiancée pour son fils. Quand s'uniraient-ils ? Bientôt, espérait-il. Tout comme la souveraine, il estimait que plus tôt ils échapperaient aux vautours de la presse, mieux cela vaudrait, et le mariage était le moyen le plus rapide de s'en débarrasser.

Jonathan fut le seul à se réjouir pour les jeunes gens simplement, sans exercer sur eux la moindre pression. Il assura à Annie qu'il adorait Anthony et qu'elle devait faire ce qu'elle voulait. Tous deux refusaient de céder à la pression, ce qui déplaisait à la reine, mais elle avait davantage à faire avec Victoria.

Annie et Anthony passèrent l'été à Saint-Tropez, où ils furent harcelés par les paparazzis, si bien qu'ils finirent par se réfugier sur le yacht d'un ami. Ils mirent le cap sur la Sardaigne, mais n'y connurent pas davantage de répit. C'était sans fin. Annie était épuisée de voir ses photos étalées en couverture des magazines, assorties de légendes racoleuses, quand elles n'étaient pas calomnieuses. On la voyait main dans la main avec Anthony, en plein baiser, et même en train de se disputer avec lui – les photographes n'avaient aucun respect pour leur intimité.

Anthony fulminait.

— On ne va quand même pas se laisser pousser au mariage ! D'ailleurs, je parie que même si cela se faisait, ils continueraient à nous traquer. Tous les quatre matins, ces gens nous apprendront que tu es enceinte, jusqu'à ce que ce soit vraiment le cas, et ensuite, quoi ? Ils reporteraient leur attention sur nos enfants !

Il inspira à fond, s'efforçant de se calmer.

— Qu'est-ce que tu en dis ? demanda-t-il à Annie. Tu te sens prête à sauter le pas ? Je ferai ce que tu voudras.

Mais se marier par obligation n'aurait rien eu d'heureux.

— Non, ne t'en fais pas, dit-elle avec franchise. On en reparlera d'ici mes 25 ans. Quand les journalistes verront que notre histoire dure, ils se lasseront. Il faut simplement nous montrer patients.

— Parfait. Dans deux ans, on se lance.

Il l'embrassa pour sceller leur accord. La décision n'avait pas grand-chose de romantique, mais elle leur convenait à tous les deux.

Comme espéré, avec le temps, les paparazzis changèrent de cibles. Cela n'empêchait pas la reine de glisser au jeune couple des phrases pleines de sous-entendus chaque fois qu'elle les voyait mais, par chance, Victoria continuait de déclencher des scandales en attirant sur elle les foudres royales.

Abstraction faite de la pression émanant de Buckingham, Annie et Anthony coulaient des jours heureux. Il n'y avait pas une ombre au tableau. La jeune femme pouvait désormais recevoir son amant dans ses quartiers et lord Hatton leur prêtait la maison lors de ses déplacements professionnels. À l'automne, il encouragea Annie à participer à la Newmarket Town Plate, l'unique course hippique de la fédération qui soit ouverte aux femmes, et elle finit deuxième. Elle exultait, mais l'expérience avait ravivé la flamme de sa vocation : elle entreprit aussitôt de se préparer pour faire mieux l'année suivante et c'est ainsi que, peu avant son vingt-cinquième anniversaire, elle gagna sa première course.

Un bonheur n'arrivant jamais seul, sa victoire lui valut un appel d'un célèbre entraîneur de Lexington, dans le Kentucky. Il souhaitait qu'elle représente ses écuries en tant que jockey à l'épreuve du Bluegrass Stakes. Il s'agissait d'un événement important, pouvant ouvrir les portes du fameux Kentucky Derby, avec un million de dollars à la clé.

— Si vous acceptez, vous serez la première femme à participer à cette course.

Le cœur d'Annie battait à tout rompre. L'argent importait peu, même si elle ne le dédaignait pas. C'était le rêve de sa vie. Elle accepta sans hésiter, fière, honorée, et folle d'impatience.

Il ne lui restait plus qu'à annoncer sa décision à Anthony. Elle espérait qu'il serait raisonnable : c'était son rêve, et elle s'attendait à ce qu'il le reconnaisse. Au moins lord Hatton et Jonathan se réjouiraient-ils pour elle, elle le savait.

Elle attendit de le voir en personne ce week-end-là pour lui annoncer la nouvelle. Il devina vite qu'elle lui cachait quelque chose, et elle ne chercha pas à le dissimuler plus longtemps.

— Tu as refusé, j'espère ? se crispa-t-il, les yeux plantés dans les siens.

— Je ne pouvais pas. Toute ma vie, j'ai attendu une occasion comme celle-là ! Je dois la saisir.

— Au péril de ta vie ? Tout ça pour courir contre des jockeys chevronnés ?

— Parce que c'est mon rêve, Anthony, lui répliqua-t-elle calmement.

— Je croyais que c'était nous, ton rêve ! Toi et moi. Renonce, je t'en prie. Pour moi.

Il lui lançait en quelque sorte un ultimatum, et c'était injuste. Annie observa quelques instants de silence, puis elle secoua la tête. Elle savait qu'elle risquait de perdre l'homme qu'elle aimait, mais si elle renonçait à cette course pour lui, elle ne se le pardonnerait jamais.

— Pas de chantage affectif, Anthony. Tu vaux mieux que ça. Je rêve d'être jockey depuis que je sais monter.

— Et nous ?

— Ma carrière ne change rien à l'amour que j'ai pour toi. Et puis, tu sais bien que je ne ferai pas ce métier éternellement. Donne-moi un an. La rumeur dit que, l'an prochain, le Kentucky Derby sera ouvert aux femmes. Si j'y participais, je serais comblée. Promis.

— Je t'avais prévenue, Annie : je ne veux pas être le mari d'un jockey. Alors, qu'est-ce que tu désires : être avec moi, ou poursuivre tes rêves d'enfant ? C'est l'un ou l'autre.

Il fixait sur elle un regard d'acier. Le cœur d'Annie se serra. Pourquoi refusait-il d'entendre raison ? Il ne lui avait encore jamais imposé de choix si clairement.

— Ça ne peut pas être les deux ? l'implora-t-elle.

— Non. Je ne peux pas envisager de me marier avec une personne risquant de mourir ou de finir tétraplégique à chaque course. Et Dieu sait que tu es téméraire ! Enfin, tu te rends quand même compte que ce métier n'est pas compatible avec celui de mère de famille ?

— Mais puisque je n'exercerai qu'un an ! tenta de négocier Annie. Si je peux participer au Kentucky Derby, je mettrai un terme à ma carrière ensuite, c'est promis.

— Je ne te crois pas, lui rétorqua Anthony, glacial. Une fois que tu y auras goûté, tu ne voudras plus arrêter. Je te connais. Tu as ça dans le sang.

Annie ne le nia pas. Elle savait qu'il avait raison. Et elle se sentait prête à sacrifier sa carrière pour lui, mais... pas encore. Elle voulait d'abord vivre son rêve.

— Si tu acceptes la proposition de cet entraîneur, toi et moi, c'est fini, résuma Anthony. Si tu tiens à moi, refuse. J'attends ta décision.

Annie déglutit. Il la toisa durement.

— Je te laisse réfléchir.

Il tourna les talons et sortit en claquant la porte. Peu après, Annie entendit rugir le moteur de sa Ferrari.

Mais pourquoi avait-il fallu qu'il le prenne ainsi ? Annie avait le cœur brisé. Mais son choix était irrévocable. Elle avait attendu deux ans pour l'épouser, et toute sa vie pour devenir jockey. Les deux options ne se valaient pas. Elle irait aux États-Unis, et s'il ne pouvait le supporter, alors il n'était tout simplement pas l'homme de sa vie. S'il l'aimait vraiment, il n'aurait pas exigé une chose pareille.

Elle ne lui téléphona pas. Il ne chercha pas non plus à la joindre. Trois semaines plus tard, elle s'envolait pour les États-Unis, le cœur gros. Elle aimait sincèrement Anthony et n'avait jamais regardé un autre homme que lui. Mais elle vouait à l'équitation une passion avec laquelle personne ne pouvait rivaliser. Il l'avait bien compris : c'était pour cela qu'il l'avait quittée.

# 17

De sa vie entière, Annie ne vécut rien de plus exaltant que sa première course dans le Kentucky. Ce fut le couronnement d'années de patience et d'efforts. Son cheval était phénoménal. Lord Hatton, qui en connaissait l'éleveur, avait prédit à la jeune femme qu'ensemble ils accompliraient des prouesses. La reine en personne appela Annie pour lui prodiguer ses encouragements. Victoria lui envoya les siens par télégramme et Jonathan lui téléphona pour l'assurer de son soutien et de son immense fierté. Il lui conseilla de se concentrer, de ne penser à rien d'autre.

Anthony lui manquait cruellement, mais ce n'était pas le moment de larmoyer. Seule importait la course. Plus tard, peut-être, elle le recontacterait et s'efforcerait de recoller les pots cassés. Pour l'heure n'existaient que la piste, les chevaux et, en ligne de mire, la victoire.

Pendant la semaine qui précéda la course, Annie ne parla à personne d'autre que l'éleveur, l'entraîneur et le propriétaire du champion. Elle faisait connaissance avec lui, s'entraînait sans relâche.

La veille du grand jour, elle ne dormit que deux heures. À 4 heures du matin, elle était debout. Elle fit un footing pour se détendre, prit une longue douche chaude, et passa un temps dans le box de son cheval, à parler avec lui. Elle le savait capable de prouesses. Les bookmakers avaient établi sa cote à 30 contre 1 – qui aurait parié sur une femme ? Mais Annie n'en avait cure. Le moment était historique. Cette course allait rester dans les annales, ne serait-ce que parce que, ce jour-là, deux femmes concouraient.

Sa concurrente chevauchait une monture qui avait déjà remporté de nombreuses courses aux États-Unis, fiable et plus docile que le cheval d'Annie, appelé Ginger Boy. Personne ne savait trop ce dont il était capable, excepté Annie qui croyait en lui et savait qu'il pouvait gagner.

— Je crois en toi, assura-t-elle au cheval en le caressant. On peut le faire. Je suis prête, et toi aussi. Ne te laisse pas impressionner. Pas la peine de partir à bloc. On y va en douceur, comme tu sais faire, puis tu montes en puissance.

Vint le moment de la pesée. Puis elle revêtit la casaque et la toque de l'écurie qu'elle représentait. Enfin, sous l'œil attentif de l'entraîneur et du proprié-taire, elle monta en selle. Elle semblait bien pâle, et écarquillait ses yeux bleus.

— Bonne chance, Votre Altesse, lui dit le proprié-taire.

Il lorgnait la cavalière, l'air anxieux, comme s'il regrettait d'avoir fait appel à cette jeune princesse. Elle était si chétive et délicate sur sa monture.

— Vous pouvez m'appeler Annie.

Le propriétaire regagna sa loge tandis qu'Annie rejoignait la ligne de départ. Il y avait des équipes de tournage partout ; la course allait être filmée et diffusée sur les chaînes sportives du monde entier, mais Annie ne les remarqua même pas en prenant position dans sa stalle. Elle était toute à sa mission : gagner cette course.

Les stalles s'ouvrirent. Ginger Boy réussit son départ. Peu à peu, il prit de la vitesse et monta en puissance, comme elle l'avait voulu. Il avalait superbement la piste, doublant les autres concurrents avec une aisance déroutante, et toujours il accélérait, déployant sa foulée avec avidité. Dans la dernière ligne droite, comprenant qu'il en avait encore sous le sabot, Annie exigea de lui les plus grands efforts.

— Allez, Boy, c'est le moment ! Tu peux le faire ! On peut le faire !

Il ne courait plus : il volait. Annie n'avait jamais monté un cheval aussi fulgurant. Soudain, par un étrange phénomène, le temps lui parut ralentir. Tout se détachait nettement, chaque détail environnant, et de la clameur qui ébranlait les tribunes ne lui parvenait plus qu'un murmure distant et étouffé – seuls résonnaient à ses tempes sa respiration haletante et le martèlement de son cœur. D'un coup, le bruit envahit à nouveau ses oreilles : la foule hurlait. Elle venait de franchir la ligne d'arrivée, mais ignorait tout du classement. Elle faisait tellement corps avec son cheval que le reste du monde s'était évanoui autour d'elle.

Elle fit galoper Boy un moment pour l'aider à récupérer, puis elle lui flatta le cou.

— Bravo, Boy ! Tu as tout donné. Je suis fière de toi.

Alors seulement elle releva la tête et prit conscience de l'animation qui l'entourait. L'entraîneur accourait et la héla, rayonnant :

— Vous avez réussi ! Je n'y crois pas, vous avez réussi !

— Réussi ? balbutia Annie, n'osant y croire.

Dans les tribunes, c'était la liesse absolue. Les gens hurlaient de joie. L'entraîneur la dévisagea comme si elle tombait de la Lune.

— Vous plaisantez ? Vous avez gagné. Et pas qu'un peu : vous avez carrément semé la concurrence ! C'est un record historique !

Annie descendit du cheval et l'entraîneur la félicita chaleureusement. Les jambes flageolantes, le regard flou, la jeune femme mena Ginger Boy jusqu'au cercle des vainqueurs. Un groom lui prit la longe. Des gens l'étreignaient et des caméras se braquèrent sur son visage. Le propriétaire arriva pour la prendre dans ses bras tandis que son épouse pleurait de joie. L'autre femme était arrivée huitième.

— Quel spectacle ! s'extasiait l'homme, ému jusqu'aux larmes. Je n'ai jamais rien vu de si beau de ma vie.

Annie en resta bouche bée. Elle avait gagné. Vraiment gagné. Elle aurait payé cher pour pouvoir partager ce moment avec son père, sa mère... Et Anthony. Elle le chassa de ses pensées. Il lui tardait de visionner les images de la course. Tout s'était déroulé comme dans le brouillard, avec Ginger Boy pour unique point de focale. Rien d'autre n'avait eu d'importance. Elle était née pour être jockey, elle le savait. Comme elle avait eu raison de venir dans le Kentucky ! Quelle erreur elle aurait commise en renonçant à ce moment ! *Son* moment.

Elle répondit distraitement aux questions de deux reporters TV et d'un journaliste pour la BBC. Puis elle se retrouva dans la Rolls du propriétaire, les jambes en compote et la tête endolorie, non sans avoir remercié Ginger Boy dans son box avant son départ.

De retour à son hôtel, elle ne put résister à la tentation de visionner immédiatement les images de la course. Puis son père lui téléphona, ainsi que la reine, et lord Hatton, bien sûr.

Anthony, en revanche, ne donna pas signe de vie. Annie comprit qu'il fallait tirer un trait sur lui. Mais elle avait fait le bon choix, sa victoire l'avait prouvé. Elle refusait de laisser une peine de cœur lui gâter sa joie !

Elle repartit pour l'Angleterre le lendemain matin. Aux écuries de lord Hatton, on l'accueillit en héroïne. Un jour plus tard, la reine en personne passa la féliciter.

— Charlotte aurait été si fière de vous, lui confia-t-elle, émue.

Elles parlèrent de la course, puis, visiblement préoccupée, la reine demanda :

— Comment va Anthony ?

— Je l'ignore. Il m'avait lancé un ultimatum : c'était la course ou lui. C'est fini entre nous, j'en ai peur.

La reine opina de la tête.

— Il s'en remettra peut-être, lui dit-elle avec douceur.

— Je le lui souhaite. Je regrette de l'avoir fait souffrir, mais c'était ma chance, vous comprenez ?

— Bien sûr. Si vous l'aviez laissée filer, vous ne vous le seriez jamais pardonné, et votre relation en aurait de toute façon pâti. Vous avez bien agi.

Personne ne pourrait lui enlever sa victoire, ni les records qu'elle avait battus.

Après le départ de la reine, Annie reçut un appel de la part d'un éleveur américain. Il souhaitait qu'elle monte son meilleur cheval à l'occasion du Kentucky Derby, qui devait théoriquement ouvrir ses portes aux femmes cette année-là. Annie accepta aussitôt. Elle appela ensuite Jonathan pour lui demander de l'accompagner là-bas. Elle flottait à nouveau sur un nuage, malgré l'écharde plantée dans son cœur après sa rupture avec Anthony. Mais elle n'avait plus à abandonner quoi que ce soit, et il avait raison : elle n'en aurait pas été capable.

Quelques jours après son retour des États-Unis, elle essaya de le joindre, sans succès. À son bureau, une secrétaire promit de lui transmettre le message. Le fit-elle ? Annie l'ignorait, mais Anthony ne la recontacta pas. La rupture était bel et bien consommée. Elle avait gagné une course de renommée mondiale, mais perdu l'homme qu'elle aimait. Il avait promis que ce serait les chevaux ou lui, et il avait tenu parole.

Lui qui craignait que le protocole n'use leur amour ! Finalement, ç'avait été la vocation d'Annie et non son rang qui leur avait été fatale.

Un matin, elle découvrit dans un magazine people une photo d'Anthony, avec une célèbre mannequin langoureusement avachie sur lui. La semaine suivante, un nouveau cliché l'immortalisait avec une starlette, et moins de dix jours plus tard il s'affichait encore avec une autre conquête. Ainsi, il avait repris ses vieilles habitudes. Annie s'en trouva peinée. Pour autant, elle n'avait pas de regrets. Après tout, elle avait opéré un retour en arrière, elle aussi, tournant le dos à la vie à deux pour retrouver l'existence monacale qu'elle avait menée avant Anthony.

Existence dans laquelle n'importaient que deux choses : les chevaux et la victoire.

L'éleveur américain vint rencontrer Annie à Londres. La perspective de disputer le mythique Kentucky Derby lui semblait plus tangible, plus valable que les histoires sans lendemain dans lesquelles se vautrait Anthony. Elle espérait qu'il était heureux, mais en doutait. Quel dommage de ne pas pouvoir partager ses succès avec lui. Elle l'aimait encore, et il lui manquait terriblement.

Un soir, lord Hatton invita la jeune femme à dîner. Ils parlèrent longuement de son avenir puis, n'y tenant plus, l'entraîneur déclara :

— J'ai appris que vous ne fréquentiez plus mon fils. Vous m'en voyez sincèrement désolé.

— Je le regrette, moi aussi. Mais Anthony ne voulait pas que je devienne jockey... Nous nous trouvions dans une impasse.

— C'est parfois inévitable... Vous avez bien fait. Mon fils est une tête de mule. Que dis-je ? C'est un imbécile ! Quand je vois les potiches auprès desquelles il se console depuis votre séparation... Elles ne vous arrivent pas à la cheville.

Il poussa un soupir éloquent. Elle-même était peinée, mais pas assez pour revenir sur sa décision.

— Il s'en mordra les doigts, ajouta son père.

Ce n'était qu'une maigre consolation.

— Peut-être pas. Peut-être n'étions-nous pas faits l'un pour l'autre.

Lord Hatton rumina un moment ses pensées avant de demander :

— Qu'aspirez-vous à être ? L'une des plus grandes jockeys de tous les temps, la première, peut-être, à remporter le Kentucky Derby ? Ou une épouse à la vie sans histoires, frustrée dans ses ambitions ?

— J'aurais aimé être l'épouse et le jockey.

— Et hélas, ça ne marche pas toujours comme on veut...

— Il semblerait que non.

Un mois s'écoula. En juillet, Annie s'envola pour la Virginie afin d'y rencontrer Aswan, le cheval qu'elle devait monter lors du Derby. Elle eut avec son éleveur de longues conversations à son sujet. Annie voulait tout savoir de sa lignée, de son parcours, de son tempérament. Il représentait un choix intéressant mais audacieux : il avait remporté quelques courses importantes, mais paraissait irrégulier dans ses performances.

— Je suis confiant, affirmait cependant l'éleveur. Le Derby, c'est une course pour lui.

— Et pour moi également, monsieur MacPherson, sourit-elle.

Annie le monta à plusieurs reprises et ce fut un véritable coup de cœur. L'animal réagissait aux signaux les plus subtils, semblait comprendre Annie, deviner ses pensées et parfois même les devancer. Le cheval et la cavalière se complétaient à la perfection. Pour autant, la partie n'était pas gagnée. Le Derby réunirait l'élite. Il allait falloir entraîner Aswan, mais aussi étudier la concurrence et élaborer une stratégie. Avec l'aide de lord Hatton, à qui la jeune femme avait fait parvenir un rapport détaillé sur Aswan, elle plancha de longues heures sur le dossier.

Au mois d'août, Annie s'octroya deux semaines de vacances, qu'elle consacra à Jonathan et à ses frères, avant d'aller séjourner à Balmoral auprès de son autre famille. Plus détendue que l'année précédente, elle goûta encore davantage les bienfaits de cette retraite champêtre. Les fils de la reine avaient bien grandi.

Anthony, avait-elle appris via lord Hatton, faisait la noce sur la Côte d'Azur. Elle avait beau s'efforcer d'aller de l'avant, son cœur se serrait encore quand elle entendait prononcer son nom.

La reine Alexandra la prit à part pour lui adresser une fois de plus ses félicitations au sujet de sa spectaculaire victoire dans le Kentucky :

— Votre mère vous aurait enviée ! Elle aurait tout donné pour être à votre place, Annie. Vous faites notre fierté à tous.

— Merci, ma tante, lui répondit humblement la jeune femme.

— Lord Hatton et moi-même avons une proposition à vous soumettre. Accepteriez-vous de nous représenter à l'occasion de la Gold Cup durant le meeting royal à Ascot en juin prochain, à votre retour du Kentucky ? Nous envisageons de vous faire monter Starlight.

Annie haussa les sourcils. Starlight était un bel étalon blanc, mais inexpérimenté.

— C'est un choix qui ne fera pas l'unanimité, admit la reine, devançant ses objections, mais nous estimons qu'il est prêt à entrer dans la cour des grands. Et, s'il y a bien une personne capable de tirer le meilleur de lui, c'est vous, ma chère. Alors, qu'en dites-vous ?

— J'en serais honorée ! Je commencerai l'entraînement dès que possible. Je ne l'ai pas encore beaucoup monté.

Une course sérieuse, en Angleterre, sur son propre terrain, enfin ! Au nom de sa tante, la reine... Qu'imaginer de mieux ? Le Kentucky Derby étant en mai et Ascot en juin, elle pourrait participer sans problème aux deux courses.

La Gold Cup était l'événement le plus attendu du meeting de Royal Ascot. C'était l'une des plus longues courses de plat, environ 4 000 mètres, et elle représentait en tant que telle une réelle épreuve d'endurance, tant pour le cheval que pour le jockey. Annie ne pouvait rien envisager de plus excitant que de porter les couleurs royales dans cette course légendaire. Elle avait du mal à y croire.

Ce soir-là, la princesse Victoria, qui passait des vacances dans le sud de la France, lui téléphona.

— Nous avons de quoi être fiers, ma chérie ! Oh, je suis tellement heureuse. Tu savais que George m'avait appelée à minuit pour m'informer de ta victoire dans le Kentucky ? Il est resté debout toute la nuit pour te regarder courir ! Comme la moitié de l'Angleterre, j'imagine. D'ailleurs, tu m'as fait gagner un millier de livres. Il faudra que je t'invite à déjeuner à Londres pour te remercier !

— Tante Alexandra vient de me demander de courir pour elle à la Gold Cup, l'an prochain.

— Fantastique !

Victoria hésita un instant, puis décida de la mettre au courant, même si le sujet était délicat.

— J'ai croisé Anthony, l'autre jour, à une soirée...

— Ah. Comment va-t-il ? s'enquit Annie d'un ton qu'elle voulait désinvolte.

Victoria entendait bien que toute mention du jeune homme la blessait encore profondément. Mais elle ne voulait pas garder le secret, de peur qu'Annie l'apprenne par un autre biais.

— À vrai dire, pas très bien. Je l'ai trouvé débraillé, fatigué... et salement aviné, pour ne rien te cacher. On raconte que, depuis votre rupture, il s'est réfugié dans l'alcool. Je crois aussi qu'il s'est fait virer, mais je ne le tiens pas de lui, alors je peux me tromper. Tu sais ce que c'est : la moitié des rumeurs qui circulent à Londres sont infondées. Bref, nous n'avons pas parlé de toi, mais tu lui manques, c'est évident. Je crois qu'il est trop fier pour l'admettre.

— Quand j'essaie de le joindre, il ne répond pas. Tant mieux, après tout. Je n'ai plus grand-chose à lui dire. Je fais exactement ce qu'il voulait que j'évite.

— « Désolé d'avoir été un idiot » ferait plaisir à entendre, n'est-ce pas ? Et pourtant, impossible de trouver quiconque capable de prononcer ces mots ! Ah, les hommes. Plus facile pour eux de se détruire à petit feu que de laisser entrevoir la moindre faille dans leur carapace. Oh ! Annie, tu aurais vu sa compagne : une harpie ! Anthony semblait à deux doigts de l'étrangler à mains nues. Peut-être qu'il le fera et finira en prison. Ça lui apprendra à te quitter ! Pour cela, au moins, il pourrait s'excuser.

— C'était une question d'orgueil pour nous deux, reconnut Annie à voix basse.

Ils étaient séparés depuis trois mois. Il était trop tard pour faire machine arrière. De toute façon, Annie venait de s'engager sur deux événements hippiques majeurs, chose qu'Anthony n'aurait jamais cautionnée.

— Comme toujours avec les hommes, ma chérie. Bon, on se voit bientôt, conclut Victoria. Je suis ravie qu'Alexandra t'ait choisie pour Ascot. Il est grand temps que tu apportes un peu de gloire à ton propre pays, au lieu de vendre ton talent aux États-Unis !

Annie était contente de l'avoir eue au téléphone et d'avoir eu des nouvelles d'Anthony, même s'il était malheureux et la détestait pour lui avoir préféré ses rêves. Elle ne comptait pas rester jockey éternellement, mais au moins encore un peu… Elle était libre de choisir les courses où elle souhaitait concourir, une position des plus enviables. Elle ne s'était pas attendue à y parvenir si vite. Personne ne s'y était attendu. Sauf Anthony, qui l'avait prédit.

Allongée sur son lit, elle se demanda s'il se félicitait de l'avoir quittée ou s'il se languissait d'elle. Il ne l'avouerait sans doute jamais à personne, si bien qu'elle ne le saurait jamais. Même lorsque leurs chemins se croiseraient à nouveau. C'était inévitable : ils fréquentaient les mêmes cercles. Annie ne savait pas si elle attendait ce moment avec impatience ou appréhension. Un peu des deux, probablement.

Trois ans de relation aux orties ! Ce qu'ils avaient partagé était mort et enterré. Il ne voulait plus entendre parler d'elle, c'était clair. D'ailleurs, il ne l'avait même pas félicitée pour sa victoire dans le Kentucky.

Elle rentra à Newmarket à la fin du mois d'août. Entre le Derby et Ascot, de grands défis l'attendaient.

Elle passa les six mois suivants à travailler d'arrache-pied pour lord Hatton à Newmarket. Elle préparait Ascot avec Starlight, qui se révélait prometteur. Nerveux, réactif, il correspondait tout à fait au genre de chevaux avec lesquels la jeune femme aimait courir. En l'espace d'un mois, ils faisaient déjà la paire. La taille et la puissance de l'étalon l'avantageaient et compenseraient, selon Annie, son jeune âge ainsi que son manque de pratique. Elle croyait plus que tout en lui. Il fallait désormais qu'elle trouve un moyen de le faire progresser plus rapidement encore.

— Alors, ça se profile comment ? se renseigna lord Hatton un jour en venant les rejoindre dans le pré où ils travaillaient.

— Bien, lui répondit Annie. Mieux que prévu, à vrai dire. On est en avance sur le programme d'entraînement, je n'en attendais pas tant.

Starlight était imprévisible, mais Annie avait su cerner son tempérament comme personne d'autre avant elle. Elle était toujours douée d'un sixième sens avec les chevaux, et on voyait que l'étalon lui faisait parfaitement confiance. Il avait beaucoup changé depuis qu'elle l'avait pris en main.

Les mois passèrent. Annie fêta Noël à Sandringham avec la famille royale avant de rejoindre Jonathan et les jumeaux pour célébrer le jour de l'An. Début mars, elle partit entraîner Aswan en Virginie. Son père l'accompagnait. Elle était ressortie lessivée mais mûrie de son travail avec Starlight, et Aswan récolta les fruits de son labeur.

Jonathan était dans les tribunes quand elle se classa deuxième au célèbre Kentucky Derby. Pour une femme, c'était une victoire en soi, et la presse ne s'y trompa pas : dans les gros titres, elle éclipsait systématiquement le gagnant. Une véritable haie d'honneur l'attendait à Londres à son retour. Deux semaines plus tard, au château de Windsor, elle fêta son vingt-sixième anniversaire.

Une année s'était écoulée depuis sa rupture avec Anthony, aussi s'étonna-t-elle de recevoir de sa part un mot de félicitations, où il lui souhaitait aussi bon anniversaire. Elle le remercia puis s'absorba dans son nouvel objectif : Ascot.

La veille de la course, elle laissa Starlight se reposer afin qu'il soit en forme et prêt à tout donner une fois sur la ligne de départ. Elle se contenta de lui prodiguer des encouragements dans son box. Au matin, l'étalon piaffait d'impatience. Elle dut le retenir pendant tout l'échauffement – il n'y tenait plus.

Le cortège royal arriva en carrosse, comme l'exigeait la tradition, paradant sur la piste sous les applaudissements de la foule. Puis la famille royale investit sa loge. La reine était là, bien sûr, de même que le prince Edward, leurs trois fils, la princesse Victoria. Jonathan et la femme qu'il fréquentait depuis quelque temps, Penny, les jumeaux et les Markham avaient été invités ; il ne manquait personne. Annie, inspectant la tribune à la jumelle, reconnut lord Hatton assis à côté de la reine et... Anthony ! Que faisait-il là ? Son père avait dû insister pour qu'il vienne.

N'empêche que ça faisait tout drôle de le revoir. Elle se demanda si elle aurait l'occasion de lui parler après la course. Elle espérait que non, et regrettait de l'avoir aperçu. Elle l'observa pendant qu'il s'installait entre Victoria et William, qui sautillait sur place tant il était excité, ce qui la fit sourire. Il arrivait tout droit d'Eton, désormais âgé de 16 ans. Ses frères avaient quant à eux 19 et 20 ans. Comme le temps passait ! Voilà qu'Annie s'apprêtait à prendre le départ d'une course légendaire, l'une des plus importantes d'Angleterre. Mieux : en tant que femme, elle était une véritable pionnière ! Elle contribuait, grâce à la complicité de la reine, à bousculer l'ordre établi, à changer la marche des choses ! Elle ouvrait la voie à des générations de femmes jockeys et elle en était fière.

Elle permit à Starlight de faire quelques pas, rien de plus. Elle lui parlait sans discontinuer. Le moment du départ arriva. Vêtue de la casaque royale violet et rouge à galon d'or et de sa bombe en velours noire avec une frange dorée, elle gagna sa stalle, émue comme jamais. La place qui lui avait été attribuée par tirage au sort lui convenait. Elle ne regardait plus la foule. Toute son attention se concentrait sur Starlight, la piste, la ligne d'arrivée. L'attente fut à la fois brève et interminable. Les portes s'ouvrirent. Annie ne retint pas trop sa monture. Elle la connaissait bien, c'eût été contre-productif. Après un départ rapide, il continua d'accélérer jusqu'à trouver son rythme. Malgré l'admirable course de Starlight, Annie le pressait, elle seule savait qu'il pouvait faire mieux, qu'il avait des réserves. Et, de fait, le colosse accéléra encore, comme emporté par son élan. Annie avait conscience de le pousser dangereusement, au-delà de ses limites peut-être, mais le cheval lui faisait confiance, il ne se ménagea pas, martelant la piste sans relâche, de plus en plus vite, jusqu'à ce que ses sabots ne semblent plus toucher terre. Dans le public, on croyait les voir flotter, tous les deux. Ils avaient rapidement distancé la concurrence et l'écart ne faisait que se creuser.

Dans les derniers mètres, Annie exigea tout de Starlight. Lors d'une ultime explosion d'énergie folle ou désespérée, il franchit la ligne d'arrivée, loin devant les autres.

Starlight galopa jusqu'à ce qu'Annie estime pouvoir le freiner sans risquer la blessure. Alors seulement, ils firent demi-tour et Annie braqua son visage radieux vers la loge royale, folle de joie. Ils avaient réussi. Starlight et Annie avaient fait honneur à l'écurie royale.

— Et le vainqueur est Starlight, monté par la nièce de la reine Alexandra en personne, Son Altesse Anne Louise Windsor !

Quand elle entendit l'annonce, Annie éprouva dans tout son être un déferlement de fierté. La clameur qui montait des tribunes était telle que Starlight commença à s'en effrayer, mais Annie parvint à le calmer.

Lors de la remise du trophée, la reine posa sa main sur l'avant-bras d'Annie et la remercia avec une émotion à peine contenue.

Pour sa part, la jeune femme laissait libre cours à ses larmes de joie.

— Quel spectacle exceptionnel vous nous avez offert, Annie.

— Ma tante, c'est Starlight qui a tout fait.

Enfin, Annie put reconduire le champion à son box. Elle lui tint compagnie jusqu'à ce qu'il s'apaise, le laissa aux soins des grooms et de l'entraîneur puis, chancelante, entreprit de regagner les tribunes pour y retrouver sa famille.

Tout étourdie par l'effort et la victoire, elle ne vit pas Anthony arriver de la direction opposée et le percuta de plein fouet.

— Mince ! Désolée, je suis pleine de boue !

— Tu as été renversante ! s'exclama-t-il sans s'en formaliser.

Loin de s'écarter d'elle, il la prit dans ses bras.

— Qu'est-ce que tu...

Il l'embrassa avant qu'Annie puisse finir sa phrase. Cette surprise lui donna l'impression d'être revenue à Sandringham, lors de cette première fois, lorsqu'il lui avait dit qu'il l'aimait. Quand leur baiser s'acheva, elle était encore plus essoufflée que sur la ligne d'arrivée.

— Je ne suis qu'un imbécile et je te demande pardon, débita Anthony. Je voulais te le dire avant la course, mais je craignais de troubler ta concentration. Bon sang, c'était sensationnel ! Vous alliez si vite qu'on avait du mal à vous suivre des yeux !

Il la fixait, béat. L'excitation et le stress retombant, Annie se sentit soudain accablée de fatigue. Que faisait-il là ? Était-il venu voir son père ?

— Je ne comprends pas..., bredouilla-t-elle.

— C'est pourtant simple. Je suis venu te dire que je t'aime et que tu me manques et que je regrette. C'est toi qui avais raison, j'étais aveugle : tu es faite pour ce sport. Je n'aurais jamais dû tenter de te détourner de ta passion. Merci de ne pas m'avoir écouté ! S'il faut qu'on attende dix ans pour avoir des enfants, qu'il en soit ainsi !

— Je te demandais un an, pas dix, murmura Annie, éberluée. Cette course, c'était mon rêve. Je voulais gagner, ici, pour ma reine et pour mon pays. Je ne continuerai pas bien longtemps...

— Silence, malheureuse ! Ne promets pas : tu mentirais. Je ne connais pas un seul jockey qui t'arrive à la cheville. Et dire que tu ne fais que débuter dans le métier. Dire que j'ai failli te tuer en te faisant faire la course ! Imagine si tu y étais restée !

Il la dévisageait avec tant d'admiration qu'elle finit par en rire.

— Bon, dit-il. J'imagine que tu as hâte d'aller rejoindre les tiens. Tu permets ?

Il prit sa main et la glissa au creux de son bras.

— Pourquoi ne m'as-tu jamais rappelée ? lui demanda Annie en chemin.

— Parce que je me savais en tort et que je ne le supportais pas. Au fait, je me suis fait virer. J'ai fait faux bond à mes employeurs trois fois de suite, et j'ai passé trois semaines à me soûler...

— Je suis désolée.

— Ne le sois pas ! Je veux travailler avec mon père. C'est là qu'est ma place. Auprès des chevaux, et... de toi.

Il s'immobilisa un instant.

— Annie, je sais que je suis un idiot, mais tu veux bien m'épouser quand même ?

— Oui, lui répondit-elle dans un souffle.

— Faut-il que je demande ta main à ta tante ?

— C'est sans doute plus prudent. Et au Premier ministre, et au cabinet, et au lord-chambellan, à l'archevêque... Sans oublier mon père.

Ils riaient en gravissant les marches qui menaient à la loge royale. Annie rayonnait, abasourdie par les rebondissements des dernières minutes et par ce baiser ébouriffant. À voir le sourire amusé de la reine, elle se demanda ce que celle-ci avait vu, au juste, à travers les lentilles de ses jumelles dorées.

— Majesté, dit Anthony en s'inclinant respectueusement, j'aurais une faveur à vous demander...

— Vous avez ma bénédiction, l'interrompit la reine.

Il se releva vivement, radieux.

— Merci, Majesté.

Ils restèrent encore dans la loge pendant une demi-heure avant d'en partir : tout le monde était invité à dîner à Windsor pour fêter la victoire. Annie riait, toujours crottée de la tête aux pieds, en plaisantant avec ses frères, bras dessus, bras dessous. Avant de monter dans le van que leur avait réservé la reine, Anthony l'embrassa de nouveau.

— Tu es incroyable. Quand je pense qu'avec mes caprices j'ai failli priver le monde de tes performances...

— Oh ! Je ne t'aurais jamais sacrifié mon rêve, le détrompa Annie. Mais... je n'ai jamais cessé de t'aimer.

Il lui avait tellement manqué pendant cette longue année.

— J'espère que nos enfants tiendront de toi, murmura Anthony humblement. Ce que tu as fait aujourd'hui est historique !

Et ce n'était que le début, ils le savaient l'un comme l'autre. Un jour viendrait où Annie prendrait sa retraite – un jour lointain. Mais, ce jour-là, elle aurait à sa disposition des dizaines de trophées et des souvenirs de victoires à chérir. Rien ne pourrait jamais les lui arracher.

— Bon, vous venez ? C'est qu'on ne rajeunit pas, nous, pendant ce temps ! leur lança Victoria.

— Pardon ! On arrive, lui répliqua Anthony.

Ç'avait été une journée mémorable, à plus d'un égard.

Annie et son père patientaient dans la petite anti-chambre de l'église Sainte-Marguerite située dans l'enceinte de l'abbaye de Westminster, un vénérable bâtiment datant du XIᵉ siècle. La jeune femme s'était choisi une robe de mariage classique, longue, blanche, avec de la dentelle, qui soulignait la finesse de sa taille. On aurait cru voir une fée.

Nerveuse, Annie se débattait avec sa traîne et son voile en attendant le moment de s'engager dans l'allée centrale. C'est alors que sir Malcolm Harding l'aborda, un écrin de cuir dans les mains. Annie l'interrogea du regard.

La jeune femme avait déjà reçu tant de cadeaux fabuleux. La reine mère lui avait offert ce matin-là un collier de perles qu'elle tenait de sa propre grand-mère, et la reine lui avait remis une sublime broche Fabergé : un cœur en émail rose dragée incrusté de perles et de diamants qu'elle avait porté à son mariage, et qu'elle aurait offert à ses propres filles si elle en avait eu. Au poignet, Annie avait toujours le bracelet en or orné d'une breloque qui avait autrefois appartenu à Charlotte Windsor.

— Encore un cadeau ? s'étonna-t-elle. De la part de qui ?

— Votre futur époux, Altesse.

Elle ouvrit le coffret et reconnut immédiatement le diadème qu'Anthony avait emprunté pour elle lors de la soirée à Mayfair. Un sourire attendri se peignit sur son visage.

— Il souhaite que vous le portiez pour la cérémonie, précisa le secrétaire particulier de la reine.

Annie s'en coiffa. Le bijou, de modestes dimensions, semblait avoir été conçu pour elle. Savoir qu'il avait un jour orné le noble front de la reine Victoria elle-même ne le rendait que plus précieux, car son mariage avec le prince Albert avait compté parmi les plus belles histoires d'amour de la monarchie britannique. C'était le cadeau de mariage parfait.

Restée seule avec son père, Annie lui demanda :

— De quoi ai-je l'air ?

— D'une princesse... Non : d'une vraie reine.

— Je t'aime, papa.

— Moi aussi, mon Annie, je t'aime.

Les premières notes de la marche nuptiale se firent entendre. La porte s'ouvrit et, au bras de l'homme qui l'avait élevée, du seul père qu'elle eût jamais connu, Annie se dirigea vers l'autel où l'attendait Anthony. Elle ne pensait ni aux courses hippiques, ni à Lucy, ni à Charlotte, ni à la folle aventure qu'elle vivait depuis quelques années. Anthony Hatton occupait toutes ses pensées. Ils avaient vécu ensemble des débuts mouvementés et traversé tellement d'épreuves. Mais leur amour avait résisté, il était fort.

Parvenue devant l'autel, elle trouva le regard de son fiancé. Ils n'avaient pas besoin de mots pour se comprendre en cet instant. Ils se connaissaient par cœur et s'acceptaient tels qu'ils étaient. Ensemble, ils se sentaient de taille à affronter l'avenir.

Dans l'église, Jonathan s'assit près de ses fils et sa compagne. Il fixait cette petite fille qu'il avait tant aimée, à qui il avait appris à monter, et qui se retrouvait aujourd'hui princesse. La reine mère pensait à sa propre fille. Alexandra et Victoria se tenaient la main, également absorbées dans leurs souvenirs, en songeant à l'époque pas si lointaine où elles étaient trois. Annie était le portrait craché de Charlotte, leur chère sœur trop tôt disparue. On aurait cru qu'elle était enfin rentrée à la maison.

— C'est fou ce qu'elle lui ressemble, n'est-ce pas ? chuchota Victoria à sa sœur aînée, submergée par l'émotion.

Une larme sur la joue, leur mère prit l'autre main d'Alexandra.

Derrière elles, George, le futur roi, se tenait assis, très digne, le dos droit, ses frères à ses côtés. Les trois adolescents n'assistaient pas tant au mariage de leur tante qu'au commencement de leur vie d'adulte, avec son lot de joies et de responsabilités.

Le diadème de Victoria, la breloque de Charlotte... Autant de chaînons qui reliaient les êtres, leurs destins, heureux ou tragiques, et tressaient une toile entre les générations.

— Merci, murmura Annie à l'homme qu'elle s'apprêtait à épouser, en lui désignant le diadème.

— Je t'aime, lui rétorqua Anthony.

Quand ils échangèrent leurs vœux, le passé, le présent et l'avenir s'évanouirent en un instant de pure éternité dont l'éclat, dans les mémoires, brillerait à tout jamais.

Très chers lecteurs,

J'espère que vous avez pris autant de plaisir à lire ce roman que j'en ai eu à l'écrire !
Et je suis très heureuse de vous présenter tous nos rendez-vous de 2023.

Les voici.

— *Royale*, le 5 janvier 2023
— *Les Voisins*, le 2 mars 2023
— *Ashley, où es-tu ?*, le 4 mai 2023
— *Jamais trop tard*, le 29 juin 2023
— *Menaces*, le 25 août 2023
— *Les Whittier*, le 9 novembre 2023

Je vous remercie pour votre fidélité.

Très amicalement,

## ROYALE

Été 1943. Le roi et la reine décident d'envoyer leur plus jeune fille, la princesse Charlotte, loin de Londres et de la guerre. Dans l'anonymat, à la campagne, une nouvelle existence commence pour elle. Des drames vont s'en mêler.

Vingt ans plus tard, des secrets remontent à la surface. Une jeune princesse se révèle.

## LES VOISINS

Après un violent tremblement de terre à San Francisco, Meredith, ancienne star hollywoodienne qui vit à l'écart du monde, ouvre les portes de sa grande et belle maison à ses voisins. Dans cette nouvelle intimité inespérée, des amitiés et des relations se nouent, des secrets sont révélés.

## ASHLEY, OÙ ES-TU ?

Melissa Henderson a abandonné sa carrière d'auteure à succès. Elle mène désormais une vie tranquille dans le Massachusetts. Après un incendie et un appel de Hattie, la sœur qu'elle n'a pas vue depuis des années, elle comprend qu'il est temps de rouvrir l'un des plus douloureux chapitres de sa vie.

## JAMAIS TROP TARD

Eileen Jackson n'a jamais regretté d'avoir mis de côté ses rêves pour élever ses enfants et se consacrer pleinement à sa famille. Avec son mari, ils ont construit une vie simple mais heureuse dans le Connecticut. Quand elle découvre que son mari la trompe, Eileen comprend que ce bonheur n'était qu'un mirage, et sa vie un mensonge.

À 40 ans, sera-t-il trop tard pour tout recommencer ?

## MENACES

L'hôtel Louis XVI est depuis toujours l'un des plus chics de Paris. Récemment rénové, il est prêt à rouvrir ses portes pour accueillir anciens et nouveaux clients – et leurs vacances, drames, rendez-vous romantiques ou secrets politiques. Mais le danger plane dans l'hôtel.

## LES WHITTIER

Âgés de 20 à 40 ans, les enfants de Preston et Constance Whittier se retrouvent dans le manoir familial de Manhattan après la mort tragique de leurs parents. Désormais orphelins, les six héritiers sont à un carrefour de leur existence. D'âges et de caractères différents, ils doivent trouver une solution pour réussir à vivre de nouveau ensemble dans cette maison pleine de souvenirs dans laquelle ils ont grandi.

Vous avez aimé ce livre ?
Si vous souhaitez avoir des nouvelles de Danielle Steel,
devenez membre du
**CLUB DES AMIS DE DANIELLE STEEL.**

Pour cela, rendez-vous en ligne, à l'adresse :
https://bit.ly/newsletterdedaniellesteel
Ou retrouvez Danielle Steel sur son site internet :
www.danielle-steel.fr

---

Imprimé en France par CPI
en décembre 2022

Composition réalisée par Nord Compo à Villeneuve-d'Ascq

N° d'impression : 3050231